绿 宝 石

Fall into your light

Love in subway

当我在地铁上误连别人的手机蓝牙后

七宝酥 著

北京联合出版公司
Beijing United Publishing Co.,Ltd.

目录 content

当我在地铁上误连别人的手机蓝牙后

第一首歌 Hello《你好》 2

第二首歌 Sugar《糖果》 6

第三首歌 Love in A box《爱情保鲜盒》 12

第四首歌 《失眠飞行》 18

第五首歌 Coffee's On Me《请你喝咖啡》 24

第六首歌 《你朝我的方向走来》 30

第七首歌 5 Years Time《五年之后》 37

第八首歌 《写给我第一个喜欢的女孩的歌》 43

第九首歌 《奇妙能力歌》 49

第十首歌 City Of Stars《星光之城》 53

第十一首歌 I Guess I'm In Love《我想我恋爱了》 61

第十二首歌 《漂亮》 66

第十三首歌 *Honeysea*《蜜海》 71

第十四首歌 《暗涌》 82

第十五首歌 《爱人错过》 88

第十六首歌 *Overflowing*《满溢》 94

第十七首歌 《我想了太多关于你的形容》 100

第十八首歌 《靠近一点》 107

第十九首歌 *Sweet Talk*《甜言蜜语》 113

第二十首歌 *Roses & Sunflowers*《玫瑰和向日葵》 118

第二十一首歌 《想去海边》 124

第二十二首歌 *Beautiful You*《美丽的你》 130

第二十三首歌 *With Love*《一路相爱》 137

我喜欢你时的内心活动

番外一 *Ms. Seductive*《诱人的女士》 144

番外二 *I Don't Miss You At All*《我一点也不想你》 150

番外三 *I Do*《我愿意》 155

鼓舞

第一粒药　神引　164

第二粒药　拆穿　182

第三粒药　存证　204

第四粒药　疼痛　227

第五粒药　活着　248

最后一粒药　展信佳　269

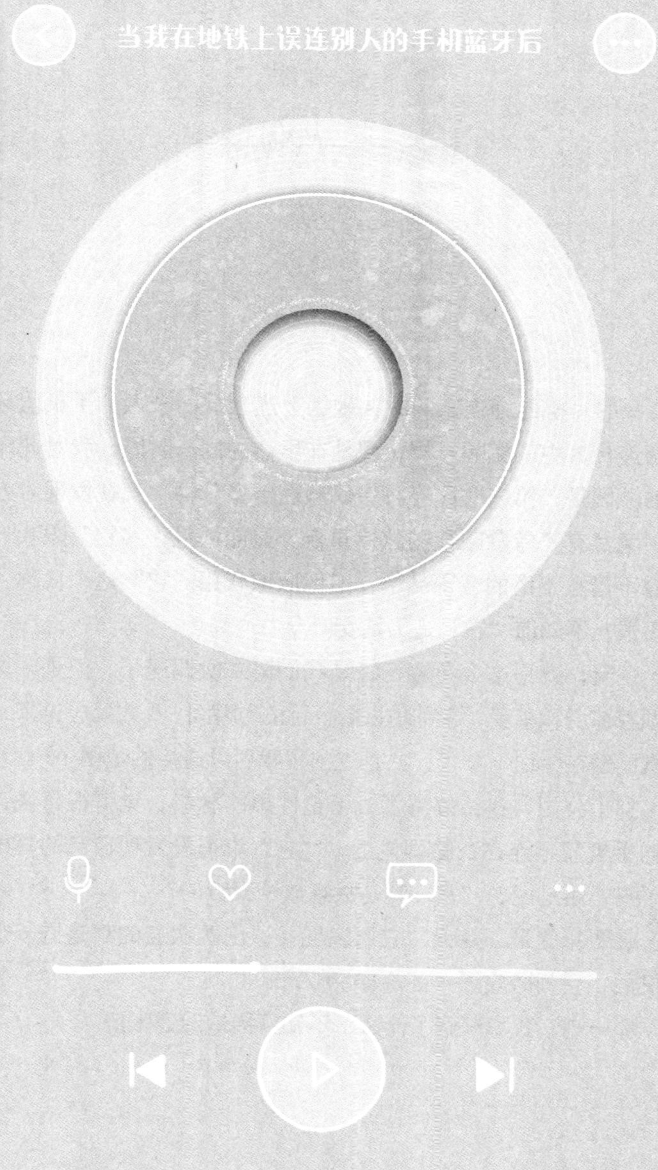
当我在地铁上误连别人的手机蓝牙后

第一首歌

Hello

《你好》

我的耳机已经连续两次在地铁上连上同一个人的手机蓝牙了，两次连接，中间相隔一周，都是在早晨的同一时段。我对此印象深刻的原因是，第二次误连时，仅短短十多分钟，我就发现对方的歌单中竟然有三首歌跟我的歌单重合。显而易见，“它”跟我一样，有着不错且不俗的音乐品位，但请原谅我用“它”这个代称，因为我压根儿不知道“它”是男是女。

今天，就是这么巧，正好是我们第二次偶遇了。但是，这次我光顾着惊讶和享受，等到歌曲戛然而止的瞬间，我才反应过来，“它”大概已经在中途下车了，并且走出了我可以连接的范围……

到了公司，我认真捋了一下整件事的脉络，觉得很奇怪，这个人的手机蓝牙连在我的耳机上，“它”难道没发现自己的耳机不出声了吗？还是说，“它”就是故意放给我听的？

最要命的是，今天“它”发现并认出两次连的都是同一个人的耳机后，立刻播放了一首 *Second Time*[1]。

那一刻，我意识到了什么，不知所措地四处张望。

1　《第二次》。

大概是怕我断开连接，对方很快便切了歌，第二首歌是*Please Don't Go*[1]。十几秒后，又将歌切换成了 Adele[2] 的 Hello。

我的脸奇怪地热了，这家伙居然在跟我打招呼。

须臾，歌曲再度被切换，这次换成了一首我没听过的歌。歌是女歌手唱的，唱腔有点儿懒洋洋的，歌词也有些微妙：

Guessing games get crazy

我想游戏会变得疯狂

Caught up in the daily

我被日常围困

Boy you got me craving

你让我燃起渴望

If my cheeks turn red would

如果我脸颊泛红

You lend me your dress shirt...

你能否借给我你的衬衫……

根据歌词来看，我猜对方应该是位大胆又有趣的“姐妹”。如果爱好相投，和“它”做朋友也不是不可以。

我觉得不能再这样被动了，于是迅速从座位上站起来。站在我面前的是一个带孩子的妈妈，她可能以为我即将到站，唯恐自己动作慢一步，推挤着她的女儿绕过我抢座。

我还没到公司前面的地铁站，自然不会下车，站起来是为了开阔视野，以便锁定方圆五米内所有使用手机的乘客。

1 《请不要离开》。

2 Adele Adkins，阿黛尔·阿德金斯，英国流行乐女歌手，词曲创作者。

结果不尽如人意，我可视范围内的“低头族”起码占了3/4。手机像个无形又密闭的方盒子，自动将他们禁锢在自己的社交舒适圈里。

根本找不到这个人。

我拉着吊环东张西望了好一会儿，一无所获。此时，我耳机里的歌曲也已经变成邓紫棋的《再见》。

“它”在道别，“它”要下车了。

该死，到站提醒已经在头顶响起，我抿抿嘴唇，无法不遗憾。一座城市，上千万人，日常出行的人群像是潮起潮落，一拨又一拨，再撞上同类的概率，就跟呼啸而过的地铁一样不可捉摸。

好吧，上班迟到我也认了。我攥住手机，快步跟着人流下车，双眼当然也没闲着，像探测仪一样四处探寻着。

周遭人影憧憧，寻人堪比大海捞针。

我茫然无措地随着人流走了一段路，耳机里的歌声突然消失了。

蓝牙断开了？

我的心情瞬间跌到谷底。

刚要摘掉耳机，耳机里就响起一个男人的声音，那声音像一滴坠入嘈切的风沙里的清露。

“嗨？”

他语气中带着些试探，声音听起来很年轻，也很好听。

“你还在吗？怎么还连着我的手机？”

我无法回答。我觉得我们像在两个次元里，更像在两个星球上。而且“它”居然是个男生。没人知道我的脸有多红——因为被他抓包。我屁颠屁颠地跟着他下了车，此刻还像无头苍蝇一样在疯找。

“你应该能听到我的语音吧？好吧，我其实是在自言自语，为了放给你听，你在听吗？”

“扑哧”，他似乎被自己奇怪的言行逗笑了：“算了，我也不知道，如果你能听到，先不要动，我怕断开。”

闻言，我立马站定，一步都不敢动，气息因为这个意外状况微微紊乱。

“别动啊。”他再次提醒。

“拿起你的手机，打开备忘录，记一下我的电话号码，用它也可以搜到我的微信。”

笑意在我脸上迅速扩散，我被巨大的、粉橙色的惊喜淹没。周围仿佛变得异常安静，安静到只能听见他的声音，还有我的心跳声。

第二首歌

Sugar

《糖果》

能这样戏剧化地和他联系上，我是始料未及的。但我也暗自庆幸，得亏之前给耳机改过名，在默认型号前面加了个糖果符号，不然对方也不会这么快认出我。

不过他的声线未免太好听了吧。

到公司后，他在耳机里一字一句念出自己手机号码的声音还萦绕在我耳边。

脱掉开衫，我迫不及待坐到工位上，打开备忘录，准备复制、粘贴那串数字加他为好友。

手指一点那串数字，屏幕下方就自动跳出“呼叫”的按键。

我一路走到公司，心跳快得吓人，以致这会儿大脑有点混乱，行动和思考分离，鬼使神差地，我眼睁睁看着自己摁下了“呼叫”按键。

屏幕陡暗，手机显示为拨出状态，我大脑空白了两秒，而后清醒过来，匆忙挂断。但已经来不及，电话已经打出去了，他会看到。

太欲盖弥彰了……还不如老实地等他接听，这样“秒挂”显得我一点也不大方。

算了，就当挠了个痒痒吧。

我郁闷地把手机撂回桌上。但下一秒，他昊真打了过来，手机“滋滋”作响，我的心脏也跟着高频颤动。

我左顾右盼，犹豫着按下了“接听”键，然后将手机贴到耳边：“喂？”

我耳膜遭不住地发痒，又是这个清澈到可以洗涤人心的声音。谁能抗拒得了这种声音。

我不敢大口喘气，屏住呼吸：“嗯。”

“糖果的 Beats Studio Buds[1]？”

我的脸飞速升温，他在用我的耳机型号确认我的身份。英文在他口中也同样好听，只不过是一个再普通不过的耳机型号，他却叫得跟专属昵称一样。

我稳了稳情绪：“嗯，是我。”

他轻轻“哦”了一声：“找我有什么事？”

他故作严肃，但我能听出来他的状态是轻松的，似乎还带着笑意。

“嗯……”我停顿一秒，“确认一下你有没有给我假号码。”

他笑：“现在确认了吗？”

我：“确认了。”

受不了。

我必须用另一只手按住自己的下半张脸，才能看管住自己恨不得“拱穿天花板”的颧骨。

听筒里就此安静。

两个素昧平生的陌生人，在这种当口儿有着不可避免的尴尬。

我赶忙找话：“我过会儿加你……”

他的声音也同时响起：“我好像还没收到……”

我们又一起停了下来。他发出了短促的笑声。我也知道，我们

1 无线降噪耳机。

在说同一件事。

又安静了一两秒，我咳了一声，回答他没问完的问题："我刚到公司，马上就加。"

他说："好。"

"那……"我用力地抿唇忍笑，"我挂了？"

他回："嗯。"

"再见，"我又补充道，"微信见。"

他也回："微信见。"

但他没有马上挂断电话，好像在等我先挂断。我缓缓地吸了一口气，把手机拿到眼前，按下了那个红色的"挂断"按键，然后瞬间就变得垂头丧气了。

舍不得——我敢打包票，任何女人跟这种声音通一次话，都会恋恋不舍。

我没有存电话号码，而是信守承诺，第一时间申请添加他为微信好友。

他的微信名字就一个字母——L。

"什么啊？不过头像倒是很常见的网图。"

我一边腹诽一边输入申请。我打算用糖果的表情符号，那个最有辨识度了。

很快，他便通过了我的好友申请。

我正打算发个"Hi"过去，刚编辑好文字，微信便自动跳出了可以选择的表情包，我想了想，挑了个最可爱的发了过去。

"Hi。"他回复了一样的内容。

救命，我又不知道要回什么了。

打电话聊天磕磕巴巴的，用文字聊天也挤不出花来。

我局促地抠了会儿手指："我还以为你是'姐妹'。"

他回复："？"

嗯，这个问号，基本可以确认他是"直男"。

我给出解释："今天在地铁上播放的第四首歌是女生口吻。"

他回道："哦，那首歌叫 *Good morning Jay*[1]。"

"所以，你是在问早安？"

"差不多。"

我不解："差不多？还有别的意思吗？"

"也许吧。"

他没有说继续更多，但我却听明白了他的言外之意，因为那首歌的歌词很暧昧。

有些东西不用直白地讲出来。坦白固然很好，但也会破坏幻想。然而，我的好奇心还是战胜了"留白"的欲望。

我问他："今天那段语音是怎么回事？"

当时，他的手机蓝牙被我的耳机连着，他应该是没有办法发语音的。

他很坦率："提前录的。"

我有点惊讶。

"上周五被你听了一路的歌，到家我就想，走得有些草率了，要是能再碰到，恰巧你也想认识我，就放给你听。没想到这周五就派上用场了。"

我傻笑，开始讲一些老土的宿命论："那我们真是蛮有缘的。"

他说："是啊。"

我问："我要是男的怎么办？"

他回道："男的会用'糖'当前缀吗？"

我皱皱眉："也许我是位'兄弟'呢？"

---

1 《早安，杰伊》。

他说："那也不错。"

我笑着揭过这茬儿："你的歌单我很喜欢。"

"谢谢。"

我依旧觉得不可思议："上次你居然没把我从你手机里撵出去。"

他说："偶尔可以招待一下误闯的客人。"

我说："可我听了很久。"

他说："所以我那天还多坐了一站地。"

我很意外。

他又说："就像你今天提前下车。"

我情不自禁地拿手扇风："你猜到了？"

他回道："嗯。"

我也没继续隐瞒："我今天有在车厢里找你，但没找着。"

"没事，反正也没弄丢。"

我下意识地想喝点水来"稀释"笑意，可将水杯端到嘴边才发现，自己到公司后忙着联系他，还没来得及接水，最后只抿到了一口空气。

我叹着气着把杯子放回去，继续打字："我没下车的话怎么办？"

他说："我也不知道。"

我直白地说："可能就再也见不到了。你应该提前放给我听的。"

他回复："我不知道你是只想当个客人，还是真的想认识我。我怕吓到你。"

我问："你必须收到明确的信号，才能放心回应，是吗？"

他回答："嗯，谁知道'外星人'是来侵略地球的，还是想和地球结为友邦？"

我笑出了声："好吧。"

幸亏没有和他错过，我再次庆幸，并试图套取他的个人信息："'外星人'方便给我个备注名吗？你的网名看得我心慌，总让我想起一部日本漫画。"

他显然知道那部漫画和我的意思，回过来一个笑脸：“这是我名字开头的首字母，我姓陆，你备注‘陆’好了。”

我用了多少婉转的心思，只换来了一个毫无价值、敷衍我的信息。我心有不甘，于是回道：“我在公司的英文名叫 Kiki。”

他似乎不介意：“不用，加你的时候我就备注过了。”

我好奇：“嗯？备注的什么？”

对方沉默了，几秒后，我的嘴角又开始胡乱上扬。因为，他给我分享了一首歌——*Sugar*。

第三首歌

Love in A box
《爱情保鲜盒》

Suger 这首歌总是自带惊喜，因为它的 MV[1] 过于深入人心，但凡看过 MV 的人，只要一听前奏，都会仿佛置身婚礼现场，快乐又兴奋。

事实上，我也想趁机跟陆聊一聊这首歌的 MV，这样我们就能不断地进行对话，因为歌曲这个永动机。

遗憾的是，我待会儿要开“脑暴会”，断绝了继续畅谈的可能。

烦人的工作。

我回了句：“当初应该起这个英文名的，Kiki 不够好听。”

又说：“不过我要开会了，归期待定，争取中午？”

聊天界面本来显示陆“正在输入”，在我把第二句话发出去的下一秒，这个状态消失了。

片刻后，他重新编辑的消息映入我眼底。

“好的，Kiki。”

我弯唇。他好像很了解女人的心思，或者说，是了解我的心思，只言片语，进退有度。

---

1 音乐短剧。

我回了个挥手再见的表情包，起身去接水。

回工位的时候碰到实习生，她正在问大家喝什么，我举手要了杯美式咖啡，她应好。我又改口："还是拿铁吧，加两勺香草糖浆。"

我在她疑惑的眼神里走回了工位。

开会前，我将"L"的备注改成了"陆"。这是他的姓氏，他的形象也因此变得更加具体。

至于最后我们会变成什么关系，不得而知。

其实也不难想象，普通的男女关系在社交软件里无外乎两种——删除或置顶。

会议中途，大家没出几个创意，就开始闲聊，我也借此机会瞄了眼陆的朋友圈。他设置了"仅三天可见"，个性签名是"some superhero, some fairytale bliss[1]"，上一次动态显示为前天，他分享了一首歌——*Waving At Cars*[2]。

我的歌单里也有这首歌。

我想："如果拿我们两人的歌单玩连连看，想必可以很快通关。"

温故而知新，我回忆了一下今天下车的地方——西林湖站。众所周知，这站是个地标，代表的意义也很独特——在这站下车的年轻人多半是光纽总部的员工。

光纽是知名的互联网公司，那么陆可能是程序员？天啊，格子衫造型已经飘到我的脑海里了，可听他的声音又很像只会穿白衬衣的那类人。

我情不自禁地给他捏造人设。

幸好，此时老板来会议室找了趟人，大家都正襟危坐，不再"摸鱼"，老实地讨论创意，我也因此停止了想象。

1　一些超级英雄，一些童话般的幸福。

2　《向车挥手》。

中午，我没下楼吃饭，订了份烤冷面。下完单后，我打开微信给陆发消息：“在忙吗？”

陆没有上午回得快，但也没有让我久等：“有一点。”

我说：“你一定不是公务员。”

陆说：“是就好了。”

这“社畜”口吻让我觉得好笑：“吃过饭了？”

陆说：“还没有，你呢？”

我说：“我也没有，在等外卖。”

陆又问：“哪一家店，我也看看。”

我说了店名，又补充说：“老板是东北人，据说口味很正宗，不过，正宗的我也没吃过。”

陆回复：“这家店我点过。”

我说：“看来我们离得不算太远。”

我又接着问：“我们聊天会影响你工作吗？”

陆不着痕迹地切换重点：“是在干活，但不影响聊天。”

我回得很快：“因为你坐在电脑前吗？”

“嗯？你装了监控？”陆的语气轻快，我猜他的表情大概是在可爱地东张西望吧。

我笑了：“因为，我会猜想。”

我又纠结了一下，还是问出了口：“你在光纽工作？”

陆回道：“不然还能在哪儿？在西林湖这个‘鬼地方’。”

我单手撑脸，感觉手背接触到的皮肤微微发热：“但光纽很不错。”

陆回了两个字：“围城。”

我明白了陆的意思，刚要说他“凡尔赛”[1]，他忽然问：“这么

1　用委婉的语气不经意地表现自身的优越感。

好奇吗？”

“对我。”

我心跳微微加快：“不好奇我为什么要下车找你？”

陆似乎认同了这个回答，又好像有些无奈：“本来还想保持神秘的。”

我撑着脸的手又移到额角，轻轻捻着头发，觉得不太自在：“如果你好奇关于我的事情，我也可以说一些，但可能不会精确到公司。”

陆说：“不了，对我而言你是Sugar，不是Kiki。”

嗯……我心悦诚服，了不起，这个男的当真了不起。

陆居然对这种非等价交换的聊天方式毫无异议。从上午到现在都在默许我占便宜。我的脸又红了，笑容也绽放得有些夸张，因为一点点歉疚感，也因为他这种私人又特殊的对待方式。

下午，我跟朋友分享了今日奇遇：“你敢相信就一个早上，我不知道被一个素未谋面的陌生人狠狠 crush[1] 到了多少次。”

朋友说：“你可以约他见一面，看到他本人兴许你就只剩哭了。”

我：“……”

朋友问：“他朋友圈没照片吗？”

我顺着朋友的话，第二次点开陆的朋友圈，然后像是打开了笑容的开关，我发现他把“仅三天可见”的设置取消，开放成了更大的范围。

我往下拉页面，看了陆的几条状态，内容不多，很快就能翻到他去年年会的消息。陆的确在光纽上班，有张相片应该是部门的大合影，我放大照片将当中每个男生都看了看，都是典型的“工科男”面貌，也有长相还算不错的男生，但我觉得他不是陆。

1 沦陷、沉迷。

我在想什么，他就不能在那堆普通的男生里面吗？

我研究了很久，然后退出了陆的朋友圈，回复朋友："我可能真的会哭。"

朋友夸张地大笑，让我想把她从屏幕那边拽过来捶一顿。

晚上九点多，我坐地铁回家，途经西林湖站时，我的眼睛几乎粘在了车门上，时刻注意着每一个上车的人。

等到车门重新关闭，我才低头取出耳机戴上。等了一会儿，我开始听白天的那首*Sugar*。顺便给陆发消息："刚经过西林湖。"

西林湖这个站点于我来说本无太大的意义，但奇妙的是，人与人之间一旦有了联系，交集就会自动叠加，就像绳子上的结扣，你打一个，我打一个。

陆很快回了消息："我还在公司。"

我开始暗暗炫耀："是吗？我已经下班了。"

陆说："现在很早吗？"

我说："五十步笑百步，不可以吗？"

陆很配合："好吧，我很羡慕。"

在挤挤攘攘的车厢里，我旁若无人地微笑着。我叫他："陆。"

陆："嗯。"

我问："朋友圈是因为我开放的吗？"

陆说："我最近一个月就只添加了一个好友。"

我靠向椅背，给双方砌台阶："我属猫，希望你能理解我的好奇心。"

陆大概是笑了："好。不过你刚刚叫我那一下，弄得我有点紧张。"

我问："为什么？"

陆回："不知道。"

陆换了话题："回家路上有歌听吗？"

我有很多歌，耳机里还放着歌，但我撒了荒："没有，歌荒了。"

陆又分享来一首歌——*Love in A box*。

我点开歌曲链接，耳机里顿时响起轻快的前奏，男歌手的嗓音轻快到不可思议，让人有种身在绿野的感觉。

It's easy to see how everything is loosely

很容易看出万物是怎样松散相连的

Put into a box to describe how

放进一个盒子里进行描绘

It is working

就能进行判别

But can you tell me

但你能不能告诉我

How did she knock me off of my feet

她是如何令我目眩神迷

When she said hello

当她向我问好

My name is beautiful...

我的姓名都变得美妙……

第四首歌

《失眠飞行》

回到家我就洗了个澡。

本来是“三天打鱼，两天晒网”地抹身体乳，今天我却把白茶味的身体乳从磨砂膏下面抽出来，放在一眼可见的高处，提醒自己时刻记得使用。

我用棉签掏着耳朵回到卧室，直到拿起放在床尾的手机，才发现陆给我发了消息——一张夜景照片，照片中，湖对岸的光点倒映在水面上，像银河。

我像个“直男”一样将照片放大研究，确定是西林湖畔，才将它保存进相册，然后回复陆：“你下班了？”

陆：“嗯。”

我：“没打车回去？”

陆：“想走一走。”

我：“是消食吗？”

陆：“还饿着。”

我：“你没吃晚饭吗？”

陆：“没来得及。”

我目睹自己敲出一行冲动的文字：“我请你吃消夜。”

这一刻，我也弄不懂自己是在开玩笑还是在认真提议，但陆的反应在意料之中："现在？"

我顺势道："不行吗？"

陆："很晚了。"

我侧头看向全身镜里敷着面膜的自己，清醒了几分："是哦，我也已经卸妆了。"

陆依旧是输入状态："明天，我请你吃午饭，好吗？"

我皱了下脸，心跳加快，因为这个猝不及防的邀约："嗯？"

陆学我说话："不行吗？"

我的错，先做了不良示范，但又不知道怎么妥善地圆回来："行是行啦……"

陆似乎料到我会有反转，先我一步接话："但是？"

我的面膜正随着我皱着的脸持续移位："心理准备还不太充分。"

陆"引用"了我请他吃消夜的那句话："所以这是？"

我认栽地躺回床上，给自己填坑："考验。"

陆回了个"我投降"的猫咪举爪的表情包，显得脾气总是很好的样子："那我通过考验了吗？"

我撕掉早已不成形的面膜："嗯。"

陆又说："你拒绝也没关系。"

我偏不："我同意。"

我看到陆"正在输入"的状态停了一下，像在消化我的前后不一、欲扬先抑。

他接着说："我看看去哪儿吃。"

又追问："你喜欢吃什么？"

我后知后觉，也"引用"他想要请我吃午饭那句话，故作警惕："这不会是你对我的考验吧？"

陆否认："不啊，是你对我的二次考验。"

他又追加了句："谢谢你同意。"

我把手机盖到脸上，心花怒放。

又聊了一会儿，陆说他到家了，我看了一眼时间，已过零点，就叫他先忙自己的事，其他的明天再说。互道完晚安，我想起一个重要问题，手停在聊天界面，问他："你多大了？"

陆说："27。"

我回他："OK。"

陆不解："怎么忽然问年纪？"

我故作神秘："这决定了我明天怎么打扮自己。"

陆又发来那张猫咪举爪的表情包。

我猜这家伙每次发这个表情包的时候都极有可能在笑，那个笑像是他的固定标签。

临睡前，我怎么都静不下心，于是回顾了一遍我跟陆一整天的聊天记录。看完已经是深夜一点多了，在笑得腮帮子发酸之余，我发现他更新了朋友圈，是一首歌——《失眠飞行》。

我扬唇看着歌词，把这首歌循环了不知道多少遍。

第二天，我从衣柜里拖出了十套衣服，逐一试穿，均不满意，但也没有更多选择，只能穿上其中还算满意的那条裙子。在赶地铁前，我去小区门口的理发店洗了头，还让造型师小哥给我吹了个"空气卷"。

熬过一个多小时的心不在焉，中午我准时赴约。

约见地点在我公司附近一家商场的 1 号门。我步行过去，时间来得及，所以走得不快，但心脏还是跳得如同在赛跑。

我费劲地均匀呼吸。

今天周五，晴天，虽然是工作日，但我们这个商圈从无闲暇，各个出口永远人满为患。

穿过人行道，我在路边停下，低头给陆发消息："我到了。"

刚打开聊天框，便看见陆十分钟前给我发的消息：“我出发了。”

此时，我们的消息同时出现在聊天框里。

我：“你穿的什么？”

陆：“我到门口了。”

他又回：“白色上衣。”

我往 1 号门那边走，边走边辨认着往来于入口的每个穿白色上衣的男性，但我又想到他此时应该是站定不动的状态。

救命，我又紧张到仿佛变成了昨天那只走出车厢寻人的无头苍蝇。

这时，陆打来了电话。

铃声把我的心脏拎到了嗓子眼，我接起来刚要说话，他就已经开口了：“我想我可能看到你了。”

“你往前看。”

这一声，仿佛一道从人海之中的灯塔打来的光束，我抬头向陆提示的方向望了过去。视野里一个又高又瘦的男生冲我挥了下手，我的大脑“嗡”的一下，只用惊喜很难描述这一刻的感受。我几乎是下意识地眯起了眼，与日光无关，与商厦的玻璃反射板无关，只跟他的样子有关。陆加快脚步朝我走过来，这一幕很像在看韩剧，柔光背景加慢镜头，将我带到画面的中心。

我被轰鸣的心跳控制在原地，难以动弹，近乎窒息。

陆停在我面前，叫我：“Kiki。”

他的声音平静而笃定，不像在确认身份，更像我们本就认识。

陆的声音跟电话里其实有细微的差别，现实中听起来更真实，也更清晰，但悦耳度不变。

我点点头，自觉不必再隐瞒姓名，告诉他：“还是叫我祁妙吧。”

由于工作的原因，我经常需要直面客户，所以“视线恐惧”的情况基本不会出现在我身上。即便此刻感到热度正在往我耳根处疯涨，我依然直视着他。

我被陆的目光“烘烤”着，或者说，他只是看着，就足够让我完成自热。

陆一定不近视，因为他的眼睛很清澈、透亮。然后，我听到他换了称呼：“祁妙。”

他微微抿起唇角：“是有些奇妙。”

我第一次知道原来有人不用露齿就能笑得如此炫目。

陆真有这么好看？是多巴胺的美化，还是好天气的衬托？他看起来完美得不像话，像恋爱主题电影里的夏日限定男友，年轻、明媚、专情。他的刘海儿松软，睫毛浓密，让人想伸手触碰。

我无法移开视线：“你不是第一个这样说的。”

陆紧接着交换了自己的全名：“陆成则。”

我跟着念：“陆成则。”

陆成则认真地“嗯”了一声，听鼻音就知道很用力。而后，他又不自在地揉了下鼻子，咳了一下，仿佛上大课时帮人喊到，喊完自己先失态。

这该死的少年感，该死地出现在一个 27 岁的男人身上，怎么能不让人心神荡漾？我的唇角濒于失控：“什么成和什么则？我回去改备注。”

陆成则答：“成则为王，败则为虏。”

我老气横秋地评价：“哇哦，很有远大抱负哦。”

陆成则在我们见面后第一次露出明显的表情，虽然还是笑，但比抿唇的样子更帅气，更有感染力。

“其实不是，”他说，“我父母当初想的是‘不以规矩，不能成方圆’。”

我说：“那你是个守规矩的人吗？”

陆成则大概没想到我会顺着问下去，顿了一下：“应该？”

我依旧看着他："可你长得一点也不规矩欸。"

陆成则终于笑着别开了脸，露出一点点腼腆、一点点矜持、一点点大男生特有的自得和无可奈何。

是啊，男生。陆成则本人其实跟网聊里有一点反差，网聊里的他貌似更主动，控场力更强。我对他的想象也是"男人"成分偏多，可面对真人时，我的大脑就自动更换了关键词，"男人"变成了"男生"。

陆成则转过脸来，稍稍正色："我该说谢谢，还是解释些什么吗？"

陆成则清楚他的优势，也不避讳展现优势，但他表现得如此让人招架不住，给了我一种我在上风，可以拿捏他的错觉，我故意问："解释什么？"

陆成则说："我的不规矩。我不想给你这样的初印象。"

我替他解释："基因问题，你也是身不由己。"

陆成则又笑出了声。

他笑了多久，我就笑了多久。可我又得端着些，不能太外向，怕显得痴愚。我真的很好奇，搞男女关系是不是可以瘦脸，就没有科学家以此为课题做一下研究吗？

第五首歌

Coffee's On Me

《请你喝咖啡》

我们在商场 1 楼一家口碑不错的早午餐店吃午饭。

我很喜欢这家店里的牛油果班尼蛋和树莓冰激凌松饼，而我对面的陆成则还翻阅着餐单，看起来有几分无从下手。

原谅我一直在看他，他连低头都赏心悦目。他的山根优越，浓眉重目，手指瘦长且骨节分明。

过了会儿，陆成则抬起头，他在光线里的样子让人很容易将“俊朗”这个词具象化。

他看着我微笑，带着点求助的意思。

我心领神会，抿了口柠檬水润喉：“不知道吃什么吗？”

“嗯，”陆成则眉心微微一蹙，“推荐下，我很少来这边。”

我抬高上身，他注意到我的动作，将餐单转向我，餐单正好翻到主食那一页。我很好奇，是不是男生对主食的执念都很深？

我看了看：“这页的松露菌菇奶油烩饭还不错。”

陆成则说：“那就这个吧。”

我们又各自选了杯咖啡和一份肉食小食，坐着安静地等上餐。我始终适度地弯着嘴角，因为礼貌；因为这个弧度的笑容让我看起来最得体；因为发自内心的愉快；因为要掩饰微妙的不自在。

在我们第三次因无意的对视同时发笑时，我忍不住问他："你平常中午不出来吃吗？"

陆成则说："基本上是在园区吃。"

我"嗯"了一声："听说光纽的食堂很不错。"

陆成则说："还行吧。"

我说："我有 in-house[1] 的同事回来说过。"

陆成则愣了一下："你现在是做什么工作的，方便说吗？"

我说："我在意创。"

"哦，"陆成则反应过来，"去年立付的春节活动好像就是跟你们合作的。"

我有些惊讶地扬眉："你知道？"

陆成则说："我就在光纽旗下的立付。"

我也不想过多展露一惊一乍的表情，可这也太巧了："立付是你创立的？"

陆成则因为我这个"小白"的反应莞尔："不是的。我只能算立付的一个分子。"

我说："分子是万物的构成基础，四舍五入就是你做的。"

"正中篮筐"，陆成则再一次被我逗笑，我在心里给自己加三分。

陆成则的眼睛很漂亮，眼距刚刚好，微一抬眼就能出现双眼皮。他的双眼皮虽窄但深，笑起来还有卧蚕，看起来很好亲近。

陆成则问："就是说，去年年末你就来过我们公司？"

我摇头："没有，虽然我在公关部门，但没有参与春节活动项目。"

陆成则点点头表示了解。

我叹气，假装心酸地抹眼角："天啊！我们出来吃顿饭也要聊工作吗？"

1 内部研发部门。

陆成则低笑一声，正要启唇，忽然，服务员端来咖啡，留下一句“请慢用”就离开了。

我敛目，不知道该拿哪一杯。单看外形，两杯咖啡几乎一样，连拉花都差不多。

陆成则也没动。

我问：“你点的什么？”

陆成则说：“拿铁，焦糖拿铁。你呢？”

“香草拿铁。”

“难怪……”我靠向沙发，有点无奈，“怎么办？”

陆成则语出惊人：“你都喝一口辨别下好了。”

我眨了下眼。

他却面色安然。

我抿一下唇，不自然地歪了歪头：“不会占你便宜吗？”

陆成则看着我：“好像是我比较占便宜吧。”

我失笑，偏开眼，第二轮对视我输了，我们打成了平手。我靠回桌边，把两杯咖啡拖到身前，轻快地说：“那就恭敬不如从命了。”

我为什么要发出这种想给自己一拳的声音？

最可怕的是，以前我都是单手端起杯子就喝，今天我却大费周章地用双手捧着，怎么会这么做作？还不是因为对面的“罪魁祸首”一直在目不转睛地看我？

不能怪我，没有女人能在这样的目光下淡定自若。

尤其是陆成则还挑着唇。笑在他脸上似乎不单单是笑，更像一种温煦无声的语言，只要看着他就能听见。

我祈祷着第一杯最好就是香草味的，然而不是，很有辨识度的焦糖香气在我唇齿间弥漫开了，所以我没有再试第二杯，认命地将手里这杯递过去。

陆成则抬手接走，郑重其事："谢谢。"

我掩唇一笑："不客气。"

我喝了一口自己的咖啡，决定聊一些私人话题："陆——"结果立刻卡顿，能自然唤出他全名这个技能，我一时半会儿还无法控制自如。

陆成则抬了下眉："成则。"

我笑着补完："嗯，陆成则。"

陆成则："嗯。"

我接着说："我昨天看过你朋友圈那张合影，但我觉得里面没有你。今天来之前我又把里面每个人的脸都看了一遍。"

陆成则问："为什么？"

我回道："因为我想，万一真有你呢，提前做个心理准备。"

我轻吸一口气："事实证明，女人的第六感还是靠得住的。"

"我是拍照的那个。"陆成则笑了笑，问，"我跟你想象中一样吗？"

他的直接打得我有点措手不及，我思忖几秒："有点……不太一样。"

陆成则又问："哪里不一样？"

我实话实说："过了一点。"

陆成则皱眉，很真实地表现出困惑，重复我的形容："过？"

我仔细斟酌措辞："就是带着一般就好的心情过来，结果，"我摊一下左手，勾唇，"你懂的。"

陆成则会意地笑弯了眼角。我也好奇他对我的感受与印象："我呢，你觉得怎么样？"

陆成则忽然开始认真打量我，仿佛这是他第一眼见到我，视线专注到给人一种压迫感。这种专注和压迫感能使人心跳迅速加速、呼吸凝滞。

好在几秒后，他就垂下了眼，又在不经意间展示下他迷人的睫毛。他重新看回我，说出两个字："很好。"

"什么？"我笑，"很敷衍欸。"

"会吗？"陆成则表现出不能同意的样子，将脸扭向窗外，示意他之前待的位置，"我在那边看到你的时候就觉得那是你，所以急忙给你打了电话。"

陆成则用了"急忙"这个词。

我可再也不敢讲他敷衍了。我说："因为全场只有我一个很茫然的人吧。"

"嗯，"陆成则颔首，"很茫然，"又一顿，"也很漂亮的人。"

我相信我的双颊已经开始泛红。

这时，一直播放华语慢歌的店里忽然切换了一首英文歌。歌曲的曲调慵懒，一下将气氛拉扯得轻松，像咖啡杯口荡漾的奶泡，又像淡淡醇香弥散在午后的空气里。

I'll bring you iced coffee

我会为你带来冰咖啡

Woo woo woo

喔 喔 喔

Maybe passion fruits

或许是百香果

And strawberries too

还有草莓

I know

我知道

I'm in love

我已经坠入爱河

I just can't take my eyes off you

我的目光无法从你身上移开

So good

这感觉很美好

To be true

也变得真实

I'm glad to have this coffee with you...

能和你一起享用这杯咖啡让我感到幸福……

许多正在交谈的食客因此止声，专心听歌。

我和陆成则也不再说话，看着对方，在彼此心照不宣的笑容里，我确定，我们都已经知道这是哪首歌——落日飞车的 *Coffee's On Me*。

萨克斯伴奏的尾声里，陆成则忽然叫我："祁妙，明天能再请你喝咖啡吗？"

我怔了一下，内心在呼喊："为什么不可以？"甚至，如果可以，我希望今天还有机会见他第二面。陆成则就在我眼前，可我已经开始憧憬下一次碰面了。

我开玩笑："光纽的员工都这么闲吗？"

陆成则没接这茬儿，眼睛亮晶晶的："可以吗？"

我听见自己开心的声音在回答："当然可以！"

第六首歌

《你朝我的方向走来》

用完午餐，陆成则说想送我上班，我看时间已经不早，就叫他先回去。陆成则没有坚持。他是一个比较……绅士——嗯，也说不上，绅士之举在我看来多少有些刻意，用舒适来形容似乎更恰如其分，因为他的分寸感和边界感。

回到公司，我去吧台倒了杯水，走到工位后，发现旁边刚好站了人，是我们组的文案。

一看到我，她就换上了锐利的目光："祁妙！老实交代！中午怎么没跟我们一起吃？"

另一个 AE[1] 附和："就是！"

我放下杯子，说出她们最想听到的答案："跟'野男人'厮混去了。"

"靠……"

我和她们瞎聊了会儿，又说了些开屏海报上的细节问题，工位终于空了下来。

1　客户主管。

我拉着椅子坐回去，打开微信，看到了陆成则五分钟前发的消息。

陆："到公司了吗？"

我："到了，你呢？"

陆成则回给我一张随手拍的工位全景。他的桌面专业、利索，有两台显示器，最左边摆放着一台笔记本电脑，还有一黑一白两个键盘、线板、书本和矿泉水，以及两个我不认识的设备。没有任何绿植和装饰。

我注意到当中唯一的跳色是一本眼熟的粉色书籍。

我圈出来回复他："你也看这本书？"

陆成则说："你再看看。"

我放大照片观察，发现书的塑封还没拆："刚买的吗？"

陆成则回："嗯，见你朋友圈发过。我回来的时候路过西西弗，就进去买了一本，想着也许哪天能派上用场。"

我的面部肌肉又不由自主地往两边扩张，从昨天到现在，这个反应已经成为惯性。

这本书是《马可瓦尔多》，是去年豆瓣外国文学年度书榜的亚军。第一名基调沉重，第三名破碎，就这本书，封面亮丽趣真，所以我买了回来，前阵子才看完。

我调侃："现在好像已经派上用场了。"

陆成则没有否认："嗯，意外收获。"

我会相信吗？

我提醒道："最好不要盲目跟风我的朋友圈哦，因为大部分只是展示，这是冰山一角。"

陆成则说："什么意思？"

我诚实地回道："就是装。你知道的，光鲜和格调有时在客户眼里也是种专业，你得看起来身心健康、有审美，他们才能放心跟你合作。工作后我其实很少看书了，晚上回家累得只想躺着，在淘宝、豆瓣和微博之间来回切换，直到有工作找我或困了为止……”

我怔住，陡然意识到自己在一个昨天之前还是陌生人并且好感度很高的帅哥面前倒太多苦水了。

我及时止损：“当然，第二天我会重新活过来。”

陆成则重复我的日常消遣：“淘宝、微博、豆瓣。”

我皱皱眉：“有什么问题吗？”

陆成则说：“是有一个。”

我回：“你说。”

陆成则语气真诚：“考虑增加一个微信吗？”

我在心里哼笑，接着打字：“我从早到晚都对着微信。”并增加说明，“企业版。”

陆成则状似后知后觉地“啊”了一下：“是我考虑不周，没想到这点。我们公司都用钉钉。”

不知道是不是因为他形象鲜明，让人过目难忘，中午和他见了一面之后，陆成则发过来的每字每句都会自动“起立”，幻化成他本人的样子和神态，在我的脑海里从幻想变成了即时放映。

比如这一句，我好像能看到他绷直唇线，故作正经、装腔作势，可眼睛还是弯弯的，洋溢着笑容的模样。

我失神了几秒，陆成则发来一张截图，是他的网易云界面，并说：“排斥微信的话，这里也能聊。”

我肆无忌惮地对着显示器笑开了，双手在键盘上敲打：“还是微信吧。”

陆成则：“嗯。”

我继续输入：“微信、淘宝、微博、豆瓣，这样安排 OK 吗？”

陆成则给的反应超像学生时代那种表面谦逊、心里蔫坏的学霸：“问的时候没想过要拿第一名。”

我说："有条件的好吗，等值交换。"

陆成则"秒回"一个"好"字，从速度到语气，又乖又从容。

我好奇他的业余生活："你平时下班或假期做些什么？"

陆成则说："游泳、烘焙、骑行和打篮球。"

我："？？？"

陆成则果然在逗我："假的。打游戏。"

我表示惊吓："吓到我了，差点被'卷成麻花'。"

我追问："是手游吗？"

毕竟现在不是"王者荣耀"就是"和平精英"。

陆成则回："有玩，但端游玩得更多。"

我用有限的认知回复："Steam[1]？"

陆成则："嗯，对，最近就在玩一款 Steam 上的游戏。"

我问："叫什么？"

陆成则："Grounded[2]。"

我："好玩吗？"

陆成则没回答，只问："你想玩？"

我实话实说："不太想，也没什么时间。"

陆成则回了个微笑，好像已经了然于心："那还问？"

我没有迟疑地回："因为这是我的'马可瓦尔多'。"

我猜陆成则肯定笑了，他说："不要想那么多，聊天就好了。"

我表示同意："嗯，毕竟有那么多首歌可以聊。"

陆成则回复："嗯，明天喝咖啡时也可以聊。"

我："嗯，喝咖啡回来可以接着聊咖啡的口味。"

陆成则："嗯，如果这家好喝，后天就继续；如果这家不行，

---

1 "蒸汽平台"，全球最大的游戏平台。

2 "禁闭求生"，一款求生沙盒类型游戏。

后天就换一家。”

我们两个人像小学生一样幼稚地“反弹”交流。

若不是带着妆容，我真想搓把脸清醒一下，因为在这种像梦境的情况下，我眩晕了一中午。

这一天，除去洗漱，我几乎挥霍掉了整个夜晚跟陆成则聊天。我们互相关注了网易云，话题基本围绕着音乐。我们喜欢的歌曲类型和风格也相对宽泛，乡村、摇滚和爵士都可以，POP[1]、R&B[2]和蓝调也都能听。

聊天的最后，陆成则问我：“你一般坐几点的地铁？”

我迷迷糊糊的，在愉悦和困顿中回他：“上午没什么事的话，通常坐十点那趟。”

陆成则说：“好。”

我说：“干吗，你要来‘撞’我啊？”

陆成则答：“想试一下。”

第二天上地铁前，我提前戴好耳机，关闭自己的手机蓝牙，期盼着跟陆成则的手机成功连接上。

我在站台的固定位置等待，上车站定的第一秒，我的耳机就发出了自动连接的提示音，转头随意一找，就看到了陆成则。

他一个大男生站在那里很显眼，穿的还是白色卫衣，一如昨日的明朗。

那一刻，我的眼睛一定瞪得很大，因为我看到他的笑容也因为我的反应扩大了。

我们之间隔着三个人。

1　流行音乐。

2　节奏蓝调。

之前两次我怎么会没注意到他？真是“人类未解之谜”。

消化惊喜的那一阵，陆成则举高了手机，开始在屏幕上敲击，唇微微勾着。我跟着点开微信，没有文字消息。突然，耳朵涌入他清流一样的声音：

“早上好，Sugar。”

“听歌吗？”

我情不自禁地展颜。

什么“想试一下”，我看陆成则是“有备而来”，并且带着单独为我设立的电台。

我又侧目，陆成则刚好也望过来。因为优越的身高，他可以在人群中毫不费力地与我对视。

我去微信里回复：“好啊。”

陆成则再次敛目，刘海儿顺从地垂下去，覆住他的眉眼。片刻后，我耳畔响起歌声，歌曲由很抓人的男女合唱开头。

居然是一首对唱情歌。

与此同时，陆成则含笑走近我，笑容格外闪耀。特别是当我知道，这种破晓一般的笑意是属于我时，那种虚荣、窃喜足以让人膨胀成氢气球。

陆成则在我身边偏后的位置站定，如果想正视他，我必须扭一下头。霎时间，我的心跳出奇地快，仿佛乱了阵脚。

我们不是没靠这么近过，但……昨天是面对面，今天我看不到陆成则，掌控感锐减。但我清楚，他极可能垂下他薄薄的眼皮和漂亮的睫毛，时不时地看我。

我如芒在背。

我有一点忸怩地放开吊环，而身后的陆成则随之抬臂，取而代之，也轻而易举地，握住了同一只吊环。也是因为这个动作和姿势，我的地盘被他“围剿”了一半。他的胳膊悬在我脸侧，暧昧且有压迫感。

此时，耳机里男女合唱的声音正缠绵地交织着：

我的心思不想让你来猜
空气中酝酿不安的期待
我们都在等待
心里有什么打算
我的手已为你空出来
哪时候才能给我你
充满爱的大平台
我们不止有 digital digital[1]
丢掉手机制造些 magical magical[2]
不要想得太多
遇见你以后一闭上眼都是好梦
敢不敢跟我走……

我小心翼翼地呼吸。歌曲终于结束，耳朵里安静下来，但我的胸腔内仿佛大雨如注。我抬起右手，朝他勾了下手指，示意有话要讲。陆成则倾头靠近，像匹高大而温驯的白马，任我牵引。

我感觉自己的喉咙变得紧而干，小声问："这首歌叫什么？"

陆成则私语般的低音落在我耳后，我的心禁不住颤抖："《你朝我的方向走来》。"

1　数码用品。

2　魔幻。

第七首歌

5 Years Time

《五年之后》

建立一段新的人际关系，意味着固有的舒适圈多少会被打破。下车前，我好奇陆成则是不是也每天十点左右上班，他说："更自由一点。"

我说："我以为你们是典型的'996'。"

陆成则回："事情做完就好。"

原谅我又开始说工作，因为再讲些助长暧昧气氛的话，我怕我会忍不住像个少女一样拽住他的胳膊，娇滴滴地撒娇："你就不能多陪我坐两站吗？"

而陆成则仿佛能听见我的心声，到西林湖站时，车上呼啦啦下去一群人，他却纹丝未动。

我大幅度扭头看他，眼露诧异。

陆成则垂着眼睛，微笑："你今天要这样看我多少次？"

我问："你不下去吗？"

陆成则困惑地扬扬眉，然后说："你问的那句话不是希望我跟你坐到站的意思？"

我蒙了一下："哪句？"

陆成则说："问我上班时间那句。"

我咬字重了一点："不是！是怕耽误你上班。"

陆成则眨了眨眼，听起来有点委屈："好凶啊，祁妙。"

我顷刻失语。

怎么会这样？一个是不好意思撒娇的女人，另一个是很好意思撒娇的男人，关键是我怪吃这一套。还有，陆成则用的是什么眼药水，明明每天对着显示器，他的眼睛却如此干净，黑白分明。

我变换口吻，轻柔地复述刚刚那句话："不是，是怕耽误你上班。"

陆成则因我的"川剧变脸"般的态度动了动眉梢："没啊，正好给了我晚点上班的机会。"

这时候，他又从看起来很好欺负的弟弟变成一个从容且放纵的兄长。

我心里叹息一声："切换自如的臭小子。"

然后，我继续背对他，因为再说什么也没用了，车门已经关上，这趟地铁又要飞驰到他方。

窗外闪过一些炫彩的广告牌，陆成则忽然又叫我的名字。

我回头看他。

陆成则问："这是我们第二次见面？"

我想了想，确认："对。"

陆成则说："一回生二回熟，我们应该算熟了吧？"

我恶搞似的反问："几分熟？"

闻言，陆成则像大狗狗那样抽动鼻子，嗅了嗅，给出判断："可以撒孜然了。"

我忍不住笑了出来，起码露出了八颗牙。

陆成则也笑了。笑这东西，就跟超级病菌一样，是会急速交叉感染的。

我觉得我过快地迷上陆成则了，是啊，这才见了第二面，忙起来还好，但凡有一丁点闲暇，他的一颦一笑、一举一动都会迅速浮现在我脑子里，跟药瘾一样，勾着我去找他。

好在中午的咖啡约会可以缓解这种症状。结果工作上出了点小事故，我上午在公司开完会，就要去见一位客户并请他吃饭赔礼道歉。

身不由己。

我给陆成则发消息，只发去两个奇怪的音节："咕咕。"

我这是纯属卖萌，以便缓解接下来即将给他带来的不快。

陆成则："？"

我继续发："咕咕咕。"

陆成则领悟力很不错："知道了，喝不了咖啡了是吗？"

我遗憾地抿唇赔罪，说人话："是啊，抱歉。有点急事，下周我请你好吗？"

陆成则依旧保持好脾气："好。"

本以为这次咖啡之约已提前宣告收尾，结果半个小时后就峰回路转，我收到了一杯星巴克绵云拿铁外卖。

我猜到是陆成则点的，没有问，只在微信里回："谢谢。"

陆成则不说不客气，只回："看我朋友圈。"

他拍了自己的部分工位，桌子上面放着一杯同款咖啡，他把照片发到朋友圈并配字："干杯。"

我笑了。

陆成则是我见过的第一个拿纸杯咖啡干杯的家伙，可爱到了极点，仿佛是从天而降的、让我开心的神。

我也拍下一张，单独发给他："干杯。"

因为中午没能见面和第二天是休息日，晚上回到家，我就抱着手机跟陆成则聊，直到近半夜两点，澡都没顾上洗……

不能再拖了。我从床上坐起来，勒令自己跟陆成则说晚安，刚要按黑手机，屏幕里又跳出新消息。

无法无视。

这个严重干扰我生活节奏的家伙再次开启新话题：“睡前最后一个问题，你用什么歌当起床铃声？”

我哈了口气，认命地回答：“*5 Years Time*。”

陆成则说：“这首歌我记得很轻快。”

又说：“我再听听。”说完还把歌曲链接发来与我共享。

周末我可不想再听到这首歌了，刚要谢绝，陆成则的消息再次蹦出来：“去逛动物园吗？”

我怔了怔，下意识地看时间：“现在？”

陆成则发来一张歌词截图，像是在告知他心血来潮的缘由，就是在听的这一首：

> Oh well
>
> 哦 好吧
>
> In 5 years time we could be walking around a zoo
>
> 5 年后我们可能会去动物园漫步
>
> With the sun shining down over me and you
>
> 阳光照耀着你和我
>
> Put my hands over your eyes, but you peep through
>
> 我用手遮住你的眼睛，但你透过缝隙看我

这一段画面感很强的歌词，让我也情不自禁地点开链接，跟他一道听起来。

我在开头轻松的口哨声里勾起嘴角，就着刚才的内容往下聊，并感到匪夷所思：“这个点了，哪家动物园还开着？”

陆成则安静了，编辑了很久的消息。

两分钟后，一堆让我愣上好几秒的表情挤进屏幕，细看会发现，中间有一个男孩和一个女孩，被太阳包围着，两边是各种动物。

此时的歌刚好播到：

All over our bodies
我们全身遍布
and Sun Sun Sun
阳光阳光阳光
All down our necks
我们脖颈以下
and there'll be
也将会是
Sun Sun Sun
阳光阳光阳光
All over our faces
我们的脸庞洒满
and Sun Sun Sun
阳光阳光阳光！

我现在也绝对满脸的“Sun Sun Sun”，因为他这个幼稚又举世无双的“大可爱”的回复。

我合不拢嘴地哂他：“我可谢谢你了啊。”

话虽如此，可我早已心花怒放。

陆成则，大帅哥，脑子转得好快，好会哄人啊。我无法自拔地设想，跟这样的人恋爱了会是什么样？和他接吻是什么感觉？

在我想入非非、心生悸动的时分，陆成则已经开始认真计划和提议：“明天有空出去玩吗？想请你逛动物园。”

我说：“我后悔告诉你这首歌了。”

陆成则问：“为什么？”

我说：“要睡懒觉。”

陆成则说：“下午的阳光也很好。”

我盯着聊天记录，长吁短叹，甘拜下风，谁来教教我，怎么拒绝阳光，谁能拒绝蜂蜜一样的太阳？

第八首歌

《写给我第一个喜欢的女孩的歌》

下午一点多，我和陆成则准时出发。我没想到他居然有车，是一辆全白的奔驰 GLC[1]。

最近我也在看代步车，就向他咨询了一些价格、动力和使用感方面的问题，最后我问：“你平时不开车吗？”

陆成则回：“嗯，上班日不怎么开。”

我说：“有车不开？”

陆成则说：“你想开吗？上班日可以借你开。”

我顿了一下，因为他的大方和出人意料的展开说明：“那一个月后它可能要去 4S 店做一次全身补漆。”

陆成则笑了笑，开始放歌，放的是我们昨夜谈到的那一首歌，也是今日出行的缘由。

在明快的音乐声里，陆成则降下所有车窗，让风和日光灌进车里。

他说：“这样听感觉才对。”

我被晒得眯着眼，周身暖洋洋的。

秋天的云朵总是很白，也很低，大团大团地裹住屋顶，柔软而

1　奔驰旗下的一款高端轿车。

蓬松。

由于路况原因，陆成则开得不快，我们好像坐在慢慢悠悠的云块里。

溪山野生动物园离市中心较远，需要一个小时左右的车程，下午两点一刻，我们才到达动物园。

扫码入园的队伍里有不少“家庭档”，年轻男女倒是寥寥无几，所以显得我俩像是异类。

我今天穿得相对休闲——运动裤和奶油色的卫衣。怕违背“Sun Sun Sun”的初衷，我也没戴遮阳帽，只能在化学防晒上多做手脚。

反正陆成则看不出来。

穿过一大片树影，我们停在湖边，有不少小孩在码头上喂天鹅和鸳鸯。

陆成则说：“你等我下。”

说完，他转头去了一旁的小木屋，再回来时，两手各端着一只盛放饲料的纸杯。

陆成则递给我一只。

满湖烁星，我撒了一点饲料下去，看着湖面上的黑天鹅猛扎啄咬。

陆成则问：“你小时候来玩过吗？”

“没，”我侧头，“我不是宜市人，大学考来了这边，之后工作才留在这里。”

陆成则找话题的速度堪称一流：“所以才这么特别？”

太阳晒得我的脸有点热。

我欣然附和：“对啊。”

我没有挪开视线，笃定地判断：“你是宜市人。”

陆成则用一句方言肯定了我的猜测。

其实并不难猜。

陆成则很有当地男生的特点。大城市里养尊处优的男孩子，相处起来如咀嚼精米细粮，散发着优质土壤才能滋养出来的无害香气。

我抛出同样的问题："你以前来过吗？"

陆成则说："来过，很多次。"

我微愣，装作吃味，开玩笑道："看来你和很多人逛过动物园哦。"

陆成则说："只请你喂过天鹅。"

我继续试探："你好抠门，之前的都不请吗？"

陆成则说："因为长辈舍不得让我花钱。"

他对答如流，让我暗暗窃喜，但也有点受挫和恼火。可等他微微垂眼，专注地看向我，浓密的睫毛影子投射在面颊上时，我又觉得，这并非他万无一失的伪装。这就是他，只属于我。

我很喜欢大熊猫，工作累的时候也常看 iPanda[1] 解忧，所以在熊猫馆逗留了很久。里面有间商店，放满了熊猫元素的物品，可爱至极。

在店里漫无目的地闲逛时，我看到了一顶可以翘耳朵的熊猫帽，看起来很适合他，便指了指那顶帽子："你试试。"

陆成则立即上手试戴，而后转身面向我。

他的刘海儿被帽子压塌了些，眉毛遮得比之前严实，也因此显得更乖。

我勾了勾手指，克制住想要帮他捋开的欲望。好在他自己这样做了，因为有几根头发扎到了眼睛。

调整完毕，因为同时想去玩那个操控耳朵的开关，我的左手和他的右手在半空中碰了一下，很轻，但我觉得那个瞬间，我们之间的空气发生过剧烈的碰撞，然后我们都陷入了极其微妙的氛围。

我慌忙打破这种氛围，故意"啊"了一声，垂下手："你来吧。"

陆成则没回应，而是将那两个毛茸茸的开关抬高，递给我："教

1　熊猫频道。

我一下，以前没玩过。”

我当场拆穿他的谎言：“没玩过还知道开关在哪儿吗？”

陆成则有理有据：“没玩过熊猫款式。”

我说不过他，只能伸手接过，两手一攥，两只黑色的耳朵立刻在陆成则脑袋上弹高，伴有尖细的“吱”的一声。

陆成则眼皮上挑，留意着头顶的动静，样子多了几分童趣。

我松开开关，评价道：“果然适合你。”

陆成则说：“因为跟黑眼圈相得益彰吗？”

我的目光从“熊猫耳”回到他看起来完美无瑕的脸上，认真打量：“在哪儿，我都没注意到。”

陆成则面露疑惑：“没有吗？我昨晚睡得不太好。”

我听懂了他的言外之意：“那今晚早点休息。”

陆成则煞有介事地点头：“好，聊天时记得提醒我。”

什么人啊，这还“太阳当空照”呢，就在拐弯抹角预约晚上回家之后闲聊？

陆成则又叫我：“祁妙。”

“嗯。”

陆成则双眼亮晶晶的：“叫叫看我的名字。”

“陆成则。”

陆成则按了一下开关，“吱”，耳朵竖起。

我露出笑容，继续：“陆成则。”

耳朵又动了。

我起了玩心，快速喊了三声：“陆成则、陆成则、陆成则。”

陆成则也连按三下，“吱、吱、吱”。

收银台后的男店员在我们身后喊：“这还不买一个啊？”

陆成则一把拽下帽子，带乱了头顶的一撮头发，他浑然未觉，声音朗朗：“好，结账。”

回去的路上，天色已经暗下来了，道路两旁的高楼大厦霓虹闪烁，很赛博朋克。

一下午的太阳如低浓度的温酒，泡得我有点醉醺醺的，外加车里一直放着悠扬的英文歌，我懒得动弹，也不想讲话，就手搭在车窗看夜景。

过了会儿，陆成则跟我搭话："要换首中文歌吗？"

"好啊。"

"还是继续听英文歌？"

"都行。"

"要不继续听英文歌吧，你在外企工作。"

"……"

好冷的笑话，我还是假装没听见吧。但陆成则还是切了歌，这次歌曲前奏是吉他。

你温柔的长发

在风中滑过嘴角

我一怔，顺手拨开因风粘在唇上的一根发丝。我根本没注意到，而他看到了。

我幼稚的笑话

为何只有你没笑

好吧，我开始笑了。

你靠着窗发呆

陆成则到底从哪儿找来的这些歌？我打心底里佩服，收回搭着车窗的胳膊回过头。陆成则果然在看我，单手把着方向盘。

我用导航腔提醒：“尊贵的车主，请专心驾驶。”

陆成则冲车前瞥了瞥眼，同样用导航腔回复：“前方红灯，请乘客保持耐心。”

坐在静态的车厢里，我无法反驳，就故意板起脸，飞去一记“眼刀”。陆成则立即给出“正中红心”的绚烂的反应，我也立刻在这种反应里缴械弃甲，任愉快浮上眉梢。

我跟陆成则的相处逐渐变得自在，我还会在他面前做各种表情，哪怕不知道那样是否得体。

我不再看他，转身坐正的时候，刚好看到从车内屏幕上慢慢滑过的歌名，长长一道——《写给我第一个喜欢的女孩的歌》。

我弯唇，在心里“嘁”一声。

才不信。

第九首歌

《奇妙能力歌》

来到宜市的第十个年头，我确定自己遇到了有生以来所见过的感觉最好的男性，而得出这个结论只用了三天。

因工作需要，我跟很多人打过交道，当中自然不乏异性。他们各不相同，但很快就能被分门别类，概括来说，无外乎两种类型：自大的上位者、软弱的少年人。年龄和阶层的特性在他们身上得到了淋漓尽致的体现。他们热衷于展示自我，热衷于将自己“特别化”，还热衷于收集女人的崇拜和疼惜当勋章，且无一例外，都非常自信。

陆成则也是自信的人，但他给我的感觉不一样。他在经营男女关系上很有技巧，不是用力地塑造自己的形象，让自己成为主角，而是擅长营造“他是枝叶，要托举花朵”的氛围。跟他相处起来很舒服，舒服到让人有些飘飘然，但这种状况也危机四伏，因为容易从高处重重跌落。

所以，回家后我就做了一件很幼稚的事——没有主动跟陆成则聊天，而是“地毯式”搜查了他的朋友圈，浏览了他的每一条状态。

尤其是去年年底那会儿，我同事曾在立付 in-house 的那段时间，我看得尤为仔细。我甚至翻了“立付 × 意创”春节项目组那两位女同事的朋友圈。我不由自主地想，如果在评论区或点赞里看到陆成则，我会立刻冷静下来，可能还会有点心灰意冷。

最后的搜查结果是空白，我们的社交圈没有任何重叠。我松了口气，意识到自己开始患得患失了。

洗完澡，看到陆成则给我发了消息，问我睡了没有。

我说：“准备睡了。”

他有些意外：“这么早吗？”

我说：“困了。”

聊天界面安静了一会儿，他说：“好，晚安，祁妙。”

我说：“晚安。”

这一秒，我无法判断我的不积极是故意还是无意，总之，我陷入了欢畅之后的消沉，在这样美好灿烂的动物园狂欢日后。

我们有很多可以回味、分享的瞬间，这是一个让彼此感情升温的好时机，我却轻易让它溜走了。

我跟朋友打了通语音电话，告诉她我已经见过陆成则，并具体形容了相处期间的感受。她的反应是羡慕，让我趁早“验货”。我叹气，在犹疑。

朋友说：“享受当下就好了，你难道还想跟他‘儿孙满堂’啊？”

“那倒没有，”我浑身一激灵，尝试阐明自己的想法，“只是太容易飘飘然，他给人的那种唯一感和排他性很迷惑人。所以，我有些纠结，担心再往下去，我会被这种情绪控制。没把握的事需要慎重，先冷静一下没什么不好吧。”

因以上种种，回家后我就晾着陆成则了，也因此显得有点做作和有心机。

挂断语音电话，我再次点入微信界面，去看陆成则的朋友圈有无新内容。

当刷出他的新头像时，我怔了一下。那是一只熊猫，背影只有一小团，自挂东南枝。

“他什么时候换的？选张这么可怜巴巴的图干吗？”想到这些的时候，我觉得有些甜蜜的情愫在我脸上荡漾开了。

我回到聊天界面，思忖片刻，“拍了拍”他。

陆成则没有设置任何“拍一拍”内容，保留着它原本的功能。

他发来消息：“你没睡啊？”

我撒谎：“正准备睡，发现你换了头像，想看看大图，不小心点成了拍一拍。”

他问：“可爱吗？”

我说：“蛮可爱的。”

他说：“明明是很可爱。”

是啊，是很可爱，并且成功讨到我的欢心了。

但是，他也给自己挖了一个坑。

我坏坏地冲这只“小熊猫”发难：“这么可爱的新头像打算用多久？”

这个问题有些突然，任谁看到都会措手不及，所以我也思考起标准答案。然而没过几秒，陆成则提前交卷，答案远出乎我的意料：“用到它耳朵不能动为止。”

我联想到白天的情况，笑了笑，不解风情地指出：“它是静态图片，本来就不会动。”

陆成则说：“你多拍拍它不就动了？”

盯着这句话，我似笑非笑地沉默了很久，最终泄气。我意识到，我无法战胜陆成则，语言在他手里已经不是技巧，而是魔法。

我对情绪妥协，也对自己真诚：“小熊猫，我好像有一点喜欢你了。”

故作随意的口气是我最后的倔强。

聊天界面又变得安静了。

只能看见陆成则的输入状态断断续续，很久之后，他发来一条略显无奈的话："下次不要睡前说，我不想连续两天睡不着。"

陆成则大概在笑，因为我突如其来的昵称："还小熊猫。"

我反问："不能这么叫吗？小熊猫。"

陆成则说："能。"

他还借机给我提要求："现在就把给我的备注也换了。"

我咬了会儿唇，强调："只是一点，你不要太嘚瑟。"

不是一点点，不止一点点，至少当下不是。我的心跳得格外快，因为对他坦白了我的心动。

陆成则回："一点的影响也很大。"

我说："不要夸张。"

陆成则说："没夸张，有证据的。"

我问："什么？"

一首《奇妙能力歌》被陆成则分享过来，他又以专属于我们的音乐方式作答。

陈粒的嗓音清透又空灵。

这个五味杂陈的夜晚，终究还是在馥郁中迎来尾声。

我宣布投降，发了个炸弹表情过去"轰炸"陆成则，很任性，不体面，破罐子破摔，爱怎样就怎样吧。

而陆成则回了个烟花表情。

看着彩色的焰火特效在聊天界面炸开，我开始相信，自己的名字也许真有那么点玄妙，祁妙的确遇到了一个奇妙的男孩子，不是吗？

第十首歌

City Of Stars

《星光之城》

周一的早上，我又在地铁里碰到了陆成则。我想，他已经熟练掌握了守株待兔的技巧，特别是这只兔子不再彷徨，心存期待，不再畏惧撞上同一棵小白杨。

今天的“小白杨”有位可坐，比上一次要矮好几截，但也没有被人群淹没，因为他的脑袋竖得很高，左顾右盼。

我先看见了陆成则，但没叫他，直到他找到我，我才歪了歪头当作打招呼。他勾唇，站起身来想把座位让给我。

我没有推辞，坐下后问好：“早啊，小熊猫。”

“早，祁妙。”陆成则站在高处看我，唇红齿白。

我们不再说“好巧”。这个时间，这节车厢，已经是心照不宣的约定。

陆成则将左手的麦当劳纸袋递给我。

我顿住，没有接，装傻：“这是什么？”

陆成则说：“早饭。”

我依旧不动：“谁的早饭？”

陆成则答：“不是你的早饭，就是我的早饭。”

我笑开来：“你还没吃早饭吗？”

陆成则摇摇头："没。"

我说："不用了，我已经吃过了。"接着又嘀咕，"再说本来也不是给我的吧。"

"怎么就不是给你的了？"陆成则的语气少有地大幅度起伏，好像被我冤枉是什么很不得了的事情。

我被他的反应逗笑了："你又不能保证遇到我。"

"所以我说了，"陆成则没被我绕晕，仍旧保持着良好的逻辑思维，"不是你的早饭，就是我的早饭。"

我将手放在腿上的手提包上："如果我拿走了，你到公司岂不是要饿肚子？"

陆成则说："再买又不难。"

我呵了口气："你吃吧。我在家吃过了，谢谢你。"

陆成则这才将悬了半天的手垂下去。

他旁边有对男女，一直在看我们说话。他们围观了这位帅哥被婉拒的全过程，而帅哥好像一点都不尴尬。

离西林湖还有一站路时，我身边的老太太下车，陆成则像小时候玩抢凳子那样，行动敏捷地占了座。

我看着他把双肩包摘下。那是一只雾灰色的格子包，风格鲜明，一看就知道是什么品牌的产品。

我开玩笑："你们程序员是不是必须拥有一件格子花纹的物品？就像护身符一样。"

陆成则不否认："可能吧。"

他的衣品不错，干净、清爽，不追求潮牌，不花里胡哨，但细节很多，有精心收拾过的痕迹。是因为我，还是他本就不错的自我管理？不管是哪一种，都足够让我嘴角上翘。

我又瞥他一眼："只剩一站路，还要坐过来？"

陆成则纠正我："是三站路。"

到公司没多久，陆成则就来微信里跟我报备，可以用“报备”这样矫作的形容词吗？他给我的感觉的确如此。

他说：“今天估计很忙，不一定能及时回消息。”

我笑了笑：“忙吧，我也很忙。”

谁还不是个苦苦挣扎的上班族？

上午开会，下午比稿，等我从客户公司回来时，已经是傍晚了。我坐在公司商务车第二排靠窗的位置。车里很闷，我就降下了车窗。外面的天空异常美丽，橙粉混色，将整个城市晕染成画幕。

我听见车载导航报出：“前方二百米处西林湖公园。”

我微怔，问开车的同事：“前面是西林湖？”

他侧头答道：“对。”

我又问：“待会儿回公司没事了吧，可以让我在前面下吗？”

跟我坐一排的文案组长说：“你不跟我们吃饭吗？”

我摇了摇头，在公园门口下了车，然后打开地图，跟着导航走了六百米，来到光纽园区的正大门。

我跟保安亭里的门卫对视了一眼，看对方没有让进的意思，只能低头给陆成则发消息：“在忙吗？”

陆成则：“还好，准备吃饭。”

我打字：“可以抽空出——”又删掉，重新编辑：“方便抽出二十分钟吗？有点事可能需要你参与一下，但不是重要的事，所以拒绝也没关系。”

他说：“怎么了？半个小时也可以。”

我笑了，将自己的定位发给他：“想请你看日落。”

陆成则果然很意外：“？”

又问：“你在哪儿？”

我说：“在门口。”

光纽不愧为“大厂”，园区大得离谱，光是赶路来见我，就让陆成则耗去了十分钟，还是在他快跑的情况下，所以我们只剩下二十分钟。

他跟门卫交代了两句，对方放我进去。

跟着陆成则往里走时，我为自己的心血来潮感到抱歉：“不好意思，我刚好从外面回来，刚好路过你们园区，刚好天空又格外好看，所以……”

陆成则微喘着气，抬头看了一眼没来得及看的天空，也怔了一下，评价道：“是很好看。”

我问：“你吃饭了吗？”

陆成则一边摘工牌一边说：“还没，出去吃吧。”

我阻止他：“别摘了，我过来不是为了蹭饭。”

陆成则看向我：“你请我看日落，我请你吃晚饭，礼尚往来。”

“而且，戴着这个太傻了。”他两指夹着工牌，诚实地说。

我的目光落到上面倒置的两寸照片上：“看起来不傻啊。”

我心想：“倒着看都是帅的。”

“不，”陆成则的笑在晦暗的环境里越发明亮，“很傻。”

“可以看看吗？”我问。

陆成则停下缠绕挂绳的手，将工牌展开来递给我。

我低头端详。证件照里的他与现在别无二致，笑容一样清爽、灿烂。我问他：“什么时候拍的？”

陆成则说：“前年，刚来光纽，部门统一拍的。”

我把工牌还给他，重新远眺，才发现天空已在不知不觉间变了色调：“刚才还是橙粉的，现在变成蓝粉了。”

陆成则跟着看了眼，说：“我想到了一部电影。”

我侧目：“哪部？”

陆成则没有回答，只是忽然开始吹口哨，音调是一段熟悉的前奏。

我心领神会地笑了，说出电影名字：“*La La Land*[1]。”在那部电影里面，天空也是这样的。

陆成则偏头看我：“你看过？”

我点点头，哼唱出第一句歌词，告诉他，我不光看过，这首歌我也很熟悉：“City of stars,are you shining just for me?[2]”

陆成则惊讶地睁大眼睛，学周杰伦的语气：“不错哦。”

他又接着我那句往下唱：

City of stars

星光之城

There's so much that I can't see

这里有太多我看不清的事物

Who knows?

谁又能明白？

陆成则的声线跟 Gosling[3] 不同，偏清朗，咬字清晰，发音标准，也不走调，所以也“不出戏”。

唱完这段，他又做了个请的姿势。

我愣住。

陆成则下巴一抬：“继续。”

我求饶：“我只会那一句。”

陆成则说：“哼也没关系。”

我长长地叹了口气，恭敬不如从命。

---

1 电影《爱乐之城》。

2 星光之城，你是否只为我一人闪耀？

3 Ryan Gosling，瑞恩·高斯林，加拿大演员、导演、歌手，电影《爱乐之城》的男主角。

Yes, all we're looking for is love from someone else

是啊，我们寻觅的一切只是来自某人的爱

A rush

一次冲动

A glance

一瞬抬眸

A touch

一点触碰

A dance

一支轻舞

我们低唱着这首歌，一直走到余晖的边界、道路的尽头。谁记不住下一句，另一个就来填上，当然，少不了忘词和卡壳，但无人在乎。

陆成则送我出园区的路上，我仍哼着歌回味旋律，他也安静地走路。光纽园区的大道空阔而漫长，似无穷尽。道路两旁的灯盏逐一点亮，在微不足道的城市一隅，我浸泡在蓝粉色的深海里，仿佛也成了浪漫影片的女主角。

快到大门口时，陆成则接到个电话，我猜分别将近。

要不要做点什么？这个念头跑出来的下一刻，就在我身体里形成了一股汹涌的热流。我的胸口隐隐发烫。

陆成则挂掉电话，垂下手，冲我挤出抱歉的笑。

我在他启齿前叫了他："陆成则。"

"嗯。"

我没有迟疑，上前两步，踮脚，贴了贴他的嘴唇，整个过程轻而短促，他的唇干燥、柔软，让这次触碰显得不那么具体和真实，仿佛从未发生过一样，但依旧有异常绚烂的东西在我脑子里炸开了，像一朵星云溅出了大片星河，后劲很猛，我极力控制着胸口的起伏。

陆成则惊讶地看着我，一动不动。他的脸肉眼可见地变红，还是渐变的，从下巴迅速蔓延到耳郭，就像刚才的天空，颜色不断变化着。

我在他透亮的瞳仁里寻找自己，好像这样做才能偏移重心，才不至于紧张到僵硬，才能平稳地解释前一刻的冲动，然后我想："没什么好解释的。天空很美，音乐很美，气氛也很美，如此而已。"

我也坚信我亲得大方、自然，与过分的"偷袭"毫无干系。

"我先走了。"我说。

陆成则仿佛刚醒过神来，眨了下眼。

再跟他多对视一秒，我恐怕就要害羞和后悔，忙说："你也回去吧，拜拜。"

转身走出去没几步，我忽然听见他高声喊我："祁妙。"

刚要回头，我的手腕已经被握住，这是陆成则第一次真切地将肢体的力量覆盖在我皮肤上。滚烫的手掌，强劲的指节，不容人抗拒的拉扯和掌控——熊猫也是野兽。

陆成则不会下一句话就是要跟我要个说法吧？我内心在疯狂且不厚道地猜测着，并开始酝酿"霸总"语录——"你别担心，我会负责的。"

但陆成则没有，在深蓝的夜幕下，他带着很强的压迫感看了我几秒，松开手，说："我给你叫车。"

我说："不用了，你回去吧，这边不难打车。"

因为刚才那个吻，我变得在意他的嘴唇。明明以往他漂亮的眉眼更吸引人。

"你沾到口红了。"幸亏多看了几眼，我有了新发现。

陆成则一愣："哪儿？"

我想，他这会儿一定心乱如麻，否则怎么问得出这种低级问题。

我抬手，用拇指在他唇珠的位置擦拭了两下，力道比刚刚接吻时大得多。

我正要放下手时，陆成则忽然抓住了我的手腕，将我的指腹按压在不久前被我亲吻过也擦拭过的唇上。

这种反制，让我深吸了一口气，体内倏然涌出一股抽搐般的快感。这种感觉在扩散，让我不适，却又舒适。我的每一根神经都绷紧了，被他无声却热烈的目光灼烧着。

"陆成则。"我叫他的名字，尝试挣脱。

他喉结克制地动了一下，终于放开我。

我吸气，装作无事发生过，仔细瞧他的嘴唇："应该没有了。"

陆成则扯出个微笑，把话题拉回去："为什么要在门口？"

我往两边看看，除了门岗，空无一人："门口怎么了？"

"有监控。"

我问："有监控又怎么了？"

陆成则说："我还要在公司混的。"

我挤挤眉心："难道我刚刚的举动会让你丢掉工作吗？"

"嗯，"陆成则点点头，又漾开笑意，"我会忍不住旷工。"

第十一首歌

I Guess I'm In Lcve

《我想我恋爱了》

在认识陆成则的第四天，在一条落日大道的起点，我主动亲了他。

回到家后我就后悔了，太冲动了，我像跳级一般拉快了我们之间的进程。我对他完全不了解，不是吗？我只知道他的职业、长相和车型，还有他很会聊天。陆成则到底喜不喜欢我，是否真心，我不知道。我的莽撞会让他觉得“这个女人怎么回事”吗？他会因此警惕和退缩吗？

分别前的画面占据了我的思绪，我满脑子都是他通红的脸，还有我的手指留在他唇上的触感，我开始想象我们真正用力地亲吻的样子。那会是什么感觉？

我辗转反侧，周身燥热，撑着脸发了会儿呆，又拿起手机看聊天记录。分开后我们又聊了几句，但对话都很日常，彼此默契地避而不谈那个自然却冒失的吻。

从光纽回来，我没去公司，一直躺到现在，弹性的工作制度让我有了可以在疯狂之举后立刻闭门思过的空间。

但反思是圣人的事情。

我在纠结中迎来了陆成则给我的变相答复，他主动拨通了我的电话，风声比他的声音更快灌入我的耳朵——他刚下班就打给了我。

这个发现让我笑了出来。

“你还在外面吗？”我问。

陆成则语气惬意：“嗯，刚下班。”

我放低手机看时间：“都要十二点了。”

陆成则说：“对啊。”

我故作难以置信：“你不会又要走回家吧？”

陆成则说：“走回家可以多通会儿话。”

我斜倚在靠枕上，身心放松：“可以先回家再通话，这样——”

陆成则不由分说地打断我：“不可以，就现在。”

我的胸口因为这句话颤了一下：“好吧，随便，反正在外面喝西北风的不是我。”

陆成则低低地笑了一声。

听筒里有须臾的安静，唯有风声若有似无地传来。

过了会儿，陆成则开口：“祁妙。”

“嗯。”

“今天，送你的那段路，”陆成则叙述得很慢，似乎在斟酌合适的词句，“我一直没说话，你还记得吗？”

我“嗯”了一声。

“因为，我想了一路，要不要牵你的手，结果……”

陆成则笑出声，不再往下说。

我的表情肌宣告罢工：“怎么了？姐姐就是会劲爆一些。”

陆成则的重点停留在我对他的称谓上：“姐姐？”

我说：“你还不知道吧？我比你大一岁。”

“一岁算什么？”陆成则讲话的语气能轻易让人脑补出他的笑颜：“我生日很大。”

我问：“多大？”

陆成则慢悠悠地数数：“1……2……3……3 月。”

我嘲笑他：“哇！好大的生日哦。”

陆成则说：“起码在上半年。没准我们是同级进的幼儿园。”

他的这句话，让我开始想象他幼时的模样，会是小说里惯常形容的“粉雕玉琢”吗？很神奇。但同时，我也察觉到，糟了，我开始不由自主地美化这个男人。植物无法游离在养分之外，正如我无法再站在上帝视角理智地判断和看待他。

我的思绪回到他说想牵我的手那句上面，原来不止我一个人在纠结，也不止我一个人有过大胆冒昧的幻想，并渴盼将它付诸行动。这一刻我开心且得意：“所以为什么最后没有牵？”

陆成则语气真诚：“我们站得不是很近，连手都没碰到一次，感觉会很唐突。”

我说：“可我今天没有想很多，包括找你的时候，也没有想很多。”

陆成则说：“所以我现在很懊悔。”

他用词总是很精妙，不是后悔，不是懊恼，是懊悔。

我失笑，安慰他：“没事啊，走之前不也拉了手吗？”

陆成则没有顺着说，只是问：“你有搬家吗？”

我愣了一下：“为什么搬家？”

陆成则说：“还住在周日我接你的那个地方？”

我说：“嗯。”

陆成则沉默了几秒：“我快走到那儿了。”

一句话，惊得我差点从床上弹起来：“你过来了？”

“嗯，可以见见你吗？就一面。”陆成则语气平静，没有附加要求，也没有乞怜，好像被拒绝也没关系，而且他大概率已经抵达目的地，在物色有安全感的地点，“你们小区门口这个便利店，没打烊，有人。”

我抓了抓额角：“等我几分钟。”

走进夜色的时候，我感觉风里的花草在为我的“先知”喝彩。

我有多厉害呢？因为我觉得陆成则会在今天来见我，所以回到家后没有像往常那样第一时间卸妆、沐浴，让自己回到粗糙、潦草的状态；也因为坐进计程车后座时，我就从陆成则的眼睛里读到了这些，有未尽的内容横亘在我们之间，在白昼来到前必须书写。

到小区门口时，我已经气喘吁吁。

陆成则站在便利店门外，一半身子在光线里，一半身子在阴影间，还背着早上那只包。

我们几乎是同时发现了彼此，也同时走向彼此。一路过来我想了很多开场白——俏皮的、关心的，但现在这些都无关紧要。在我停下来的一瞬间，陆成则就用双手捧住我的脸，劈头吻了下来。

我背脊顿时麻了一半，小腿发软。陆成则的荷尔蒙像一种格外催情的香水，来势汹汹，令人沉陷。我的手情不自禁地往他双肩、脖颈、面颊、头发上生长，迎合着他滚烫的气息、滚烫的身体、滚烫的嘴唇。

我们紧紧相拥，像在海底，像要断气。

结束时也没有立刻分开，他停在和我很近、我们随时能再吻起来的距离。他笑了，轻声说："我的心总算放下来了。"

我也笑了，因为他奇怪的描述："你的心怎么了？"

"不知道，悬了一晚上。"

陆成则眼皮上挑，瞄了一眼我身后："你们小区门口也有监控吧。"

我弯起嘴角，不对，从一开始我就弯着嘴角，只是这会儿弧度更大："应该吧。"

陆成则问："会让你在你们小区混不下去吗？"

"不会啊，"我摇摇头，"大家都会羡慕我，羡慕有帅哥深更半夜不远千里地赶过来，只是为了来吻我。"

陆成则蹙眉："下午那会儿我怎么都想不明白？"

我说："因为一岁不是白长的。"

闻言，陆成则绽放出一个极好看的笑，那是只在我眼里播映的近焦特写。

在门口的便利店里，我请陆成则吃了碗杯面，之后跟他慢吞吞逛到楼下时，已经快深夜一点了。陆成则抱了我一会儿才离开，走出我视野前，他回了三次头，每一次，我们都在黑暗中相视而笑。

上楼进家后，我顾不上换鞋，站在门口给陆成则发微信，问他打到车没有。

他说："嗯。"

我心神摇荡，急于分享："刚刚站在电梯里，我脑子里自动播放了一首歌。"

陆成则问："什么歌？我路上听。"

我回："*I Guess I'm In Love*。"

我从歌单里找到这首歌，发到我们的聊天界面，把音乐当语言互相沟通。

我说："歌名就是我现在的感受。你呢，也会这样想吗？"

陆成则的回答让我想马上叫他回来再好好亲一顿。

他说："我会想，前两个单词有点多余。"

第十二首歌

《漂亮》

我失眠了。

回来后我的唇角就仿佛做了永久上扬术，大脑也一直在回放所有细节。我发觉我忘了一个重要环节——出去见陆成则前，我怎么没想起来用漱口水？可谁又能预见他就这样吻过来，像猝不及防的盛夏的暴雨，兜头而来，只能放任自己被浸没。

在我想念他的时候，他一定也在想念我。

因为临近凌晨三点时，陆成则给我发来了消息："睡了吗？"

我说："睡了。"

陆成则没有被我这句幼稚的戏言堵住，开门见山地提议："视频一分钟好吗？"

我一怔："现在？"

"嗯，三十秒也行。"

今天发生的一切都有些疯狂，所以他突如其来的要求也惹人浮想联翩。我忍不住打趣他："你好像有点快。"

我打赌陆成则在笑："我只是想确认一件事。"

我问："什么？"

陆成则说："我真的认识了你，不是在做梦。"

我莞尔："可我已经卸妆了，你大概会看到一个陌生人，然后希望这只是一场噩梦。"

陆成则说："不方便也没关系。"

我没有忸怩，旋即将视频邀请发送过去。这倒不是欲扬先抑，我对素颜的自己充满信心，只是在想，画皮是自悦，但如果真打算跟一个人交往下去，去伪也是真诚的表现。

视频里的陆成则跟平时有点不同，头发不是打理过的状态，蓬松且微微凌乱。他戴着一副细框眼镜，衬得他的脸更小了，让他看起来像个大学生或者高中生，还是很好欺负的那种。

我惊讶："原来你近视吗？"

我甚至开始猜测——难道他平时都戴隐形眼镜？我眼神那么不好吗？完全没看出来。

陆成则像一下子没反应过来："啊？哦，有一点，但度数不高。"

我问："上班对着电脑才戴，是吗？"

陆成则应声的同时还点了一下头，好像我是他的网课教授，告诉我他在认真听讲。

我清了下喉咙，故意板起脸："原来跟我视频是上班哦。"上班的心情等于上什么，不必我再往下说。

"不是啊。"陆成则当即摘掉眼镜，"咖嗒"一声将它撂得远远的，我都听见了动静。

我没忍住，笑了出来。眼镜又做错了什么？

"不是，我发誓。"陆成则还在解释，眉眼里的笑意再无玻璃片的阻隔，浓郁到让人忍不住跟着挤眼。

认识他的这几天，我的脸蛋没少受到魔鬼——不，天使——训练。

我们看着对方，安静了会儿。

我提醒："好像不止一分钟了。"

陆成则说："再看会儿。"

他看着我的深邃的眼神，似乎隔着屏幕都能将我引燃。

"我说，"我不自在地别了下耳边的头发，"你确认的时间有点长了吧？还要不要睡觉了？"

陆成则忽然说："我去拿个东西。"

"你等我一会儿。"

离开前他大概把手机靠放在了什么地方，刚刚被他身体挡住的背景画面全露了出来。画面中大部分是他的床，床品是浅灰色的，后墙是黑色的，我极少看到人用黑色涂料涂墙面，其他的除了床头的台灯，高处还垂挂着一只白色飞鸟形态的挂饰。

我没有观察得很彻底，因为陆成则很快坐了回来。

他给我展示了一下手里握着的东西。那东西是全白色的，体积不大，但很有设计感，外形颇似放大版的磁带，但比磁带更简单，两侧还包着玻璃罩："我前两天买了个新蓝牙音响，还没用过。"

我没有讲话，保持微笑。

IT 男·陆，不会要大半夜跟我介绍他新入手的数码产品吧？

特别是他长相出挑，再配上那干净、好听的声线，真的很像测评 Vlog[1] 里的帅气男 KOL[2]。

陆成则垂眼认真地调试设备，中途抬头瞥了我一眼，然后露出一排皓齿："你别这么看着我。"

"我怎么看你了？"

陆成则空出一只手，在自己脸四周悬空画了一圈："你满脸写着'我很无聊，你给我快点'。"

我双手扯住眼角，做鬼脸："知道就好。"

---

1 Video Log，视频日志。

2 Key Opinion Leader，关键意见领袖，网络红人的别称。

“好了，马上好。”陆成则仍笑着，抬起头，小心地把东西架到一旁，最后伸出左手，看动作应该是在使用笔记本电脑的触摸板。

片刻之后，音乐响起，从屏幕那端飘过来。男歌手的嗓音温柔、干净。

我静下心来，仔细听了两句，问：“是韩语歌吗？”

陆成则淡淡一笑：“对。”

我说：“你还听韩语歌吗？”

陆成则点了点头：“我听的歌比较杂。”

我歪着脑袋多听了会儿：“还不错欸。这首歌叫什么？”

陆成则看向我，轻轻地吐出两个音节：“ye peo[1]。”

看过韩剧的我不会不知道这个发音的意思，也不会不知道他放这首歌的意思：“真的假的？”

陆成则说：“真的。”

我在一语双关，相信他应该能听出来。

而陆成则将视频镜头切成后置状态，对准他的电脑，认证这一事实，屏幕里放着的的确是首韩语歌。

我撑着脸：“反正我看不懂韩文。”

陆成则微微耸肩：“歌词里也有英文。”

我装作后知后觉：“是吗，我没注意。”

结束视频通话后，我飞速打开手机相机，检查回顾自己刚刚在视频里的样子跟状态，心想：“应该视频之前就先看一下的，今天太随心所欲了，总是在关键的事情上面慢半拍。”

但不看不知道，救命，这个红光满面、笑容猥琐的丑女人是我？陆成则是怎么有眼无珠地说出那么动人的“ye peo”的？

---

1 近似于韩语“漂亮”的发音。

我去他的线上歌单里翻出这首歌，发现它在歌单第一个位置，好吧，说明他以前从没给别的女人放过、分享过。为了可能只有一分钟的视频，他特意找了这首歌，还动用了他漂亮的蓝牙音响的第一次使用权，就只是为了夸我一句。

我开心地点开它，一边听一边看里面的歌词中译：

你怎么那么漂亮呢

和你对视的时候 我的心 喔喔喔

你怎么那么漂亮呢

望向你的时候 我的心 喔喔喔

就算眼睛很好也要戴眼镜

因为想更仔细地看你

…………

都是套路。

我“哼”了一声，把手机放到一边，又拿起来，复盘这些天来跟陆成则的每一条聊天记录。最后认栽地把手机盖在脸上，啊，妈妈，你的女儿陷入爱河了，怎么办啊！

临睡前我们约好了一起吃早餐，地点是我们那个商圈比较出名的早茶店，常年座无虚席，从周一忙到周日。陆成则说他跟同事“压榨”出了预约券。

早上八点多，我们两个都严重睡眠不足，但还要光鲜亮丽地去吃早餐。

陆成则开车来接我，我坐上副驾驶座后就愣住了，继而又看了他一眼，没憋住笑：“怎么又把眼镜戴上了？”

陆成则看着我，眉眼弯弯：“因为要用眼。”

第十三首歌

Honeysea

《蜜海》

我曾看过一句话——能一起吃早餐的人关系都不一般。跟陆成则刚认识两周，我们就接连吃了三次早餐，有时是去精致的茶餐厅，有时就是随便找一家苍蝇馆子。如果忙到整天见不上面的话，就在睡前开视频聊天，或者打开网易云一起听音乐。

这周四，因为我们组负责的一个搜索 App 项目刚宣布新代言人，所以一整天都在关注线上评价，我忙到快晚上十点才打车回家。因此，几乎一整天没跟陆成则聊天。

到家后，洗完澡，我像刚打完仗一样浑身酸软地瘫在床上，问陆成则在“做咩呢？”。是的，“做咩”，因为工作一天没顾上跟他交流感情，必须撒个娇。

陆成则拍了张照片给我。他在打电脑游戏，屏幕里有泥地、落叶、绿油油的植物茎叶和偌大的蜘蛛。

我说：“好，你先忙，等你结束了再聊。”

陆成则直接发了个视频通话回来，我一接通就是这家伙不假思索的五个字，还拖长了尾音，语气丧丧的：“我——不——忙——好——吗——”

我赶紧解释：“我没有别的意思，是真的不想打扰你，没有要你立刻停下游戏陪我的意思，你不要‘脑补’过多……”

这是真心话，绝非矫揉造作。每个人都应该有自己的空间和时间，即使有了喜欢的人，也没必要百分之百共享生活，每时每刻粘在一起。

陆成则看着我费劲地解释，只是微笑着，不作声。

我停下来：“你笑什么？”

问出这话时，我也不受控制地扬起了唇。

我此时是躺在床上的，因为和陆成则视频过很多次了，头两次我还会靠坐着找最雅观的角度，后来索性平躺或侧卧，偶尔还故意挤出双下巴逗他笑。

“不知道，”陆成则说，“看到你就想笑。”

怎么办，我也一样。两个人一看到对方就只会傻笑，“爱情会降智”的推论果然不假。

我指向手机框外：“游戏忽然停下没关系吗？”因为我跟同事玩过“王者荣耀”，那个一旦开局就必须寸步不离。

陆成则摇摇头：“可以存档。”

“哦。”我放下了心。我注意到他还戴着一只大大的纯黑色头戴式耳机，提醒他：“你电脑耳机还没摘，听得清我讲话吗？”

陆成则反应过来，取下耳机：“哦，里面没声音，急着跟你视频，忘摘了。”

我忍俊不禁：“是有多急啊？”

陆成则无端地说：“我玩的游戏是全屏的。”

“嗯。”

“所以看时间要切回桌面，然后——”

陆成则单手搭头，做出苦恼和煎熬的神情：“怎么才过去两分钟？”

我被取悦：“你对你的同行一点都不尊重欸，人家辛苦做出来的游戏，你这个玩家一点都不投入。”

陆成则就不共情：“反正我又不做游戏。”

“好吧。”

陆成则卧室里那只高挂的飞鸟总是引起我的注意，它翅膀舒展，栩栩如生，我看着它问：“你斜后角那只小鸟在哪儿买的？”

陆成则回头看了眼，确认：“那个？”

我颔首：“对。”

陆成则转回来：“几年前出国旅游买的。”

那看来是没有网购链接了，所以我不再问。

但没想到，我在视频里随口一提的一句话竟让陆成则大晚上叫了个“跑腿”，把这只飞鸟挂饰送到了我手里。

这个挂饰从近处看更有质感。飞鸟鸟身是薄薄的一整片金属，粗砂白，被两根细长透明的尼龙线吊着，所以远远看上去像在半空中飞，可以以假乱真。

可这也太大费周章了。

打开装挂饰的黑色纸盒，我十分惊讶，当然也觉得特别惊喜，忙给陆成则回语音：“你不要它了吗？”

听筒里的陆成则一本正经：“你帮我养着，以后我每天视频回访。”

陆成则怎样都有理，还是让人完全没法拒绝的那一种。我笑了笑，反问：“你不会自己来看吗？”

话一出口我就噤了声，因为话中的暗示意味过于明显，尤其是在这样的黑夜里。

那头也安静了片刻，才说：“你方便的话，我也可以上门回访。”

陆成则语气很认真，像在许诺，不掺杂任何取闹或逗趣的情绪，让人格外心动。

此时，突如其来的一阵悸动，猛烈到让我用一只手按住了胸口。

我深吸一口气，取出盒子里的飞鸟挂饰，抬头比照了下房内白色的吊顶，尽力稳住情绪，说：“你现在有空过来吗？我够不到天花板，不知道怎么给它安家。”

挂了视频电话我才像刚找回反射弧似的清醒过来，心跳得很快，快到无法正常呼吸。我正在做一件夸张到不行的事——一时兴起邀请一个男人深夜来我家里，会发生什么不言而喻，但现在反悔也来不及了，他肯定已经在赶来的路上了。

我迅速收拾了一下乱七八糟的客厅和卧室，梳头、描眉、喷香水、涂抹裸色唇膏，制造假象，美化现场。我甚至想换套更性感的睡衣，打开衣橱时又觉此举太刻意，他刚才已经看过我今天穿什么了，不是吗？于是作罢。

站在厨房的烧水壶旁边，我的血液仿佛也跟壶内的滚水一样慢慢沸腾起来。

心神难安半小时后，家里门铃被摁响。

我始终认为，一个女人能在一个地方安身立命的本钱就是自己有一套房。所以，在读研究生期间我就说服了父母，他们同意我在宜市买一套五十多平方米的独身小户型房。我的首付基本上是跟父母借的，装修和按揭费用由我自己负责。我用最节俭的方式布置出了一个还算满意的避风港，客厅连墙都没认真刷，只用深色的家私和绿植装点了氛围。

给陆成则开门时我设想过一万种情况和画面，他是会像上次一样一见面就不容人抗拒地吻下来，还是会装得彬彬有礼，欲扬先抑地蚕食我的意志力，勾引我主动，又或者他只是把自己当售后，来帮我安装完飞鸟挂件就走。不管是哪一种，我好像都蛮喜欢，都能接受，都会觉得开心。

陆成则进屋了，他看上去也没有刻意收拾，还是视频里那个模样，连宽松的白色居家卫衣都没换下，可我好不容易舒缓一点的心情却又紧张起来。

我抿一下唇，浅笑问好：“嗨。”

陆成则没有因为来到新环境而四处乱瞟，仍心无旁骛地看着我：“晚上好。”

是我的房子面积太小了吗，为什么他看起来比以往更加高大，好像随时随地能轻而易举地把我拥入怀里？

我已经开始口干舌燥。想对他做些什么，或者……他现在对我做什么都可以。

我故作镇定地把拖鞋递给他。

他接过去，躬身换鞋的瞬间也顺走了许多压迫感，我松了口气，并借机调整呼吸。

我安排他坐在客厅的双人沙发上，随即去厨房倒水。

出来时，陆成则黑亮的眼睛依旧追随着我，像有磁性。

茶几很矮，我摸了下脖子，将水杯放下：“我家是不是太简单了？”

陆成则快速环视一周：“现在不是很流行这种风格吗？”

我问：“什么风格？”

“侘寂风。”陆成则笑着调侃。

我差点要捶他一拳。

“你家一定装修得很漂亮吧？”单看卧室一角就很有格调，我又把杯子推向他，“喝水吧你。”

陆成则端起来抿了口，浓眉微蹙：“原来我是来做客的吗？”

我紧张到像是变成了鱼，这才想起今夜的主题：“哦，你跟我来。”

沙发还没坐热，陆成则又被我领到卧室。卧室是整套房子我最用心和满意的区域，有整面墙的落地窗移门，拉开门便是阳台。阳台被我收拾得像个小花园。

他停在书桌前，拿起盒子里的飞鸟，回身问我：“想挂在哪儿？”

我大脑飞速运转，随意指了两处，一处是移门前，另一处是床头内侧：“这两边吧。”

我征询陆成则的意见："你觉得哪边比较好？"

他看向床头内侧："那儿吧，跟我家位置差不多，方便它适应。"

我笑了。

陆成则说："就是我不够高，可能要借用一下你的床。"

这位大高个好"凡尔赛"啊，我斜他一眼："请随意。"

陆成则把手里的飞鸟装饰交还给我，又从盒子的缓冲棉底部翻出两张透明吊顶贴——原来他都给我一一备好了。下一刻他就很矫健地蹬上去，双臂举高，没费什么力就将吊顶贴牢固地粘在墙上。

陆成则没穿袜子，他的双脚干瘦、窄长，也很白净，从脚趾到脚踝都骨骼分明。他身上好像没有缺点。

在我发怔的时候，陆成则撑着手下床，我眨了下眼，他说："等几分钟再穿线，不然容易掉。"

我明白过来，点点头。

等待的过程中，陆成则就规矩地站着，不坐，也不在房内乱走。我发现他对我放在桌角的唱片蓝牙音响颇感兴趣，稍稍倾身观察着，我也歪头看过去。

他回过头来问我："这是唱片机还是音响？"

我说："多功能的，可以放黑胶唱片，也能连蓝牙。"

我放下飞鸟，拿起桌上的手机，顺手调出昨晚刚保存的第一首歌，给他演示功能和音效。

慵懒的女声传出来：

You say just come over, come over to mine

你说只要走过来，走到你身边

cause imma kiss you nice

因为我要深深吻你

I can't keep my composure, composing my mind

我无法再保持冷静，让我的心潮平复

Why you being nice to me?

你为什么要对我这么用心？

Enough, I fold

够了，我向你认输

因为这段音乐，房间里的空气一下子变得黏稠了，缓慢了，只是安静地涌动着，缠住我的手脚，让我难以挣脱。

我对天起誓我不是故意放这首歌，可现下看起来已经跳进黄河都洗不清了。

我勾了勾身侧的手指，不大自然地启唇："我去把你的水拿过来。"

刚要回头，陆成则拉住了我的胳膊，让我重新跟他面对面："就待在这儿。"

我不再动，也没有看他，但我知道他在看我。

陆成则低声问："抱一下，好吗？"

我们的想法怎么会一模一样，一样胸腔空旷，一样急需充盈？所以我毫不犹豫地圈住了他的腰，让自己贴过去。

陆成则温热的呼吸从我耳侧荡过去，我感觉他的呼吸变重了，他回搂住我，胳膊也在一点点收紧。

我没有穿胸衣，因此整个人都软软地被他压在胸膛上，变得沉重又轻盈，往他的方向沉溺。

陆成则发现了。

"祁妙。"他湿热的气息在我鬓角边喷薄而出。

"嗯？"

陆成则不说话，但我听见了他吞咽的声音，我身体里的饥饿感因此无限胀大，渴望现在就吞食他，或者被他恶狠狠地剥开吃掉。

I know, I know I act bold

我知道，我知道自己举止冒失

But imma give it all to you

但我只是想给你我的所有

Let you fill this solitude

让你填满内心的孤独

No self control, I overdose

无法自控，我已经沉溺

暧昧的音乐飘荡着，像涟漪，一圈圈扩散，无休无止，因为在拥抱的前一刻，我随机应变地打开了单曲循环。

陆成则用唇蹭着我的额角，他的鼻息若有似无，暧昧、亲昵。他身上淡淡的沐浴露的香味包围了我。

他的手也很热，隔着衣服熨烫着我，但我没有因此变得平整，反而更加皱缩，皮肤下的血管仿佛在痉挛。

我轻声说："你有没有觉得……这个音乐很适合跳舞？"

陆成则几乎是用气音问我："跳吗？"

我讶然扬眸："我不太会，会踩到你。"

陆成则说："随意点，就这样抱着跳。"

话落，他带动我前后走了两步。

我没及时跟上节奏，果然误踩到他的脚趾，我下意识地瑟缩、后退，又被他一下揽回怀里。

我的脸微微发热："看，踩到你了吧。"

陆成则说："又不痛。"

我在年会上从不跳舞，因为对自己的肢体协调力不大自信，大学军训走正步时偶尔会同手同脚。

“不行。我真的不行，放我一马好吗？’我摇头，拒绝暴露更多弱点。

陆成则垂眼示意，温柔的眼神像是能网住我：“那就踩在我脚上跳。”

“啊？”我有点意外，但这不失为一种方法，便低头照做，一左一右踏上去时，我们脚上的皮肤全无隔阂地贴在了一起。他脚背很硬、很凉，抵着我的脚心。我的心脏如蜂翅般激颤，抖落出大股羞耻的蜜意，我扯着话题缓冲情绪：“我以前看过一部穿越题材的韩剧，里面的男女主角接吻的时候，女主就踩着男主的脚，那个画面到现在都印象深刻。”

陆成则依旧看着我的眼睛，语气真诚地建议：“你也可以试一下。”

我轻哼：“说好的跳舞呢？”

陆成则笑了一声。

但来回跳了几步，我就有些受不了了，因为不适，也因为怕掉落。我过于依赖陆成则的身体，失去了对自己身体的掌控，被动地任由他带我起舞，我挣脱他，光裸的脚重新蹦到了地板上。

陆成则停了下来：“怎么了？”

我吁气：“不能再踩了。”

他眼里带着询问。

我狡猾地说：“万一被我踩出问题，你讹上我，要我负责一辈子怎么办？”

陆成则的目光在顷刻间变暗了，也变沉了，不像之前那样只是落在我脸上，而是碾压下来，带着烫人的力度和温度。下一秒，我就被他腾空抱起，他抱得很高，高到我感觉仿佛短暂地失重了一下，我想象过被他这样举抱是什么状态，但我没料到会带来恐慌感。我倒吸了一口气，刚要用双腿夹住他稳住自己，整个人便往后栽倒，陷入柔软的床里。

陆成则压上来，重重地、凌乱地、肆意地亲吻我，激烈得让我喘不过气来。

我感觉房内只剩我的心跳声和他的喘息声，急切、滚烫，我情不自禁地缠紧他的脖颈，不一会儿就有了缺氧的感觉。陆成则停下来，他逆着光的俊脸都是红色的，还有耳郭，像半透明的，像我幼年时拿手电光照射皮肤的那种状态，很诱人。所以我上手揉搓了两下他的耳朵，感受他的体温。

我们看着对方笑了。

我知道自己也好不到哪里去，失态，面红耳赤，心脏仿佛随时要蹦出来。

此时，音乐好像突然之间回来了：

God I've lost my mind

上帝啊，我已失去理智

Cause your lips are honeysea

因为你的双唇像是一片蜜海

Drippin' over me

流淌过我的身体

I drink you in like wine

你如同一杯烈酒，令我沉醉

So go on and kiss me nice

所以请你继续亲吻我，不要停下

Say I'm pure like edelweiss

你说我纯洁得像雪绒花一般

Like edelweiss'

像雪绒花一般

我微微眯起眼，看着陆成则慢慢白回来的面孔仿佛有了光晕，脸周浮现一小圈细毛，我不由自主地抬手摸过去，低喃：“edelweiss。”他低笑一声，垂头，重新含住我的唇瓣。

第十四首歌

《暗涌》

这是一个足以镌刻在墓志铭上的夜晚，以诗歌的形式，还要浇上带亮粉的金色颜料。陆成则给人的感觉，不单单是我曾脑补过的“闪闪惹人爱”，他礼貌又放肆，让我感到被珍重，也被掠夺，一种超我的快感让我结束后全身战栗了很久。

真正的满足是有余韵的，需要回味。我的腿缠在他腰上不肯放开，沉迷地保持着这个姿势。

我们都炙热、潮湿，最后陆成则背着我去冲了个澡。是啊，背我，我要求的。我爬到他背上，为了能贴在他耳后，轻轻地告诉他：“你好讨人喜欢啊。”

陆成则停下来，宽阔的肩膀微微耸动，“正大光明”地偷笑。

洗澡时我好奇：“你天天坐在电脑前从哪儿来的肌肉？”

“我喜欢游泳。”

“你真游泳啊？”

陆成则说：“真游，有空就去，跟你认识后才开始‘堕落’的。”

我警觉地皱皱眉头，回忆之前的聊天内容：“你该不会还烘焙、骑行、打篮球吧？”

陆成则笑：“对啊。”

原来玩游戏才是哄我的，我气愤地抽出花洒对他一阵猛浇："大骗子。"

陆成则敏捷地躲到角落，又把湿漉漉的额发捋到头上，水珠挂在他的睫毛上，浴室里雾蒙蒙的，让他看起来像假人一样。我捏了一下他的胳膊，他吃痛，不解地看向我。

我问："疼吗？"

陆成则点头。

"那就好。"

陆成则还是一脸疑惑。

我说："确认下你是活人，不是人工智能。"

陆成则被逗笑："人工智能不能进水。"

我说："也许你的皮肤用的是防水材料。"

陆成则把我扯到他怀里，混着潮热的水汽，用坏坏的语气说："是啊，不然刚才就要短路了。"

我瞪他一眼，别过头看墙砖，就是不看他。他又把我的脸拨回来，低头吻我，啄一下就停住看一会儿。他近在咫尺的眼神，浓烈而湿润，总让我觉得他爱了我很久，他好爱我。

我回到床上就开始犯困，窝在陆成则怀里昏昏欲睡，恍惚间我感觉他吻了一下我的额头，又吻我的鼻尖。

他怎么这么喜欢亲我，我身上是有糖分吗？

我弯了弯眼，懒洋洋地叫他一声："小熊猫。"

他回应："嗯。"

我哼笑，没吱声。

陆成则化身为好奇宝宝，问："怎么叫了人又不说话？"

我随口问道："我们现在算谈恋爱吗？"

陆成则很快回答："当然了。"

他理所应当的反应让我的大脑“咚”的一声变得清醒，本还甜稠的思绪烟消云散。我完全睁开眼：“啊？我们已经恋爱了？”

陆成则：“对啊。”

我感觉自己的眼皮在快速眨动：“什么时候？”

陆成则明显怔了怔：“现在，刚刚，前两天——”他可能也找不准具体的节点，最后盯着我，抿嘴笑，“你为什么这么惊讶？”

我坐起来：“因为我完全不知道。”

陆成则跟着起来，调整坐姿，颇为正式地同我面对面，会谈一般：“现在确认下？”

“等会儿，”我阻止他，“你确定吗？要不要再考虑一下？”

陆成则眉心微蹙：“考虑什么？”

我说：“我们认识了……有十天吗？”我没有细数，应该不到。

陆成则说：“我们认识刚满一周，今天是第七天。”

说出这话的时候，他脸上慢慢浮现出一种无法理解我的神情，像是一层由复杂情绪拼凑出来的灰色、透明的面具，让他看起来不再是直观的明亮，变得黯然。

我也不知道自己在担心什么，这一切发生得太快了。陆成则还不够了解我，我也不够了解他，我不想自己过快地被一段固定的关系约束，即使说出来非常扫兴，但它们真实存在着，我必须听从自己的感受，而不是活在对自己稀里糊涂的哄骗和推动里。只是我的预判出现了重大失误，我没想到，在陆成则眼里，我们的关系早已飞跃进阶。

在他沉默的这几秒里，我开始补救，柔声建议：“我们再相处一段时间好吗？正好双方都再冷静冷静，考虑清楚。”

陆成则黑色的眼睛紧盯着我：“你还要考虑，是吗？”

我顿了顿，坦白：“我想，我可能需要。”

陆成则说：“我不需要。”

撂下没有感情的四个字，他开始了一些让我有些措手不及但能理解的行为——闷声不响地捡起床尾自己来时穿的卫衣，穿好后又下床套长裤。

我看着他穿戴整齐，刚被填满的胸口仿佛又被抽空了，像在漏风，隐隐作痛。

最后，陆成则平静地说："我先回去了，你早点休息。"

我在考虑要不要挽留他，因为已经是凌晨了，但我预感多半会失败。我象征性地下了床，跑出了卧室。

陆成则大概没想到我会光着身子追出来，先是紧张地看了看四周有无窗户，而后才跟我说："你回房间。"

我说："很晚了，你今天住在这儿吧。"

陆成则严肃地看着我："不算晚。"

我知道他话里有话，但我没办法即时给他确切的回答。

安静了几秒，陆成则语气变得温和了，也疏离了："你进去吧，别着凉了，我走了。"

我刚坐回床边，就听到了他关门的声音。

说实话，我感受不到多少陆成则的怒意，他不轻不重的样子更像是失望透顶。

陆成则走后，房内就空寂和冷却下来，像个尺寸过大的空冰箱。我靠坐在床头，玩着手指发了会儿呆，鬼知道我在想什么，我只知道我的眼眶在针刺般的心痛中慢慢热了起来，又悄然无息地凉了下去。

我注意到陆成则的飞鸟挂饰还放在我书桌上，就下床把它拿过来，踮着脚试挂了几次，都以失败告终。我再踩着枕头也够不着，只能先把它放回纸盒里。

第二天，临近中午开会时，我出乎意料地收到了陆成则的消息。他还在我的微信置顶位置，所以还没看到内容只看到消息提醒的那一刻，我感觉有起搏器在我心脏上用力地摁了一下。

聊天界面里是他若无其事的邀请：“中午出来吃饭吗？”仿佛我们昨夜未曾不欢而散。

我猜陆成则可能回家后也想了很久，决定对我的观点妥协或者想再当面商量，但没办法，我中午刚好跟客户有约。我花了一会儿工夫才编辑出一条自认为语气不错的回信，婉拒了他的邀请，但我没想到这会成为一道分水岭。

后来几天，我都没有在地铁上遇到陆成则，我们失去了所有联系，没有再说一句话。

有几次我怀疑他是不是已经把我删了，但是没有，我还是能看到他的朋友圈，只是没有新动态。他的歌单也不再更新。

我每天都会看几次微信，这仿佛是一种条件反射。周末聚餐时，我跟朋友聊到这事，她们都关注“睡到了吗”，我点了点头，她们亢奋地眉飞色舞：“那不就行了，睡到就是赚到。”

我在一种突如其来的失落中，顽强地微笑：“只睡了一次还是感觉蛮亏的。”

但我没有黯然神伤到“人间蒸发”，我跟以前一样上下班，逛街，唱歌，喝酒，玩剧本杀，刷微博、豆瓣、淘宝，照常更新社交动态，歌也没落下听。这段时间我反反复复地听《暗涌》。大学时第一次恋爱前根本理解不了王菲，觉得她声音玄乎，歌词也玄乎。分手后反而觉得刚刚好：“害怕悲剧重演，我的命中命中；越美丽的东西，我越不可碰；历史在重演，这么烦嚣城中。”

陆成则会像我暗中观察他一样观察我吗？还是他的蓝牙信号已经连接到新的耳机，从听歌的多元化上看，就能看出他的取向并不单一，总能找到吻合的匹配方。

更多选择，更多欢乐，生活、感情，不外如是。所以，我总憧憬又悲观，勇猛又怯懦，沉浸又清醒。

这不影响我怀念，怀念这段热烈的、浪漫的、能让灵魂疯狂悸动的一个星期。人生即使很长，同样的奇遇也很难重来，就像只要你习惯看天，总能发现相似的蓝粉色落日，但永远不会相同。

一个同样的傍晚，我穿过公司长长的落地窗走廊，坐回工位上。

刚摁亮显示屏，就看到总监从私聊里发来的紧急通知，我们部门一个 AM[1] 先兆早产，要住院保胎，无法继续目前手里的项目。而我刚好空下来，总监问我能不能去顶一下她。

那是跟立付合作的一个绿洲公益项目，半个组，五个人，都要去甲方公司 in-house，时长是一整个月。

1 表示客户经理。

第十五首歌

《爱人错过》

来光纽的前几天，我都在适应新环境，因为园区的规模实在惊人。如果说我们公司只是一个微缩景观盆，那么光纽就是偌大的生态圈。可以说它是商圈，因为 KFC、星巴克这样的餐饮店面一应俱全。可漂亮的绿化又让它看起来像公园，旗下软件基本有各自的独立办公大楼。因此，我所期盼的员工餐厅或电梯间偶遇发生概率恐怕比在地铁上误连蓝牙还要低，因为光纽的食堂有一千平方米。

我们团队暂驻的立付大楼外形极具科技感，鸟瞰就像只折叠的银色机械手臂。

第二天上午来这里时，我试着用正常速度步行去了办公楼，全程用时二十分钟。然后，我想到了那天傍晚，想不明白陆成则是怎么用了十分钟就出现在我面前的。

想起他，我的胸口就会隐隐作痛。

我知道他肯定在同一栋大楼办公，就在某个片区、某个工位，但他不知道我来到了这里，因为私心，我大可以随便找个理由婉拒上司，但看到这条救急信息的下一秒，我就被卷入了一种汹涌又奇特的宿命观，如同高速转动的黑色旋涡，灵魂已经代替我利落地打字同意："可以啊，把这次的 PPT 跟 brief[1] 发给我。"

我渴望再次遇见陆成则。

结果并不如意，到了忙碌的第五天，我连跟他身形相像，会产生错觉的男生都没见到过。我拐弯抹角地探问技术部在哪几层，但得到答案也无从下手，我们的工作内容重合度很低，我没有任何借口到那里去。每一天下楼吃饭，我都会抬高下巴，直勾勾地望向每一个走进电梯的人，最后让心脏缓慢下落。

我渐渐感到索然，渐渐放弃。

上天怎么会给一个自私的女人第二次好运气？

走出大楼，同事说想去吃炸鸡，而我刚好在经期，腹痛，胃口不佳，就想去买杯热咖啡，我们俩便分头行动。

附近一楼刚好有家 COSTA[2]。排队点单时，我随意扫了一圈，然后顿住了。

我看到了陆成则。那一瞬间，仿佛有渡轮汽笛一样的鸣音在我耳朵里平白出现，漫长、盛大、轰然作响，时空和路人都成了慢放，喧嚣退隐，我听到自己的鼻息在加重，像在海面沉浮，透不过气。

明明才过去几天。这几天，我像无事人一般保持着平淡且固定的生活规律，把他看作一场梦。直至看到他，我才意识到，原来我把煎熬的情绪都缓存积压到重遇他的这一刻。

大概也跟激素有关，我的心脏抽痛起来，剧烈而密集。

陆成则没有发现我，因为他几乎是背对着我。我能第一时间发现他，自然是因为他本身就很出众，加之微侧着头，在跟同事谈笑。他穿着挺括的黑色外套，脑后头发也乌亮得跟染出来的似的，一只

1　任务简报。

2　咖世家咖啡店。

手搭在桌边，另一只手随意握着纸杯，食指在杯身上敲打。他看起来状态很好，也是个无事人。

我收回目光。

端着咖啡回来时，店里已经坐满了人，走还是不走？我没有给自己太多选择的时间，因为陆成则右后方的一个座位刚好有女生离席。我走过去坐下，他依旧没发现我。我抿了口咖啡，为自己开启了一场极有可能以失利告终的赌博游戏。我从挎包中取出了蓝牙耳机盒。

在他闲聊时随手抬起手机去看的同一刻，我把一只耳机取出来，塞到耳朵里。

“嘟”，瞬间连上。陆成则的身体明显一僵，继而静止在那里，他知道了我的存在。他会回头吗？他会找我吗？还是会立刻断开连接？

他微低着头，一动不动。

我心跳如雷，目不转睛地盯着他。

坐在他对面的人应该发觉了不对劲，凑近询问。陆成则摇摇头，把手机放回原处。他没有转头，没有寻觅，更没有断开我的耳机。态度不咸不淡，置若罔闻，好像我已经被排除到爱恨之外，变得没有意义。

我深吸一口气，捋了下头发，鼻头和眼眶莫名发胀，浑身冰凉。我又喝了口温热的咖啡，刚想摘掉耳机，一道熟悉的声线杀入我耳膜：“早上好，Sugar。”

我的手停在半空中。

“听歌吗？”

这声音仿佛把一片磨得薄而利的剑猝不及防地刺进我的心，不见血，但我的每一粒鸡皮疙瘩都因此悚立。

我惶惑地抬眸，看见陆成则已经重新拿起手机，但坐姿未变。

前奏响起，弦乐放大，接着是电吉他声。我当即听出是哪首歌——《爱人错过》，非常热门的歌。

我肯定在几百年前就说过爱你
只是你忘了，我也没记起
我肯定在几百年前就说过爱你
只是你忘了，我也没记起

歌词出来的那一刻，隐痛就像是一种血红色的带小刺的植物，在我体内不可阻挡地滋长着。

我猜他可能把音量调到了最大，室内人声全被耳机里的音乐阻隔，歌声如发泄般，一股脑地怼过来，全无顾忌：

走过，路过，没遇过
回头，转头，还是错
你我不曾感受过
相撞在街口
相撞在街口

听到“你妈没有告诉你，撞到人要说对不起”这句时，我忍不住笑了一下，可能是因为苦涩，也可能是被他的不体面、情绪化所触动，我也无从辨析。

本来今天好好的
爱人就错过
爱人就错过

是啊，本来今天好好的，为什么我又遇到你，你又遇到我？

我抵住唇，听完了一整首歌。

耳边重回寂静后，我取下耳机，打开微信，给他发了三个字："对不起。"

我没有收到陆成则的回复，中午放完歌没一会儿，他就跟同事一道离开了，途经路线也不是我身侧的走道，他可能从头到尾都没看过我。

回到工位后我有点心不在焉，咖啡放凉了也没喝完，时不时会对着显示器发呆。

傍晚的时候，我去吧台接了杯水，顺道瞥了瞥窗外的黄昏，云像是被橘子水浸透了一样。

天色已暗，但不算晚，不是吗？

回到电脑前，我迅速抄起手机，点开陆成则的微信界面，我的手指在屏幕上停顿一秒，然后轻击了两下他的头像。

"你拍了拍'小熊猫'。"

我紧张地攥住手指，再舒展，继续打字："它还动吗？"

那边安静了很久，久到我要绝望了，绝望得像是来到光纽后每一个心浮气躁又以落寞告终的时刻。

几分钟后，还用着熊猫头像的陆成则回了消息："开关坏了。"

他赌气的样子让我唇角上扬："奇妙开关也会坏吗？"

陆成则不回答，态度不明。他没有继续这个话题，过了一会儿，只问道："小鸟呢，怎么样了？"

我回："再在盒子里闷着恐怕也要不行了。"

我又说："我明天还给你吧。"

我的本意是想明天带来公司，顺道可以见他一面，但他没有给我机会，只给了我一个并不具体的地址："你下班叫个'达达'送到这里，放门卫就行。”

就这么怕我找上门吗？我有点生气，没有再回消息。

下班后我直接打车回了家，取出抽屉里的纸盒，又打车赶往陆成则给我的地址。穿梭在无边的黑夜和霓虹里的时候，我告诉自己，再不甘心也是最后一次，我的尊严额度就这么多，过时不候。

老天不会给一个自私的女人第二次好运气，但她能赋予自己勇气，放手一搏。

明知山有虎，偏向虎山行。到目的地后我没有仔细勘察和审视环境，无暇关心这是个什么样的小区，他生活在什么样的环境里，我只想马上见到陆成则。

电话接通的第一秒，我很干脆地开口：“你住几楼？我把东西给你。”

他沉默了两秒，报了门牌号，给我打开楼道锁。

进入电梯后，我开始预测属于我们的大结局：A. 可心碎；B. 可复原；C. 可遗憾；D. 可洒脱。每个选项我都接受，也能承受。

我的心率随着楼层数翻倍上涨，快到窒息。

终于，到了十六楼。电梯门往两边打开的那一刻，我瞪大了双眼。

陆成则就站在外面，戴着那顶滑稽又可爱的熊猫帽子迎接我，没有表情。

等我们四目相对，他笑了，我也笑了，我们好像同时活过来了。酸楚和甜蜜如泄洪般淹没了我，我的第一反应是在心里骂了句粗话。

第十六首歌

Overflowing

《满溢》

第一反应是骂脏话，第二反应当然是抱陆成则。可是我还抱着体积不小的纸盒，行动不便，纸盒会抵在我们之间。

25 岁之后我很少有泫然欲泣的时刻，但陆成则打开了那个情绪按钮，他看起来越发毛茸茸。

我哭笑不得地从电梯里走出去，说：“你看起来好傻。”

陆成则目不转睛地盯着我：“你也是。”

我抬头：“我可没戴熊猫帽子。”

陆成则伸手理了理我额角的发丝：“可你头发都被风吹乱了。”

也是这个自然且温柔的动作，让我更加想要拥抱他。

我把手里的纸盒交给他：“可以拿一下吗？”

陆成则单手接过去。

“因为我拿着不方便抱你。”

陆成则心领神会，冲我的方向伸开双臂。

我放心地让自己一头扎进他的怀抱，他也用没有拿东西的手臂揽住我的后背，他抱得很紧，像要把我锁在他怀里。

陆成则温暖得不可思议，我觉得真实又梦幻，于是低声唤他：“小熊猫。”

陆成则温热的气息落在我耳朵尖："嗯。"

我继续叫他："小熊猫。"

"嗯。"

我难得这样娇声细气，像变回了小女孩："小——熊——猫——"

陆成则鼻音里明显有了笑意："嗯。"

重要的事情说三遍，重要的人也要叫三遍。

我想说想他，又想问他想不想我，最后从他怀里挣脱出来，揪起他胸口那两个帽子开关，检查。

我盯着他，按压开关，"吱"一声，熊猫耳朵跳一下。

陆成则笑出声来，眼睛像清亮的月牙。

我称心如意："没坏。"

陆成则故意装傻："啊？又好了吗？"

我挤出两个字："骗子。"

陆成则笑着看我，不说话。

"我就说，奇妙牌商品开关质量很好，哪有那么容易坏？"

"哦，"陆成则状似恍然大悟，颔首，"看起来你很在意口碑，都上门求证了。"

我说："谁让我干这行，必须重视客户评价。"

陆成则刚要说话，电梯门又开了，从里面走出来一个中年男人，奇怪地打量我们两眼，绕道而去。

陆成则说："去家里吧，站这儿好怪啊。"

我扯一下帽子开关："特别是你还戴着这顶蠢帽子。"

陆成则顿时一脸"谁害的"，然后不容置喙地牵起我的手就往屋里走。

我脸好酸，是过度微笑导致的。

走入过道，白色的感应灯自动亮起来，我停住脚步："你家没别人吧？”

我担心陆成则跟他父母住一块儿，这大晚上的，非常冒昧和打扰。

陆成则回头：“就我一个。”

他眉心微紧，严肃了几分：“本来还有只小鸟陪我，也被某些人骗走了。”

我乜斜他一眼：“你手上拿着的是什么？”

陆成则忍不住笑：“还好某些人良心尚存。”

我失语，不再搭话，想想又气不过，在他停下解指纹锁时，捶了下他后肩。

我根本没用多大力，他却吃痛地“嘶”一声，揉着肩膀，开始碰瓷：“故意伤害国宝判什么罪？”

我扬手把他的帽子摘下来，不准他再披着这张无害的皮囊为非作歹。

陆成则没有反抗，也没有把帽子要回去，只是顶着头乱毛，做了个请进的姿势。

我进门，他拆了双新拖鞋给我。他还穿着居家拖鞋，他没有换鞋就冲到电梯口等我，这些细节让我忍俊不禁。我开心地站起来，与他四目相对。

陆成则忽然启唇：“你家……”欲言又止。

“嗯？”

陆成则说：“你上次给我的……”继续欲言又止。

我拔高一点声调，微笑着接话：“一次性说完，OK？”

陆成则不再故弄玄虚：“你那里的男士拖鞋是用过的，而且你自己有避孕套。”

我愣了一下，反应过来：“那又如何？”

陆成则在控诉和坦诚，语气平静。我很高兴他能说出来。

他注视了我几秒，哼笑：“不如何。”

我并不为此感到羞赧或抱歉：“独身女性家里有这些又怎么

了呢？”

“不知道，后来想想是没什么，”陆成则眼睫微垂，说，“可能当时我有点吃醋了。”但又立刻变更说辞，“不止是有点。”

我心口疼了一下。

“你跟我说让我去抽屉里拿的时候，我……”陆成则顿了顿，神态仿佛在陈述一个冷笑话，“我去你家的路上还买了。”

我跟着弯唇：“你为什么不说？”

陆成则还是回道：“不知道。”又说，“当时很‘上头’，也没什么好说的，我不想扫兴。”

我回忆了一下，有点不好意思地抿抿嘴唇：“是有些‘上头’。”

陆成则的目光立刻变深了，低头吻我，只一下，只是吮了吮我的唇就离开了。但我体内还是马上翻涌出欲望，强烈而温热，我扯住他的衣领，想要继续。他立刻理解了我的意图，掰着我的下巴，配合地贴过来。

很快我就明白过来，他是在宣泄，并不是在配合。他单手按住我的后颈，不给我一点退避的机会。陆成则应该已经洗漱过了，唇齿间有一股薄荷味，清凉又滚烫，我被吻得发痛，但我很享受这种急切的惩罚和索取，痛苦又矛盾，所以很迷人。我情不自禁地呻吟着。

停下时，我们俩都剧烈地喘着气。

动情时，陆成则不光脸红，眼睛也是湿润的，刚接过吻的唇也是。我摩挲着他的脸：“不要气了好吗？”

陆成则看着我：“那天回来后就不气了。但我以为你不想再跟我有来往了。”

我知道他在说什么：“可我那天中午真的要跟客户吃饭。”

所以就是那条信息，在一个微妙的节点成了一个被误解的信号。成年人的自尊可以无下限，但也能摆得很高，台阶无人走，便不再回头。

我后怕却又庆幸：“没想到吧，我去光纽上班了。”

陆成则说：“是没想到。”

我问：“今天在COSTA，什么感觉？有没有吓到你？”

陆成则想了一会儿，沉声说：“又通上电的感觉。”

我为他的回答笑得合不拢嘴，也开始无所顾忌地解释：“知道我为什么去吗？本来不是我的项目，但是我好想陆成则啊，好想再见到他，想看看能不能误打误撞一下……”

我崩溃地感叹：“结果，你们公司竟然那么大，我好气。”

面前的大男生失笑：“微信很小。”

我反驳：“你也没来微信里找我。”

陆成则回：“没有我你不也过得很好？”

他果然在偷看我。但他一定是故意这样说的，对我这段时间所表现出来的“无事发生”表示不爽，他就不是一根筋的人。我无奈地仰了下头，叹气：“我以前跟你说过，朋友圈都是骗人的。”

而且他的“人间消失术”就不是骗局了吗？就不是在制造受伤的氛围，牵扯我敏感的神经？

陆成则仿佛能听到我的心声：“我连骗都不想骗。我编不出来，我想你，又不知道怎么找你。”说这些话时，他眼里弥漫着受挫感。

我心中猛地一阵刺痛，连启唇都费劲，说不出话来。

陆成则没辙，无奈地笑了一下：“祁妙，你真的很奇妙，我从来没这么心动过。”

他又重复：“我好想你。”

我感到鼻子在发酸：“我也好想你。”

我们又抱在一起，抱了很久很久，好像世界变得只有玄关地毯那样小，我们像一叶小船，相依为命，再也不分离。

我在陆成则家留宿了，可惜的是，我在经期，而且他得大半夜的出门给我买卫生巾。

他家客厅没有电视机，只有一面简洁的白墙和投影仪。

我端着热水窝在沙发里看电影时，他发来视频电话问我都用哪个牌子。

我笑吟吟的："都行。"接着又吐槽，"你一个大男人深更半夜用手机横扫卫生巾货架，收银员不会报警吗？"

陆成则把镜头切到自己的俊脸，看了眼侧面，又看看我，笑起来，牙齿白白的："没有啊，我看她都快睡着了。"

救命，陆成则好帅，也好可爱。

他又把画面对准其他货架："要不要再买点零食？"

"不用了，"我放下杯子，"你最好快点回来，不然我要把你家洗劫一空了，那个投影仪看着就挺值钱的。"

陆成则又问："我也包含在内吗？"

我笑着弹了下镜头。

挂断视频后，我满脑子都是陆成则，才离开我的视线几分钟，我就开始想念他了。

认真看电影的心思荡然无存，我低头刷着手机，看看微博首页，再看看网易云。

习惯性打开陆成则的首页时，发现他多天没更新的个人歌单，添加了一首新歌——*Overflowing*。

我点开歌曲，看着歌词，心花怒放，激动得想当场尖叫，反正回头被邻居投诉的也不会是我本人。

等不到他回家，我就截图发到微信里，问他："什么时候加的？"

他秒回："刚刚。"

"你找歌速度挺快啊。"

"时刻准备着。"

第十七首歌

《我想了太多关于你的形容》

陆成则回来时，我主动去门口接他，毕竟他今天也主动接过我。

他是个细心周到的人，带回来的物品里，除了卫生巾和小零食，还有卸妆水和盒装棉片。

我挑出这两样意料之外的物品，一手举着一个：“怎么这些都能想到，你之前是不是谈过一百个女朋友？”

陆成则刚好换了拖鞋站起来，一脸冤枉，然后从裤兜里取出一个东西，拍在门柜上：“两百个。”

我低头一看，是盒布洛芬。

笑大概已经在我脸上生根了，怎么也无法控制长势。

“你还来劲了是吗？”我抬高下巴。

陆成则居然借机亲了我一口，重重的一下，直接击垮了我好不容易绷出来的严肃脸。

我咬咬唇：“你去了药房？”

“袋子就在旁边，顺便了。”

陆成则把药盒放回便利店包装袋，一只手拎着，另一只手扯住我的胳膊往沙发走，“你坐着好吗？”

他看到墙面上的电影没有暂停，回头问我：“不好看吗？”

我说："你一会儿一个视频，一会儿一首歌，我怎么入戏？"

陆成则笑得像太阳一样："过会儿我们俩一起重新看吧。"

我看眼手表，服了他的精神头："快半夜一点了，哥哥。"

陆成则顿了顿，表情有了些细微的变化，结巴着问："什……什么？"

我笑："什么什么？"

陆成则站在茶几的另一边："刚叫我什么？"

我反应过来，装失忆："啊？"

陆成则识破了我在演戏，用一张没人能拒绝的笑脸请求道："再叫一次好吗？"

我皱了皱脸，别无他法："哥哥。"

陆成则定住一秒，旋即笑容扩大，像被电到一般摇了摇头："Jesus[1]。"

英文都蹦出来了，我嗤笑一声："要不要这么夸张？"

"要啊！"陆成则倾身拿起水壶，然后往我杯子里添热水，"就……无法形容。"

眼看陆成则绕过茶几，他要把杯子拿给我，我说："谢谢哥哥。"

陆成则驻足，莞尔，把水杯递给我。

我喝了一口，说："哥哥倒的水真好喝，我好喜欢。"

陆成则偏了下眼，又抿抿唇，俯视着我，语气深奥："祁妙，你想干什么？"

我说："帮你脱敏。"

陆成则不解。

我又补充道："以后真有妹妹叫你哥哥，你就无感了。"

陆成则溢出一声笑，双手捧起我的脸，看着我的眼睛："不是

1　上帝。

每声哥哥都有奇妙 buff[1] 的。”

我深深地点头，却怎么也脱不开他的钳制，于是作罢：“哦，这样啊。”

“嗯。”

“那我以后要省着点用。”我怕用多了会失灵，于是换了铿锵有力的声音，“陆成则！”

他居然真的配合地喊：“到！”

我憋着笑，但我知道我的双眼已经弯到不能再弯了。我命令他：“亲我。”

陆成则立刻送上自己红润又柔软的嘴唇。

天啊！告诉我，我们还要进行多久这种没营养的对话和行为。

陆成则家是很标准的房型，三室一厅，除去主卧，还有间客房。但这个晚上，我们依旧睡在一起。

我所躺的位置上方应该就是先前挂小鸟的地方，因为天花板上还有残留着吊顶贴的印记。

陆成则还在洗澡，而我穿着他的 T 恤，上面有一股好闻的洗涤剂的香味。边等他边刷微博的时候，我听到他去了阳台，在操作洗衣机，里面有我的衣服。

我在这种难以自控的想象中傻乐，直到他趿着拖鞋的声音渐近，我才飞快地侧身，拿被子蒙住半边脸，闭眼装睡。

陆成则肯定以为我睡着了。

我背后的脚步声明显变弱，之后是两下刻意放慢速度的关灯的声音，然后床褥下陷，这个携着一身清新气息的男人来到我的被子里。

陆成则从背后揽住了我。

1　游戏用语：增强。

要怎么才能在这个充满荷尔蒙的胳膊下面不做深呼吸？我竭力控制住胸口的起伏，静悄悄地换气。

陆成则的唇触了触我耳后，又痒又热，然后他身体微微一动，贴紧了我的背脊。我们好像已经严丝合缝，他的胸腔也在振动，以稳定、均匀的节奏，挤压着我背后的肌肤和骨头，我的尾椎处泛起麻意。

有点扛不住了。陆成则的手探进了我的衣摆，霎时间，鸡皮疙瘩尽数立起。像若即若离的入侵，他的手在衣料与我皮肤间缓慢地移动，最终按在我小腹的位置，掌心炙热。

这是异常敏感的部位。我忍不住笑了出来，表演失败。

陆成则也在我背后低笑，笑声里分明说着“我就知道”。

我背着一只手去敲他的头：“干吗……”

陆成则抽出手，不追究我的装模作样，语气无辜又无害：“肚子还疼吗？”

我说：“不疼了。”

我挪了挪身子，转过去，看着近在咫尺的他。陆成则的鼻梁好挺翘啊，睫毛的长度我只在混血儿或欧美人的脸上看到过，眼睛在无灯的环境都亮得像星星。我抽出手，用拇指摩挲着他的右脸：“上次都没来得及这么近地好好看看你。”

陆成则也看着我：“嗯，还把我赶走了。”

还记仇呢？我揪他的鼻头：“是你自己走的，好吗？”

陆成则捉住我的手，一言不发，只是安静地凝视着我，然后，亲了亲我的指尖。

我听见自己在黑暗中漫长的吸气声。

我就猜到我们要吻在一起，非常热烈、忘我，像两头野兽在纠缠和搏斗，恨不得把对方挤进自己身体里。但什么都不能做，讨厌的“大姨妈”。

第二天，我们一起坐地铁上班。走进园区后，我才想起来问他办公地点在立付大楼的第几层。

陆成则没有直接回答："你没打听过吗？"

我沉默两秒："问了，5 楼和 6 楼。我总不能问陆成则到底在几层吧。"

陆成则顶着那张很有说服力的脸说："可以问啊，这栋楼里也有不少人打听过这个。"

我"嘁"一声，气得牙痒痒。

陆成则笑了起来。

我白了他一眼。

他终于不再卖关子："6 楼。"

6 楼，让我茫然无措又魂牵梦萦了五天的楼层。走进电梯后我先不爽地替他摁了楼层按钮。

陆成则问："你呢，你在几层？"

我接着按了 12。

陆成则微微一笑："哦。"

结果这家伙藏了一手，临近中午，他居然真的来到我们这一层。看到他出现在我们片区，一副要找人的架势时，我竟开始心跳加速。毕竟他长得那么高挑、出众。

有跟他认识的人被他在过道拉住问话。那人就回眸示意我这边，陆成则跟着望过来，又跟他笑了一下，然后目不斜视地穿过过道，朝我走来。

天啊，我抬头看着陆成则走近，心想："不会来光纽的第一周就要被'办公室恋情'了吧？"

坐我隔壁工位、一起 in-house 的同事自然也发现了他，伸长脖子看热闹。

"Hi，你好。"陆成则停在我工位前，微微侧头，很礼貌地打招呼。

我抬头，也摆出一副亲和脸："有什么事吗？"

"我今早在电梯里见过你，"陆成则那双漂亮的眼睛亮闪闪的，话语单刀直入，"请问你还是单身吗？"

同事露出兴奋的"吃瓜脸"。

陆成则这是设置了什么剧情？他又抛来了怎样的"送命题"？我一时语塞。

感谢同事，自作主张地替我回答："是的！是的！她还没男朋友！"

陆成则弯唇，目不转睛："方便的话，中午可以请你吃饭吗？"

即使被他这样看过很多次，我的脸依旧会微微发热。我努力大方地笑着："好啊，去哪里？"

等他走后，我去微信里"讨伐"他，给他发了个"拳头"的表情。

陆成则回了张"笑脸"，看起来很雀跃得志的那种。

我说："好了，现在立付大楼里不会再有人打听陆成则了，大家都知道他要约 12 楼的外驻人员吃午饭了。"

陆成则："嗯，还是一见钟情。"

我真的竭尽全力在憋笑，生怕被同事看出端倪，尽管她刚才缠着我激动地问了很久。

我说："幼稚。"

陆成则不说话，分享一首歌——《我想了太多关于你的形容》。

我上班不方便用耳机，就静音看歌词：

我想了太多太多关于你的形容

浮现了你的声音、气味和轮廓

都怪无意触碰的诱惑

皆因为你的暗香还涟漪秋波

…………

我想了太多太多关于你的形容
浮现了你的声音、气味和轮廓
都怪短暂失控的笨拙
皆因为我的宠爱都不假思索

歌的最后，反反复复在唱着：

我就是要你不断想着我
我就是要你不断想着我
不断想着我

第十八首歌

《靠近一点》

跟陆成则和好后，我们又以最快的速度陷入热恋状态，一有空就会在微信里聊天，说些“含糖量”很高的废话。中午约饭，我懒得跑远，就跟他在 KFC 随便点了两份套餐，其间，还遇到他的同事，三男一女。

他们端着托盘路过我们这桌时，均用眼神揶揄，还不忘调侃两句。其中一个还叫他：“则则。”

等他们走远，我吸了口热牛奶，也叫：“则则。”

拆着汉堡纸的陆成则停下来，看向我，笑了一下。

我说：“原来你同事都这样叫你。”

陆成则说：“嗯。”

他每次用清澈的眼睛直视我时，我都会忍不住恶作剧：“我以后也这样叫好不好，则则？”

陆成则将汉堡递过来：“为什么？”

我说：“因为叠字名一听就很讨人喜欢。”

陆成则眉头微微扬起，反击道：“哦，妙妙。”

我的“苹果肌”开始往下眼睑挤近：“没大没小，我爸妈都没这样叫过我。”

陆成则弯唇："那就由我来开先河。"

我笑了一声，确定拿他没辙，好奇起称呼方面的细节："我在你微信里还是 Sugar 吗？"

陆成则点了点头，拿起手机敲击片刻，又将手机放回桌面，掉了个头，推给我。

我很高兴我们在彼此的微信列表里都变成了对方的置顶，这是 happy ending[1]，也是至佳开头，我是糖果，他是熊猫，都是能给人类带来快乐的载体。

我问陆成则："你什么时候设的？我是说置顶。"

陆成则不马上回答，倒是关心起自己在我这儿的社交地位："我是置顶吗？"

我故意卖关子："嗯？想不起来了，好像是吧。"接着取出手机装样子，确认，"好吧，确实是第一呢。"

陆成则看着我微笑。

"好，我平衡了。"他说。

但他也没有要走我的手机当面检查，看起来对我深信不疑。然后，陆成则回答了我刚开始那个问题："第一天。"

我一下没反应过来，重复："第一天？"

陆成则说："加上你的第一天就置顶了。"

我非常惊讶："我才不信。"

陆成则皱皱眉："你觉得什么时候置顶才有可信度？"

我想了想："最起码见过面？"

"你对自己的外表这么自信吗，Kiki？"陆成则开始拿起初的名号打趣我。

1　圆满结局。

我飞速否认："不是……"好吧，主要是因为——我接着说下去，"我就是跟你见面之后才把你设成置顶的，因为人具象了、真实了，才能产生更多兴趣深交，我不喜欢虚无缥缈的网聊。"

陆成则一脸了然地看着我："夸人也要这么拐弯抹角。"

我承认："好嘛，我的微信好友是按颜值等级排列的，陆成则第一，满意了吗？"

陆成则露出舒心的笑容："一直想告诉你一件事。"

"嗯？"

他说："第二次连上你耳机的时候，我就知道你是你了。"

我睁大双眼："什么叫知道我是我？"

"整节车厢里就你一个突然站起来还东张西望的，一眼就能看到，但你好像不喜欢往后看。"

陆成则不紧不慢地陈述着："其实我是看到你下车，才跟着下去的。如果那天你没提前下车，我应该会坐到你的站点，再打车去公司。

"不过可能不会给你发录音。

"因为我觉得你还没有想认识我。

"你还记得吗，刚加上好友那会儿，我跟你说过，得确定你想认识我，我才敢发信号。

"那个语音我录了好几遍，你听到的是最终版。"

陆成则的话，仿佛像被层层剥开的花，越往里去，香气越浓郁，甜蜜得令人晕眩。

"看来还是管用的，特别是看到你跟中了定身咒一样站在那里，一动不动。"陆成则陷入回忆，"……非常可爱。"

尽管用了"非常"这个前缀加"可爱"这个形容，我依旧觉得丢脸，因为自己那副迷茫又惊喜的蠢样子。

不堪回首。

我按住额头："所以你为什么不当面问我，搞得这么曲折？"

“可能是……”陆成则顿了两秒，“怕吓到你？”

“还有一点，”他说出一句平凡到极点的话，“我前一晚在公司熬了大夜，睡得不好，本来那天应该休息的，结果上午有BUG[1]要修复，我就被喊过来了，我感觉自己那天可能看起来不太……OK。”

我一脸迷茫。您这张脸就算黑眼圈掉到嘴角都不会有女生拒绝给你联系方式，好吗？

在我不解的眼神里，陆成则的话语依旧真挚：“本来那天我有些烦躁，昏昏欲睡，但你耳机的连接提醒弹出来的时候，我真有通上电的感觉，然后就看到了你——哇，原来这就是白赠我两次歌单的女生。后来我就坐在那里，不怎么敢再看你，但不知道怎么回事，我低头偷偷笑了一路。不管你信不信。”

我信。

怎么会不信。见他的第一面，我何尝不是如此？只是那一天，我装模作样，束手束脚，就为了展现“最完美”的自己。但幸运的是，在涂上用于适应环境和对象的保护色之前，陆成则就已经见过我相对真实的内核。但我还是有点难以置信：“所以看到我的第一眼，你就芳心暗许了？”

陆成则没有犹豫，也没有模棱两可：“嗯。”

他讲话时视线总是聚焦在我脸上，显得很专注，但笑眯眯的眼睛全无压迫感：“到公司后，我就很紧张地等着你加我为好友，总之，那天我笑了一整天，因为时不时地想到你。”

原谅我用一句很俗套的话语来形容这一刻：陆成则，我命运般的陆成则。他是一枚直接穿入我心房的子弹、枪炮、玫瑰，我没有防备，也无须防备，只在我眼里短暂地经过，审核都多余，春日本来就不需要预言。

1　程序故障。

陆成则怎么这么会打动人？说话怎么这么有感染力？让我想哭又想笑。该死的，我眼眶一定在发红，因为陆成则的表情有了歉意，然后，他把自己面前的纸巾递过来。

我接过纸巾，按按双眼，摇头失笑："干吗啦，在外面说这些。"

陆成则说："就突然想说，但绝对不是想让你哭。"

我"哼"一声："那是为了什么？"

陆成则说："为了让你再靠近一点。"

我说："我们昨晚还抱着睡在一张床上，近到不能更近了好吗？"

陆成则不吭声了，抿了抿唇，眼睛闪着期待的光。

谁能扛住被这样盯着？他在进攻，也是在恳求，我偏了下头，清了清嗓子，郑重唤道："陆成则。"

他正襟危坐："嗯。"

我笑："想不想当我男朋友？"

他也笑，开始自己一贯擅长的文字游戏："自信点，把前面四个字去掉。"

陆成则。

我男朋友。

我扔了根薯条过去，他扬起大大的笑容。

我们的脸在这一刻一定都很红，就像在蜜罐子里憋了太久。

晚间地铁上，我们第一次一道下班回家，并共用了我的蓝牙耳机。

返程歌单依旧由陆成则提供。

以往一个人通勤时我的警惕性很高，从不在车厢里闭目养神，再怎么疲惫都死撑着看手机。但今天，我放心地合上双眼，因为有了可以依靠的肩膀，肩膀的主人还紧握着我的手，我顿时就觉得天不怕地不怕了，反正有人做我的双眼，风来了也会挡在我面前，世界即使黑暗也有他的体温和音乐。

歌单前两首是英文歌，我懒得细听词意。第三首是中文歌，想听不懂都难。

不知道什么言语才能形容我的走心

你来自北方，说不习惯我的南方口音

你干吗离我那么远，你快点快点走近

我绝对不是渣男，请你不要急着否定

我要做一头能够保护你的小野兽

但是在你的面前，只给你展现温柔

做你的圣斗士，我燃烧我的小宇宙

我给你依靠我的肩膀，是你的枕头

……

你是哪一路的神仙

为什么降落到人间

刚好停在我的门前

秋风把你带到我身边

我的唇角不再懒散，越勾越精神。

男声唱到“你叫我这种套路少来。但是我是认真的，我不是个小孩”这句时，我也跟着附和四个字：“就是，少来。”

陆成则一言未发，只是逐渐扣紧我的手，紧得我指节都隐隐作痛。这是怎样的一种力量呢，会让所有恋爱中的女孩觉得，嚯，我男朋友动真格的了，他想牵着我一辈子不松开了。

第十九首歌

Sweet Talk

《甜言蜜语》

这个晚上，我们没有各回各家，而是找了个中间站下车，一道闲逛看夜景，又去吃了消夜。

临近晚上十一点，路边大排档依旧人声鼎沸，而且客人多半是情侣。

恋爱到底是什么“仙丹妙药”？怎么会让人精力无限？我百思不得其解，边想着边将餐单递给陆成则。他瞄了一眼说差不多了，然后只跟老板娘多要了两杯热水。

我撑着脸：“天啊！今天‘碳水’要爆炸了。”我得运动几天才能消解掉？我开始忧愁了。

陆成则勾唇看着我，不作声。

在让我“摄糖”过多这码子事上，他绝对是罪魁祸首。

我说：“待会儿吃完我们走回家，消化消化。”

陆成则说：“好，刚好我家离这儿不远。”

我歪了下头：“今天不去你那儿了。”

他面露疑惑。

我说：“我‘大姨妈’还没走，去了也是白去。”

陆成则蹙眉长叹：“我女朋友只想跟我睡觉，我该难过还是自豪？”

“……不是……”我着急地解释，“你家什么都没有，我总不能连续两天素颜上班吧。”

陆成则不以为意：“先去你那边拿好了。”

我抓了下头发：“女人出门一趟收拾起来有多麻烦，你知道吗？”

陆成则：“不知道。”

我被他这个脱口而出的回答取悦到，又半信半疑：“真不知道还是假不知道？”

陆成则咬字加重了些：“真不知道。”

我愉快地弯起嘴角：“哦。”

陆成则大概发现我在窃喜，微微眯起眼：“你都怎么想我的？”

我贼喊捉贼：“我怎么想你的——来装个飞鸟都要沿路买避孕套？”

陆成则扭了下头，又转回来看我，神色无奈但坦荡：“家里没有，能怎么办？”

我的喜悦在不断叠加，我说：“所以我觉得，我们小熊猫好纯情哦。”

陆成则顶着他那张极具欺骗性的“清纯脸”，服软道：“好了，别说了。”

那次回忆并不愉快，好在后续峰回路转，就像两颗齿轮，总会咬合。现在我们又坐在一张桌子上，面对面，笑个不停。

陆成则转换思路：“要不，我去你那边，飞鸟到现在还‘蹲’在盒子里。”

我玩着手边的筷子，说：“不如就让它待在快乐老家。”

陆成则说：“可它现在已经是你的了。”

我们又开始这种充满深意的对话：“我独居惯了，没养过小动物，担心自己照顾不好。”

陆成则总能轻易领会到我的意思：“每天看看它、拍拍它就可以。”

我笑道：“这么简单吗？”

陆成则颔首：“嗯。”

我开始凝视他，不再乱动，目光也牢牢锁定他，想要把他关在我心窗里。是这样看吗？我猜测着。

陆成则也注视着我。

风好像静止了，四周喧嚣远去，夜色变得浓稠。

最后，依靠人际交往方面的职业优势，我在这场对视竞赛中赢得胜利。

陆成则率先投降，笑着垂下眼皮，睫毛服帖，刘海儿服帖。他看起来好好摸。

我等不及慢慢走回去了，吃完饭就一改前态打车回到陆成则的小区。进门后我迫不及待地缠住他索吻，几乎没有停顿。他反客为主，我很快被顶在门板上，他很用力，气息粗沉，而我则闭着眼乱揉他的头发，像在安抚一头失控的雄狮。我想被他吃下去，立刻，不留余地，百无禁忌。好想跟陆成则做爱。

我们都忍耐着，从他的领地迁移到我的领地，直到我们站到我的床边。陆成则站在高处，扬着手臂，为我挂上那只本属于他的白色飞鸟，看到这一幕，那晚的空虚感席卷而来。

“苏[1]”，女生们常用来形容男人的至高至简的词。

这一瞬间，我在陆成则身上感受到了。

这个看起来修长、干净、牢靠的大男生，虏获了我，也被我虏获。

贴近的渴望让我没有犹豫地爬上床，从他背后抱住了他。

我们两个成年人傻乎乎地站在床上，很滑稽，但也很自然。其实只要把自己当成随心所欲、无忧无虑的小朋友就不会觉得古怪。

1　网络上形容男人非常完美、极有魅力的说法。

陆成则笑了一声，可能还有点不知所措，先是垂下手，接着搭上我的胳膊，隔着衣袖摩挲了两下。

“怎么，”他直率且得意，“被我帅到了？”

无语。他是怎么猜到的？

我痛快地承认：“对啊，你吃什么长大的？这么帅的人光看不抱忍不了。”

我的手滑下去。

陆成则的呼吸在我脑袋上方凝滞一下，然后他的身体绷紧了。

做这些时，我的心跳得很快，仿佛是初次尝试。陆成则坐了下来，我目睹他变得难耐、焦躁、面红耳赤，落在我手里，任我宰割，然后攀上极乐。

我在这种掌控中收获了双重的满足。

临睡前，我先洗澡，陆则紧随其后，等他回来的过程中，我百无聊赖地打开蓝牙音响，开着最小的音量，还从柜子里翻出一只闲置已久的旧枕芯，套上枕套，把它当作我男朋友小脑袋暂时的安身之所。

从浴室回来时，陆成则闻声止步，安静地听歌，用毛巾擦着湿漉漉的头发和耳朵。停在门边的他，就像一幅电影截图，而音乐只是迎合他出场的背景。

关灯后，重见天日的枕头并没有派上用场。陆成则一寸一寸地靠过来，躺到我枕头上，我不得不给他腾地方。

我们陷在软绵绵的黑暗里，静静地看着对方，好像在彼此的视线里进行光合作用。

我笑，他也笑。我挤眉弄眼，他还是笑。我噘起嘴，他就亲我一下。

我小声道：“陆成则。”

他“嗯”一声。

我喜不自禁，觉得自己好幸运，也好喜欢他，甚至开始羡慕和嫉妒自己。

我依旧感到不可思议："第一次我到底是怎么连上你手机的？"

陆成则说："不知道，我刚好取出手机看时间，突然弹出来申请，我就通过了。"

我说："你就这样通过了？"

陆成则说："嗯，坐了这么多年地铁，第一次碰到这种情况，看你耳机名字，我估计是个女生，来都来了，不如听听我的歌。"

"你居然没被吓走。"

"当时愣了一下，"回顾那天，不再只有惊讶和新奇，还多了柔情蜜意，"但你的歌我的歌单里也有，很熟悉，有归属感，所以我就听下去了。"

我又问："第一首歌是什么，你还记得吗？"

陆成则答："不记得了。"

我遗憾地叹气："嗯，好吧。"

但我还记得。因为那一瞬间妙不可言，歌声奏响，人变得神清气爽，眼前那些或倦怠或麻木的面孔挨个失踪了，人海消失，拥挤不复，音乐像是蜜糖金的河流那般，汹涌地灌入车厢，我的灵魂仿佛在跟播放它们的人翩翩共舞。

陆成则在我的哑然和失望里憋不住了，哼笑一声，用手臂环住我："好了好了，我记得，怎么可能不记得？因为你的耳机名字看起来很甜，所以我选了一首歌。"

陆成则果然在耍我。

我佯愠地捏住他的脸，要挟他必须立即说出正确答案："是什么？"

陆成则不假思索地笑着说："*Sweet Talk*。"

第二十首歌

Roses & Sunflowers

《玫瑰和向日葵》

陆成则。

借用王小波的一句话：一想到你，我这张丑脸上就泛起微笑。当然，我脸不丑啦，只是泛起微笑这回事，仿佛从此刻在我脸上，这一切都因为陆成则。

到光纽的第二周，我的同事和他的同事已经默认我们光速结对，因为我们总是同进同出。

陆成则常常“不辞辛劳”地跑来12楼约我出去，或者买了饭送上来。每次他远远地刚现身，我没及时注意到，身边的同事就会提醒：“祁妙，你小男朋友来了！”

小男朋友？还不是因为此人极具迷惑性的白嫩皮相，以及常年堪比大学生的穿搭风格？再加上点清爽的笑容，他看起来总是朝气蓬勃。

“这个人只比我小一岁，好吗？”我在心里默默回嘴。

之前那个叫他“则则”的戴眼镜的男同事跟我们吃过一次午饭，调侃陆成则办事高效。

我笑盈盈地抛出“死亡”问题：“他以前都这么高效吗？”

眼镜小哥油滑但也实诚：“以前不知道，但他来立付后我可没见他追过女生，你是第一个。”

追女生？陆成则到底是怎么对外编造我们的故事的？

我有点想笑，问：“真的假的？”

眼镜小哥瞥一眼陆成则，见他正在气定神闲地切牛排：“你也看到了，他拿着刀。”

陆成则立刻放开刀叉，用面前的扭结面包做了个丢他的姿势。

男同事做格挡状。

我笑：“长成陆成则这样很难不高效吧？”

眼镜小哥拊脸，痛苦地道：“我为什么要来蹭饭啊……”

陆成则表现得很像那种大学男宿舍里品学兼优但“腹黑[1]”的寝室长，慵懒地说：“是啊，过会儿你付你自己那份。”

“陆总、陆宝、陆哥、则则……”陆成则的同事开始哀求，“给点活路，哪有人找虐还倒贴的？”

晚上八点多，下班后，陆成则的同事们约我们去唱歌，我也叫上了相熟的朋友。

大家都玩得很尽兴，眼镜小哥看着我俩，嘴角抽搐：“不是你俩，我都不知道世界上的对唱情歌有这么多，开眼了，谢谢啊。”

众人笑倒在沙发里。

陆成则虽然长了张洋气又会玩的脸，但其实他不沾烟酒。倒是我，把鸡尾酒当润喉糖浆，一口接一口，不知不觉喝掉好几杯，好在我酒量还不错，只是微醺，回家路上不至于胡言乱语、路都走不直。

好吧，我承认我确实有点兴奋，开始沿着花圃里的路砖跳格子，乐此不疲。

陆成则跟在我后面，不紧不慢地走着。

在我第三次回头说他再也别想赶上我时，他追了过来，从背后

1 指表面温和善良、内心却阴暗狡猾的人。

抱起我。

我“啊”的一声双腿悬空，但懒得挣扎：“放我下来。”

陆成则听话地放下我，又将我拥回他怀里。

我偎依着他，他的下巴搁在我的肩头。这家伙好重啊，这样走路并不和谐、方便，而且我还踩到了他白色的板鞋，我心虚地说：“放开啦。”

陆成则一字否决：“不。”

那只能……以防再误伤对方，我像玩三人两脚游戏那样数拍子：“左、右、左、右……”

陆成则配合地迈步。

我们就这样叠抱着，像两只被什么奇怪的魔咒粘接在一起的笨拙企鹅，他裹着我，我倚着他，慢慢吞吞挪到了电梯口。

好在已是深夜，不容易遇到路人，让我们当场羞死。

进门就接吻已经是家常便饭，有时只是甜丝丝地互亲一下，有时会亲吻好久。但今天的陆成则有些食髓知味，于是我被他抱回了卧室。

陆成则的手有些凉，我起了一身鸡皮疙瘩，开始发笑。

陆成则也笑，问我：“笑什么？”

我陷在自己的发丝里，摇头：“不知道。”我只是单纯地开心，因为他在我面前触手可及。我喜欢他的各种亲昵。

我们的喘息越发急促，我手脚并用地缠紧他，不敢发出太过分的声音，因为隔壁住着一对老夫妻，我不知道房子的隔音效果到底如何。

我就这样跟陆成则同居了。这件事像呼吸一样自然，像每天都要喝水、吃饭一样平常。他抛弃了他户型极佳、采光优越的三居室，非要挤进我的“蚂蚁窝”，用他的各种物品增强存在感，还列举出充分的理由：怕我养不好他的飞鸟。

陆成则是靠坐在床尾的椅子上跟我讲这话的，很随意。

我没好气地蹬了他膝盖一脚。

陆成则明显不想白挨这一下，起身拉住我的腿，把我拖拽过去，欺身而来。

陆成则给我的体验感很好，他看起来是纯白色的，但内里充满黑色、毁灭般的张力。我觉得自己被深切而热烈地爱着。

就在这一天，我们签订不正式同居契约，我窝在他身边，用手指在他锁骨凹陷的位置画押："好啦，收留你了。"

这话让陆成则哭笑不得，像只坏狗狗似的对我猛地扑咬一阵。

每晚一起刷牙洗脸时，我都会在镜子里端详陆成则，直到他看向我。

我龇牙咧嘴，他也龇牙咧嘴。

我们顶着满嘴泡沫也愿意接个吻。

谈恋爱的感觉怎么会这么棒！我无数次地感叹。陆成则就像一首歌——*Roses & Sunflowers*，有他在，总是春意盎然，花期无限。我的撒娇技能又回到了身体里——自私、爱吃醋，我成了没手没脚的人，我怕被油溅到，拧不开瓶盖，打伞都会累，我要他一直一直抱着我，我想方设法地证明我极其需要他，我想要他永永远远地陪伴我。

In-house 结束的前一天中午，我抽空去了趟商场，买了套男士护肤品，因为陆成则带来的同款旅行装即将用完。

回家后，我将套装里的护肤品一字排开，生怕他看不到。

我故意装出沉迷看剧的样子，没跟他一起洗漱，留意着他的动静。过了会儿，果不其然听见他在盥洗室呼唤我："祁妙。"

我没有立即应他。

"祁妙！"陆成则声音高了些。

我偷笑着暂停电视剧："什么事……"

"过来。"

我下床趿着拖鞋，走得优哉游哉，为了让一切看起来自然又随意，表明我绝非故意的。好嘛，我就是很爱演戏，但我男朋友显然吃这套，早就在门边等着我。我一过去，他就握住我的胳膊肘，把我拉到洗脸池前，双手架住我的肩膀，让我看向正前方。

“你买的？”陆成则对着镜子里的我问，唇角带笑。

我点点头：“对啊，我看你的快用完了。”

陆成则又将我转向他，脸上带着发自内心的笑容，那笑容似乎能让窄小的空间提亮三度。

“我都没发现，”他说，“我也太幸福了。”

我也好幸福，因为他说他幸福，我的幸福从此变成两倍的。

开心过后，我变成不容反抗的“绑匪”，正色说：“明天我就要回公司了，白天看不到也看不住我漂亮的男朋友，容易胡思乱想，就买了这些，没用完这几样东西，你都不准离开我。”

陆成则微微挑眉：“哦？那我省着点用。”

我盯着他的脸：“怎么说也得用满三个月。”

“就三个月？”陆成则似是不满，忽而用小臂把我夹过去，以一个挟制的姿势，用下巴抵住我的额头，“以后都你买，不行吗？”

目的达成，我得逞地笑了，停不下来。

我说：“这套很贵。”

陆成则说：“我报销。”

我扬眸：“那我再考虑一下。”

翌日，我们在地铁站分别，回归各自的公司和岗位。临近中午，我刷着朋友圈，发现陆成则发布了一张图。

他居然偷偷把我买的新乳液带去了公司，放在办公桌显示器下面，配字：“许愿瓶”。整幅画面很违和、很怪异，但也很温馨——我是说，在我眼里。要知道，谈恋爱就是两个傻子的游戏，就是会有很多外人无法理解的言行。

同为我俩好友的戴眼镜的男同事在评论区迷惑不解："什么东西？"

陆成则回复："我女朋友送的护肤品。"

戴眼镜的男同事："有病？"

我压着嘴角，存图去和陆成则私聊："你想要笑死谁？"

陆成则却认真回复："这是我能想到的最好的方法。"

陆成则又继续发消息："干脆不用，放在公司，这样它永远不会空瓶。"

我问："你许了什么愿望？"

这个傻子还挺聪明。

陆成则说："跟你一样。"

我撑着脸笑出来，又想起那首甘饴一般的歌。

You give me those butterflies

你送给我了一些蝴蝶

Wish I could keep them in a jar

希望我能把他们养在罐子里

So I could take you with me

这样我就可以随身带着

No matter where you are, oh

不论你去哪儿

My love, my love

我的爱，我的爱

My love will never go to waste

我的爱永远不会被浪费

陆成则，像玫瑰和向日葵，浪漫又明媚，铺满我的世界。

第二十一首歌

《想去海边》

同居的第二个月，我的工作也进入“年底”模式。

七八月份的时候，我们组就陆续收到各大品牌的“双十一”活动通知，要做任务简报的商品多到忙不过来，可又能怎么办，崩溃后只能微笑面对。

因此，我的加班时长明显增加，陪伴陆成则的时间也明显减少，每晚七点，我都叫他先回家，不用来公司接我或在地铁站碰头。因为我不知道自己几点才能回去。但无论我多晚到家，陆成则都还没休息，不是站在门口等我，就是坐在沙发上或电脑前等我。于是，抱住他诉苦成了日常。

白天在公司，我都脚踩高跟鞋，像个精致、敏锐的职场精英，到了晚上就变成烧空柴油的小火车，只会垂着脑袋呜呜呜。

这一阵子，都在重复这样的生活。

陆成则负责倾听和安慰，但今天，他提出建议：“总这么累要不要考虑换个工作？”

我下意识地直起上身反驳：“累就换工作，那感觉不对了是不是就要换个人？”

陆成则可能没想到我会这么说，沉默了。

我看着他安静的面孔，从他腿上退下来，去洗漱。

我知道我的话有点过分了，在转头的瞬间鼻头就已经开始发酸了，因为白天疲累而烦琐的工作，我将这些焦头烂额的情绪带给了我的充电宝——我的小熊猫。他是无辜的。他会怎么想我？

我把门关好，在马桶上坐了很久。

反思过后，我取出手机，找到微信置顶，打开聊天框的第一秒我就紧张起来，因为最上方显示着“对方正在输入”。陆成则想发消息给我。

可能是我同时点进了对话框，陆成则发现了我的存在。他停下“正在输入”，变回“小熊猫”，然后发来视频电话。

我没有迟疑地接通。

我们看着彼此。

镜头里的陆成则是俯视的，我感慨，这个角度他都能这么好看。

陆成则似乎在琢磨我的位置，眼神带着探究：“你便秘了？”

我看到小窗里的自己，唇角扬起了弧度：“没有。”

我知道我在卫生间待得太久了，因为我在逃避，在反省。

“再不出来我要破门而入了。”陆成则‘威胁”道。

我溢出笑声，也观察他身在何处。背景是白墙，我猜不出来。

我说：“勿扰，我在闭门思过。”

陆成则眉心微微皱起，像是不解：“思什么过？”

我说：“刚才我讲话不太好听，还甩头就走。”我轻吸一口气，“其实就那一下刺到了我，我忽然觉得这阵子的自己就像手里的工作，喜欢，平时也能和谐共处，但到了某些时刻就会变得棘手和讨厌，我担心你也会这样看我。”

陆成则沉默两秒：“你怎么会这么想？”

赤诚的人总是容易脆弱，我迷惘又郁闷地摇摇头：“我不知道。

可能因为……我不是那种会轻易换工作的人,即使辛苦也是暂时的,熬过去就好了。这种情况我已经面对三年了，前两年没有你，但今年有你。你还是原来的样子，情绪稳定，但我不得不切换到另一种模式——忙碌、焦躁，没办法时刻保持快乐，还怕你觉得被冷落。你今天这样说的时候我莫名地就代入了，情绪一下子涌上来，我不该这样的。”

陆成则说：“你才是把我当工作。”

我很冤：“我什么时候把你当工作了？”

“我不是你的同事跟上级，对我有情绪又怎么了？”

我抿抿唇，感觉心脏的位置变得柔软：“可我们同居到现在，你都没有对我甩过脸色。”

陆成则说：“谈恋爱是交易吗？哭脸换哭脸，笑脸换笑脸，斤斤计较，不累吗？”

“我是怕你觉得累，每天这样等我、听我倒苦水，‘双十一’结束了还有‘双十二’，感觉没完了都。”

无法想象，我们热恋期都还没过，我的多巴胺就要被现实磋磨。

“你这样我才累。”陆成则呵了一口气，声音无奈，还有点耍赖的架势，“还不出来，马桶比我还香，是吧？”

我笑：“好啦好啦，马上出去。”

挂断通话，我走出卫生间，陆成则就在门口，单手握着手机，似笑非笑地垂着眼看我。我瞪了他一眼，他直接把我拽到怀里。

我抱紧他的腰，闻到了他身上淡淡的香味，那是一种应该只有我这么近才能嗅到的香气，像海岸边的夏日斜阳，让人暖洋洋的。

我沉溺在陆成则的香气中，完全不想抽离，小声说：“你也找点事做。”

陆成则说：“我每天都上班。”

我说：“我是说下班之后。我不想你每晚都像小狗狗一样等着我。”

陆成则学我用叠字："什么品种的小狗狗能厉害到边打游戏边等老婆？"

突然出现的一个陌生称谓让我愣了愣，但我没有纠正，也没有指出，相反在暗喜："只此一家的陆成则小狗狗。"

陆成则"哦"一声，听起来不咸不淡的，但我知道他一定在我看不到的角度笑了。

我接着哄他："你再怎么说没关系我都会有负罪感。我会想：'怎么办？今天忙到没空让男朋友开心了。'"

陆成则笑了下，他的笑像一簇小巧明亮的焰火，在我脑袋上方炸开："我现在很开心，谢谢。"

我扬唇，同样觉得开心。

我们又变回"两只大开心"，心心相印。

陆成则仿佛会读心，他双手捧高我的脸，不许我在暗处偷乐，硬是要戳穿我："现在还是这个感觉吗？"

我望着他："什么感觉？"

他也望着我："对的感觉。"

我说："一直都是。"

他说："OK，放心了。"

洗完澡回到床上，我枕在陆成则的胸口玩手机，查看和回复完工作消息，我把手机倒扣到身前，又想起刚刚在卫生间他没有发送过来的文字消息。

我好奇地问他："你刚才想跟我说什么，在微信里打了半天。"

陆成则不假思索："想问你还要在卫生间待多久，本来每天能看到你的时间就不多。"

我不信："真的假的？"

陆成则说："不然我为什么发视频？"

我撇开手机坐起来，脸朝向他：“那你多看看，我什么都不干了，一心一意地给你看。”

陆成则挨着抱枕，姿态懒散，眉眼间却变得专注起来，聚精会神地看我。

谁顶得住被他这么看？我别开了眼。

陆成则忍俊不禁，也变回了正常状态。

我说：“当时我也刚好点开你的微信。”

陆成则说：“我看到了，”又问，“你想说什么？”

我想说……其实我当时并没有想好要说什么，只是抱着歉疚与求和的心态点开微信，具体怎么描述，尚未明确。这种感觉像是打开窗，就看到对方已经站在窗后，同样在关切、担忧地看着你，那种时候，无言胜千言。

但此刻，我想到要说什么了，我说：“等忙过年底这段时间，我们出去玩吧，远离工作，就当补偿你。”

“你想去哪儿？”

“你想去哪儿？”

我们同时抛出一样的问题，默契如歌曲里的和声。

陆成则拿起自己的手机看了看：“这样吧，马上一点了，我们各自考虑几分钟，一点整的时候，分享一首歌给对方，看看到底去哪儿。”

怕被瞥到答案，我挪远了半米，开始翻找歌单，有关于地名的，也有关于风景的，最后，我的手指停在其中一首歌上面。

我看向陆成则，提前宣布：“我找好了。”

陆成则的眉毛稍稍挑高：“我也找好了。”

我们很有仪式感地一起倒数：“3——2——1——”同时分享出去。

同一首歌，同一时刻，出现在同一个聊天界面，却来自两个人——《想去海边》。

天啊！怎么会一模一样？

陆成则是魔法师吗？我又惊又喜，觉得不可思议："你怎么想不到别的？"

陆成则把手机偏向我，微微得意："因为我也在你的歌单里。"

第二十二首歌

Beautiful You

《美丽的你》

大冬天去海边，恐怕也只有我们想得出来，但也无可指摘，来自钢筋森林的出逃不会是随心的任性之举，而是浪漫的远行。

提前预订的海景公寓在渔村里，因正值淡季，价格便宜了近一半。

老板很和善，笑呵呵地接待了我们。入住的房间很大，一应俱全，拉开窗帘就是一望无垠的海面。

扬极岛的海水在冬季里有着高级的色调，是修图软件都比较难调出来的雾霾蓝，沙滩的沙是白色的，远方有黑漆漆的山。

陆成则在我身后调试地暖和空调，我回过头，不厚道地问：“不介意我吹个风吧？”

陆成则停手，侧过脸：“你随意。”

他还没摘下他的毛线帽，刘海儿压在额头上，看起来稚气又乖巧。

我打开窗，海风灌进来，扑到我脸上。这里的风仿佛都是冷蓝色的，虽然看不到，但能感觉出来。

陆成则走到我身旁，从背后拥住我，问我：“是你想去的那种海边吗？”

“是啊。”我边答边将身体的重心靠到他胸膛。

陆成则说：“可惜不能去海里。”

我说："远看也很美丽。"

陆成则说："下午去海岸上走走吧。"

我点点头，关上窗。

收拾好时已经是下午一点半了，我跟陆成则就在公寓里吃了顿简单的午餐。老板娘手艺很好，陆成则一边赞赏一边将饭扫光，他总是能轻易地让气氛变得融洽，本来害羞的老板娘都开始自夸："我就说选我家准没错吧。"

早上六点就自驾往海边赶，所以填饱肚子我们没有立刻出游，而是先睡了个午觉，养精蓄锐。

我们辛勤的小陆司机可真是累惨了，躺下就睡着了。

陆成则早上连胡子也没来得及刮，我抱住他，亲了亲他下巴，一下似乎不够，又亲了一下。

我的动作明明很轻，他还是被我闹醒了。他闭着眼，唇上挑，发出小牛一样的哞声，还惩罚地凑过来，使劲吻我。

可能也是新环境的刺激，我们吻得很投入，像要吞噬对方。我感受到的全是他湿热的唇舌和鼻息。不知不觉，我们就赤条条地缠抱在被子里。

我在他的动作里微微喘气："还是睡觉吧。"

但我觉得这话有点多余。

一觉醒来已经是下午四点多，只能看傍晚的海了。出门前，陆成则从行李箱里翻出一条自己的大围巾，将我从头到肩膀的位置包起来，把我缠得像个老奶奶。

我说："我可是要去拍游客照的。"

陆成则微笑："美丽的脸还露在外面啊。"

近处看海，海面仿佛是大片柔软的丝缎，让人觉得静谧、沉稳。落日将海平线染成淡淡的橙金色，有渔船，有草荡，人间如画。

风很大，陆成则黑色的头发飘动着。

海滩的沙子看起来极为细腻，让人想脱掉鞋袜踩一下。还有些黑色的卵石。陆成则躬身捡起一快，利落地打了个水漂，又冲大海“Wow”一声。我被他的孩子气逗笑。

附近有两三个游客看向陆成则，他浑然未觉，只转头冲我笑。

真的太冷了，陆成则攥着我的手往哨塔走，越往高处走，人烟越少，他不时偏过头来看我，又说：“知道我为什么把你裹成这样了吧。”

他的鼻头冻得粉粉的，我隔着手套戳一下：“你也好不到哪儿去。”

“是啊，我要冻死了。”陆成则揽住我。

我也跟他抱成团互相取暖，嘀咕：“是不是还是应该去海南，起码没这么冷。”

陆成则说：“但大海不会只属于我们两个人。”

我们在哨塔顶端拍了些照片，有风景，有合影，这个时段的光线刚刚好，不过分强烈但也不会太黯淡。太阳半陷入海面时，我跟陆成则往回走，一路上我都在低头选照片。陆成则让我意识到手机的前置镜头对他根本没威胁，他做鬼脸都很好看。

你说，气不气人？

吃完晚餐，我们在渔村里漫步。路上人要比白天多一点，多是年轻男女，有游客，也有当地人。

我和陆成则在一家人气较旺的小酒吧前停下。因为音乐从里面漫了出来，像是一双无形的手，将我们同时拉住。

那是家啤酒酒吧，内部环境普通，但几乎座无虚席，大概是因为驻唱的嗓音很不错，微微嘶哑，有几分王若琳的味道，她在弹吉他，有几个男生站在台边跟唱。

一曲结束，我们都为她鼓掌，那些男生更是捧场。接着，那个女生跳下台，换另一个年轻男人上去。

调好立麦和吉他，年轻男人不好意思地笑笑：“我可没刚才那位美女唱得好听啊。”说完冲他朋友的卡座使了个眼色。

全场哄笑。

他的朋友更是捧场，纷纷举杯，号叫不绝，口哨不断。酒保刚好把酒推给我们，陆成则好奇：“他们在干什么？”

酒保问：“第一次来这儿？”

陆成则颔首。

酒保下巴一抬，示意台上：“我们这没固定驻唱，你刚才看到的都是自愿上去表演的客人。”

我抿一口酒：“你们老板很会做生意。”

酒保说：“那是。”

陆成则回头看了几眼，又看向我，双眼亮晶晶的，跃跃欲试：“我可以吗？”

我被他的大胆惊得睁大了眼：“你也想上去吗？”

陆成则：“嗯。”

我笑：“那就去吧。”我为什么要阻止？音乐就像日光，多么美妙而公平的布道，每个人都可以是布道者，也可以是信徒。

酒保催促：“赶紧决定吧，我看这会儿好像没人等。”

陆成则将白色的冲锋衣外套递给我，快步走过去。

站在台边时，他频繁地回头看我，我双手握拳，给他加油打气。

台上的男生陶醉地唱了两首歌，技巧方面虽不如先前的女孩，但他台风很好，选歌也很能调动气氛。

热烈的气氛延续到陆成则登台。黑色的高领毛衣衬得他英挺、精神。

陆成则低头研究了会儿吉他，估计是在调音准，然后拨动几下琴弦，轻快的音调顿时传出来，几乎想让人跟着抖腿。

他还会这个？这家伙到底还有多少我不知道的惊喜？我不可思议地望向陆成则，笑得合不拢嘴。

陆成则也望着我，抿着嘴笑，他看起来有些腼腆，但不缺自信。他重复刚刚的吉他旋律，然后开口：

All the oceans and the seas know the sound

所有的洋流和大海认识你的声音

Of Your beautiful voice

你那动听的嗓音

And if You tell them to be calm and be still

如果是你告诉他们保持冷静和淡定

They have no other choice

他们会别无选择

可能是他音色清澈，脸蛋吸睛，一笑便人畜无害，男人嗷嗷叫得比女生还响亮，更多人竖起脑袋，扬手为他打拍。而他的目光只在他们身上短暂巡游，很快又锁定我：

I can't imagine life without You

我无法想象没有你的生活

Beautiful You

美丽的你

I can't imagine being alone

我无法想象孤单一人

Beautiful You

美丽的你

The only thing I ever wanna do

我曾唯一想做的事

Beautiful You

美丽的你

Is have You hold me in Your arms

是让你拥我入怀

Beautiful voice,beautiful you，他确定这首歌不是在唱给他自己？

我挥舞着手机闪光灯为他加油，誓要成为“气氛组”中最突出、最卖力的那一位。

Every ocean, every sea

每支洋流，每片大海

Every morning's a symphony

每个清晨都是一首交响乐

Every drop of rain, every waterfall

每一滴雨，每一道瀑布

All the stars in the sky are so beautiful

天空中所有的星星都无比美丽

Every breath I breathe, every beat of my heart

我每一次呼吸，每一声心跳

I feel so alive cause of who You are

因为你我感觉生命如此鲜活

酒保撑着台面，打趣道：“你们像来度蜜月的一样。”

没来由地，我想到了《爱在黎明破晓前》中的某一幕，路人问塞利娜和杰西[1]来维也纳做什么，于是回道："对啊，我们就是来度蜜月的。"

酒保有些意外。

我莞尔："不可以吗？"

下台后，陆成则快步跑回我面前。我想跳下高脚椅抱他，他却将我按了回来，倾身抱住我。

我们旁若无人地拥抱了很久。陆成则在我耳边呼吸，节奏微快，明显有笑意。松开我后，他一坐定，酒保就送上一杯酒："新婚快乐。"

陆成则惊讶地顿住，又疑惑不解地看我。

我凑近同他耳语："骗一杯酒不要紧吧？"

陆成则立刻心领神会，笑得肩微微耸动："不要紧，反正也是在演习。"

1　塞利娜与杰西，电影《爱在黎明破晓前》的女主角和男主角。

第二十三首歌

With Love

《一路相爱》

翌日，天刚蒙蒙亮，我们就跑步去了哨塔的顶端，气喘吁吁地等日出。

扬极岛的日出是玫瑰色的，远远看去像是世界尽头的仙境花园。我哼着《玫瑰人生》的旋律，扶住栏杆，让上身最大限度地探出去，融入海风与晨光。

我能感觉到陆成则在看我。他常常这样看我，好像我才是他的风景。

我回头看他："拜托，给大自然一点尊重。"

陆成则替我别了下耳畔乱飘的碎发，随意道："你就是比日出还好看啊。"

"可这一刻的日出一生中就只有一次。"

"可这一刻的你一生中也只有一次。"

陆成则的双眼真挚而明亮，堪比魔法镜。在那里面，我可以是白雪公主，也可以是坏心皇后，但总是世界第一美的。在这样的眼睛里待过，谁还想做回凡人？所以，我很突然地问出一个低端问题："陆成则。"

他应我："嗯。"

我问：“你爱我吗？”

陆成则微微吃惊，好像不太敢相信我竟会问这个，他说：“当然。”

我开始加砝码：“你会一直爱我吗？”

他问：“你对‘一直’的定义是什么？”

我摇摇头，自己也不确定：“不知道。”

“一直”是什么概念呢？是爱消失前的每一天的总和，还是真正的永远？死亡才会将我们分开。

我一边笑着，一边还有点想哭，为这一刻的环境，也为身边的人，我无法想象自己终将离开他，特别是想到，世间每一种感情的大结局无外乎道别。

我确定陆成则看到我眼眶红了，他跟着紧张了，飞快地解释：“我不该这么问的。”

他立刻改变答案：“我会一直爱你。”从脸色到语气，认真到无与伦比。

我喜欢看陆成则情绪被我牵动的样子，这种时候我总深信自己被他爱着。

我凝视着他：“我看到过一个说法，说爱不是持续不断的，而是一个个发生了积极共鸣的微小瞬间。”

陆成则问：“这是你对爱的看法？”

我想了想，点头。

陆成则笑了一下，呼出的白气随风而逝：“那我可能更理想化。”

我“嗯”一声：“你怎么看的？”

陆成则说：“爱是天时地利的迷信。”

我也笑了：“这是一句歌词吧？”

陆成则：“对。”

我发表评价：“你对爱的理解比我还抽象。”

“在遇到具象的人之前，爱都是抽象的。”陆成则停顿了一秒，叫我名字，“祁妙，你没有这种感觉吗？”

我迎着他的目光：“什么感觉？”

陆成则说：“我们是命中注定的，如果我不爱你，就是违背老天的旨意。”

我们的关系被他形容得像什么毒誓，又像是要用一生破解的咒语。我微笑：“老天没有规定你要一直爱我。一个人的信仰是可以改变的，有人前半生是无神论，后半生恨不得把经书刻在墓碑上。”

陆成则双唇微抿，没有再讲话，像在思考。

我重新转过头看海。海平线上，太阳像一枚蛋黄，终于被浅白的水面挤压出来。

天色渐亮。

下方海岸上的人多了起来，有两个孩子在奔跑打闹，把沙子扬得像雪粒。挽着陆成则胳膊往塔下走时，他终于跟我说话：“你想过一件事吗？”

我问：“什么事？”

陆成则说：“跟陆成则结婚。”

我怔住，全身戒备起来：“你不会下一秒就要掏出戒指吧？”

陆成则淡笑：“不会，单纯好奇。”

我实话实说：“暂时没有想过这个。虽然昨晚那样开玩笑，但结婚为时尚早，我不想这么早把我们的关系绑定和定型，这样感觉像为了什么在爱着。”

回答的时候，我紧盯着陆成则，顺势将他的问题转换为我的试探。

我对婚姻一向兴趣寥寥，但这不代表我不期待陆成则将我看作他心目中的唯一选项。

陆成则的答案虽与我想的不一致，但让我窃喜。他说：“我想过。在见你第二面回去的路上。”

“第二面……”我回想时间点，“你是指我单方面认为的第一次见面？喝咖啡那次？”

陆成则点了点头。

“不是吧？”我很吃惊。

陆成则的碎刘海儿在风里飘动，他笑得一如既往地好看：“我想象了很多有关我们的画面，一幕一幕像放电影一样，就像《爱乐之城》结尾那段蒙太奇。”

我总结：“是那种……在脑子里跟对方过完一生吗？”

“大概是吧？”陆成则似乎也不确定，“我一直看着窗外，大脑特别兴奋，然后我看到书店，就中途下车了。”

我接着补充：“接着你买了那本书。”

陆成则说：“嗯，我心想，又可以跟你有话聊了，我太牛了。”

陆成则怎么会这么可爱？我为什么要问这些无聊的问题？渴求那些虚无缥缈的承诺？不断地口头求证他爱不爱我、能爱我多久，他明明这样爱我，是最美好的进行时。

我止不住笑：“所以你看了那本书吗？”

陆成则转过脸来：“看了。”

“看完了？”

“嗯。”

“天啊！你真的看了，”我抵住额头，对自己生气，“我却没有玩 Grounded。”

陆成则耷着眼皮看我，完全不以为意：“不玩是对的，那里面有很多蜘蛛，玩了容易做噩梦。”

我很愧疚：“你会失望吗？我没有想过结婚的事，就像那个晚上，我觉得我们并没有恋爱一样。”

陆成则说：“不会。”

我说：“说真话。”

陆成则说："是真话。"

我立刻相信他，不再有所猜疑。

回宜市的路上，路两旁海天一色，还有堆叠的彩色屋顶，我们仿佛行驶在电影场景里。

陆成则在车里循环播放了一首歌——*With Love*，他说，这是他的回答，以及他对爱的定义。

我瞄着显示屏里滚过的歌词发笑："你找了一夜歌吧？"

陆成则挑眉，假装惊讶："你怎么知道？我明明等你睡着了才开始找的。"

我说："我入睡后也能跟你有心电感应。"

等红灯时，陆成则看向我，清了清嗓子："咳，Question[1]。"

我严肃起来，双手撑着腿，如临面试官："问。"

陆成则问："看过'爱在'三部曲吗？"

我说："看过。不过只看过第一部。"

陆成则又问："你猜他们六个月后见面了吗？"

我搜过剧透和影评，自然清楚，但我假装不知情："应该没有吧，爱情电影总会制造一些失约与错过，增加戏剧性。"

陆成则说："是啊，他们九年后才重遇，才有了第二部内容。"

"啊……"我露出惊讶和惋惜的表情，"分开了那么久吗？后来呢？"

陆成则说："第三部又是九年后，他们有了一对双胞胎女儿。"

我笑了："是吗？完全想不到，我一直觉得第一部是最美的，结尾的分别和约定都很 romantic[2]。"

---

1 提问。

2 浪漫。

陆成则看着我，眸色变得幽深："可吃过分开苦头的人会更懂得珍惜。"

我不再吭声，知道他暗指什么。

"祁妙，"在绿灯倒计时时，他忽然叫我，然后两眼亮晶晶地望着我，像个小男孩儿，真诚又充满期待："回去之后，我们一起看看第三部？"

"好啊。"在浪漫的音乐声里，我没有犹疑，欣然答应。

These days some people just can't last

现在有一些人的爱情无法持续

But I promise that I'll try my best to make it forever

但我保证我会用尽全力让我们的爱永恒

Others don't really understand

其他人无法真正理解

Cause their doubt is what I know that me and you will stay together

因为他们的怀疑使我坚信我们会永远在一起

With love

一路相爱

That's all we really need

这是我们所需的一切

Relationships can't work at all without it

没有爱的感情无法长久

With love with love

一路相爱

We can do anything believe me, girl,there's nothing else without it

相信我，女孩，有了爱我们可以去做任何事……

我喜欢你时的内心活动

番外一

Ms. Seductive
《诱人的女士》

开始在意一个可能再也遇不到的人是什么感觉？

陆成则觉得自己能给出很好的答案。

他对手机里仅是一个耳机代号的陌生小伙伴产生了强烈的兴趣，莫名但也有迹可循。她的“糖果”用户名有些可爱，胆子也比较大，没有被他自来熟又带点“恶趣味”的放歌行为吓跑，而是气定神闲地在他的“音乐会客厅里”待了十多分钟。

陆成则没有删掉她的记录和痕迹，像是留作纪念，也像是递交出去一把钥匙，从此让对方能够来去自如。

会再碰到她吗？

如果再碰到她，他能做些什么？

心理暗示是一个奇特但又可怕的条件反射，会让人不自觉地被假设驱使。

当晚回到家，陆成则对着蓝牙里的新设备发了会儿呆，然后翻身下床。他决定录一段音频，以备不时之需。

“test![1]test!”陆成则坐在书桌前，清了两下嗓子：“嗨，你……”

1 测试。

第二个字没蹦出来，陆成则就笑场了，因为他莫名其妙的谨慎和严肃。他不自在地摸了下鼻子，把之前停顿的那段音频删除，重录开场白。

“嗨，你好，我是……”

土爆了，删。

“嗨？你还在吗？我是……”

不需要这样自我介绍，如果再遇见，对方一定知道他是谁。

“嗨，”他停顿了一下，“能听到我的声音吗？你怎么还连着我手机？嗯……”

太难了，话根本没法连贯。

陆成则有些无从下手，他关闭设备，从抽屉里取出一张A4纸，将要说的话先写下来。可结果并不如意。照着念台本的感觉并不自然，像在宣教或演讲。还是得自行发挥。

陆成则重新捋了捋思路。

“嗨。”用疑问语气还是正常语气？

疑问吧。

“嗨？”

“你还在吗？怎么还连着我的手机？”

“应该能听到我语音吧？你在听吗？”

“我们好像是第二次连上了，这是我的微信……”

数字报得太快，对方根本来不及记录，重来。

就这样，两个半小时过去，凌晨一点多，陆成则终于完成了这段快让他崩溃的音频。

此后几天，陆成则都会在固定时间、固定车厢乘车，犹如一位精心筹备丰盛钓饵的渔夫。

结果都空手而归。

同事发现了陆成则的异样，问他：“你最近怎么了？”

陆成则乜斜了同事一眼："怎么了？"

同事说："三天了，没见你背过重样的包。"

陆成则"啊"了一声装傻，又笑起来："你暗恋我啊，这么关注我？"

同事表示恶心。

陆成则有些灰心，觉得大概不会再遇到她了。

但也在意料之中，宇宙无垠，每个人都有自己的小小星球，哪有那么容易产生第二次碰撞？

工作变得忙碌起来，逐渐消磨掉陆成则鲜有的"少男心"——憧憬。某天，陆成则熬完大通宵回家，刚睡了两小时又被召唤回公司。好脾气如他，也没忍住，在挂断通话后说了句脏话，然后头也没梳，随便抓了两下就套上 T 恤出门了。可能也是因为没休息好，他鼻子发堵，似有感冒趋势。

陆成则戴着黑色口罩穿行于人群中，他长腿阔步，目不斜视，满脸写着"莫挨老子"。

好在这个时间点地铁有座，陆成则尝试着打盹儿，但不行，他整个人处在一种矛盾的暴躁与疲惫里，只得取出手机打发时间。

刚解锁屏幕，提示弹窗一跃而出，是熟悉的耳机名。

陆成则"满血复活"，表情不再散漫，腰背也在僵硬一下后缓缓直起，整个人清醒无比。他举目，观察着四周，担心对方退出，他灵机一动，打开提前备好的歌单，点进第一首歌，开始用音乐和她交流。

Second Time.

第二次见了。

Please Don't Go.

请不要走。

Hello.

你好。

Good Morning Jay.

早安。

陆成则变着法子地挽留和问好，只为一句“能有幸认识你吗”。

陆成则一边切歌，一边留意周围的乘客。突然，与他同排的一个女生一下站起来，两人相隔一米左右。

她穿着深色的阔领上衣，包随意挎在肩上，头发不长，栗色、齐肩，微微蜷曲，露出小片洁白的肩背，从侧面看薄而修长。陆成则的角度并不能看到她的脸。但他心跳飞快，视野里只剩下她，其余都是陪衬，是背景，包括他自己。

女生东张西望，明显在找人，但她没有冲他的方向完全转过来，面孔仅一闪而过。

陆成则一惊，躲闪地垂下眼皮，然后偷笑。他感觉自己被强烈的亢奋裹挟着。待她往另一边看，陆成则重新抬头。

不知是有意还是无意，她勾起一侧头发，陆成则因此看到了她使用的白色耳机，也因此确定结果。

是她。而且，她在找他。

陆成则百感交集，热切、迟疑。这一刻的感觉妙不可言，他以为拿“糖果”给耳机命名的女生多半是个“甜妹”，可她看起来——有种高级感，像是法国电影里的女主角，不易亲近，又让人非常想要靠近。

陆成则居然有些自卑了。天公不作美，为什么偏偏是今天，自己现在这么狼狈。天知道他多想马上为她播放一首 *Ms. Seductive*，因为除了它，没有任何歌能和这一刻契合，这个她：

Did you notice me looking at you

你有没有注意到我正看向你

All the way from the other side of the room

自始至终从房间的另一侧看你

Now honey you caught my eye from a mile away

亲爱的，相隔不远处我对你一见钟情

Cause you

因为你

There is just something about you

有一些关于你的事情

Maybe it's the way you walk girl

女孩，也许是因为你走路的姿势

But I just could not figure out

但我还没想清楚

Why you give me butterflies when I

为什么你让我小鹿乱撞，当我

Simply just look at you

只是看向你的时候

不行，这首歌太突兀了，显得他像个变态。

陆成则自嘲地想着，一会儿看歌，一会儿看她，按兵不动，屏声静气。西林湖站将到，陆成则切到《再见》，放出一个假信号，其实他并不打算下车；也算是一个真信号，这的确是他的终点站，只是今天临时改变。

她果然以为他要离开，很有目的性地往另一侧车厢门靠拢，瞧不出半分迟疑地下车。陆成则被鼓励到，也不再踌躇，立即跟上，和她隔着两三个乘客。

可以收竿了。

陆成则将歌单里的音乐暂停，女生仿佛也被暂停，原地站定，东张西望的背影看起来有些惊讶和茫然。

陆成则驻足，找出自己提前备好的录音，按下播放键。

回公司的路上，陆成则精神满满，脚步轻快到不可思议。直到到达公司，他都无法控制自己的笑意和自己的手——去不断地按亮手机，查看微信。

陆成则坐立难安，心想，怎么还不加他？是那段语音不够友好？

他抽空接上自己的蓝牙耳机，复盘了两遍音频，他觉得……还行？没那么差。

就在这时，屏幕暗下去，有陌生号码跳出来，来电地址显示为本地。陆成则还没反应过来，电话就断开了。

大数据时代，个人信息暴露严重，但陆成则预感这并非是一通骚扰电话，所以毫不犹豫地回拨过去。

电话接通后，双方都没有讲话。

陆成则决意主动一些，试探地打招呼：“喂？”

耳畔有了回应，一个“嗯”的女声，声音不重不轻。

陆成则立刻笑了，感谢上帝，终于对接上了。他强压着心跳，多此一举地确认身份：“糖果的 Beats Studio Buds？”

是你吗？我知道是你。怎么会不是你？本就该是你，犹如故人归。

番外二

I Don't Miss You At All

《我一点也不想你》

从楼道出来后，陆成则在夜风中冷静了下来。

空气里弥漫着浓郁的月桂香，甜到熏人。他停下来，深吸一口气，开始后悔自己的幼稚和冲动。倒也不是懊恼大晚上心血来潮地赴约，而是一言不合就走掉，把祁妙一个人留在家里。

他已经 27 岁了，不是情窦初开的愣头青。

可当时血往大脑涌，他觉得在她面前多待一秒都可笑。

陆成则没有回头。

时值深夜，街上已经没什么车，回家这一路，陆成则将车子开得飞快，再加速就会被测速仪逮到罚款。将车停到车库后，他也没立刻上楼，靠坐在黑黢黢的车厢里，拿出手机，点开微信置顶，凝视了一会儿，退出去，又打开通讯录，找到“奇妙”，却迟迟按不下去。

只是看着。

陆成则的心脏一点点痛起来，如被由外到内地蚕食着。

最后，他失落地下车，上楼。

陆成则一宿未眠。

起床后他冲了杯挂耳咖啡，又认真收拾一番，掐点赶往地铁站。

上车后，他四处寻找，却不见祁妙半个身影。

陆成则觉得咖啡白喝了。钻研一整夜的“程序代码”无处执行，也无法执行。原本日夜无休、你来我往的聊天框再无动静，他的精神状态面临“死机”。

中午，陆成则做最后的试探——约她出来吃饭。祁妙回复得并不快，他可以给自己找借口，她在工作，没关系，但被拒绝就全无办法。她已经不想再见他，以婉转的方式快刀斩乱麻，宣告他们到此为止。

怎么会有这么奇妙、美好又庸俗、残酷的人？陆成则想不通，思绪在坍塌。他以为的必然只是偶然，宿命也只是蹉跎。

已经不体面过一次，他不想给这段宝石般的经历抹灰，怕让自己看起来更难看，也怕回想起这段经历只能想到污点。

但郁闷的是，接下来的日子比他想象中难熬，尤其是在不舍得删除祁妙联系方式的情况下。

她的生活一成不变，多姿多彩，而他从此徘徊于枯海，失去颜色，失去歌谣。

陆成则想找她说话，想和她一起听歌，想和她见面，想冲到她公司或楼下，想他们共同度过的星夜和落日。哪怕只过了一周，他就好想她，想得要死了。

陆成则开导自己。

也许是因为他没碰到过这种类型的女生；也许是因为时间短促，还来不及细细相处，浓缩的才印象更深刻；也许是因为人的贱格，得不到的总是最好的。

陆成则尝试走出去，可每一次余晖漫到桌面，他总会想起那个吻，好像将他重塑了，从此植入一枚专属定制的芯片，命名为“对祁妙魂牵梦萦”，收到指令，就不可抑制地往她的方向行动。

陆成则不再乘坐地铁，开始开车上下班，他第一次感到日子如此乏善可陈，所有歌曲都听之无味。他往车里下载了首歌，对自己进行精神洗脑——*I Don't Miss You At All*。

And I'm sleeping fine

现在的我正酣然入睡

I don't mean to boast

我没有在吹嘘

But I only dream about you

但我只是梦到了你

Once or twice a night at most

每晚最多一两次

And it feels so good

那感觉无比美妙

Eating alone

一个人吃饭

I don't get distracted by your smile

这样就不会因你的笑容分心

And miss the green lights driving home

也不会在回家的路上错过绿灯

No sign of stopping

没有停止的迹象

The house isn't far

马上要到家了

But I think our song is coming on

但我还沉浸在我们的歌里

And now I wanna crash the car

现在我只想毁了这辆车

一首歌结束，歌单突然切到他去动物园那天的那首歌，也是他特意下载的——她的起床铃声，后来也成了他的起床铃声。好像他们终将同床共枕，在同样的曲调中苏醒。

陆成则关掉蓝牙。他现在的确想毁了这辆车。

陆成则继续开导自己。

四十四次日落后也许就好了，玫瑰园里还有成千上万朵花，他会遇到同样美丽、浓郁，也不再扎痛自己的那一朵。

可没想到，两天后，跟同事一起喝咖啡，他空寂的星球忽然连上熟悉的信号。

那一瞬间，世界怦然，亮堂堂，也轰隆隆。陆成则不知做何反应。

故意？无意？

她没有退出。

“不要回头，回头就输了，甩了你又来钓你。”陆成则告诫自己，像个倔强少年那样别扭地赌气，即使他已经想要回头看她一万次。走出咖啡馆，他后悔了。为什么不看看她，再正常友善地打声招呼，还要放那种歌宣泄和抱怨？他看起来跟那晚一样，欲盖弥彰，幼稚到有过之而无不及。而且，多久没看到她了？十天不到，他们也认识了十天不到，莫名其妙。

莫名其妙个 ×，他一败涂地。

萦绕这些念头回到工位，陆成则点开微信置顶，又拐弯抹角地打探到立付最近有个环保公益项目在做营销，合作 agency[1] 就是意创。

又是坐立难安的一下午。

1　代理机构。

被“拍一拍”的时候，陆成则心跳猛漏了一拍。然后，他反应过来自己还用着熊猫头像，而她还是他的微信置顶，还是Sugar，意味不明的示好让他血糖飙升，仿佛焕然新生。

奇妙开关怎么会失灵？他们不会结束。偶然怎么就不能是必然？越是不可遇就越像是宿命。

陆成则一直待在原地，等她再度将他开启。

庆幸的是，陆成则的心意仍被她妥善保管，没有丢弃。

他盼这一刻好久了，体内的“芯片”疯狂运作。他走向衣橱，取出收在抽屉里的熊猫帽子，好像佩戴上属于自己的命运，再大步生风地走出家门，直冲电梯。

I don't miss you at all，怎么可能？陆成则对她的爱意和想念早已倾注、满溢，如深水般令人窒息。陆成则偷偷准备了好多首情歌，只要她回头，只要她愿意，他就全部放给她听。

番外三

I Do
《我愿意》

与陆成则恋爱的第二年，我见到了他的父母。

倒不是因为我们有结婚的打算，只是那一天过于突然——陆成则的父亲摔了一跤，导致股骨骨折。那天中午，我约陆成则吃饭，但他告诉我，他在市人民医院。

陆成则很少对我讲一些麻烦事，他总是与生活和工作和解得特别快。

当然，这并不代表我们从未有过分歧。

上一次发生争执是因为一部电影，针对男女主人公的行为，我们意见有了分歧。起初只是讨论，接着是辩论，最后我忍无可忍提高分贝持续输出，像一头失控的斗牛。那几一秒的时间，陆成则瞪着他那双乌亮的眼睛，惊讶且沉默地盯着我，最后，他便不再说话了。

之后，我们各自去洗漱，回到床上也背朝对方。但戏剧的是，没一会儿我们便同时翻身，猝不及防地面对彼此。我们一下子笑了，就这么破功了，于是我就钻回陆成则怀里。

被他轻轻拥着的时候，我问："我刚才是不是很凶？"

陆成则说："我能说真话吗？"

我："说。"

他说："我被你可爱到失语了。"

从本质上来说，我喜欢这些思考之后的精神碰撞，如果我的爱人失去主见，完全沦为我的附庸，那样我会觉得很可怕。

陆成则的父母也是，很少打扰他们儿子的生活。他们知道我的存在，我也知道他们的存在，但我们从未见过对方。

中午下班，我买了鲜花和果篮，打车去了医院。走进病房的一瞬间，我第一次感受到我们俩之间界限的模糊，像风吹散了沙地上画好的跳房子图案，我毫无准备地进入陆成则除我以外的人生。

陆成则第一时间从床头拐出来迎接我。

他的父亲已经睡下，白色的病房里安静、祥和，被阳光晒得暖洋洋的。

我得体地微笑，轻声说："Hi."

第一次打招呼，我有些生疏和局促，并明显感受到了来自陆成则母亲的审视。

他的母亲其实长得很和善，眉眼与陆成则如出一辙，只是岁月让她的眼窝有些深陷。

这种打量仅持续了两三秒，她便过来小声同我问好："祁小姐，你好呀。"

陆成则学他妈妈讲话："祁小姐，你好呀。"

气氛一下子变得融洽起来。

我笑了笑，也问好："阿姨，您好。"然后，关心起陆成则父亲的情况。

我对人际往来并不畏惧，但分情况。譬如当下，我对与陆成则父母见面这件事有些害怕与担忧，我关心甚至计较他们对我的初印象，大概是因为他们对陆成则而言都是极其重要的人吧。

晚上，陆成则在医院陪护，我一个人待在家里，给他发微信："还好吗？”

陆成则回：“蛮好的。收到你的消息就更好了。”

我失笑：“我是问你爸爸。”

陆成则说：“刚睡了，状态 OK。”

我说：“下午有拍摄，没办法陪你和你爸爸的手术，抱歉。”

陆成则回：“为什么要道歉，你又不是主刀医生。”

我很官方地说：“因为想要跟你‘有困难就一起面对’。”

陆成则说：“现在不正是吗？”

我想了想：“是哦！”

陆成则说：“谢谢，你男朋友此刻能量满满。”

我弯着唇提醒：“小心失眠。”

陆成则说：“再陪我聊会儿。”

我说：“好。”

我又跟陆成则说了些工作上的事，其间我没忍住，问我走后他妈妈有没有提到我。

陆成则：“有。”

陆成则：“她说你很漂亮。”

开心的情绪在我脸上蔓延开来，我是个贪心的女人，于是开始索求更多：“还有呢？”

陆成则说：“说你比我像大人。”

我愣了下：“这是什么评价？”

陆成则说：“好评吧，我妈老是说我像小孩。”

我打字：“父母眼里的孩子永远都是孩子吧。”

陆成则：“她还让我好好对你。”

陆成则：“我心想，还要你说？”

我：“然后呢？”

陆成则：“然后定下来。”

定下来，我们又一次直面这个严肃的话题。在我们恋爱的第二年，我不否认，我对婚姻还是有几分排斥的。其实与原生家庭环境无关，我父母感情不错，但小吵小闹在所难免，大部分时间都琴瑟和谐。女性在物质和精神双独立的情况下，婚姻或许会成为累赘，会让爱从此落俗和平庸——我是这么理解的。

我追问陆成则："你怎么回答的？"

陆成则说："我说，我想被祁妙多观察几年。"

我并没有给陆成则长达"几年"的观察机会，我们最终还是步入了婚姻。在恋爱的第四年，那一天很突然，陆成则跟我求了婚，没有观众，也没有鲜花跟烛火，我加班回来，家里放着歌，星空灯缀满客厅，我打开家门，以为一脚误入银河。而最亮的那颗星被我的小王子陆成则托举在手心里。

他是那么英俊，煞有介事地朝我走过来，单膝跪地，老套又可爱得无与伦比。当他抬头看向我，最亮的星星就变成了他的眼睛。

陆成则说："晚上好，Kiki，你愿意嫁给我吗？"

我站在玄关处喜极而泣。

我说："你能不能先起来，这样好土……"

陆成则笑了一下，站起身："好，那可以戴上吗？我选了很久，"他说，"拒绝也没关系。"

我当然无法拒绝，因为音乐在唱着：

Yeah the longer that we're together

我们在一起的时间越长

The good keeps on getting better

美好也在继续发酵

I never thought that I would ever find someone like you

没想过，我遇见了你

And every day you show me I can

每分每秒，就在我以为我不会爱你更多

Just when I think that I can't love you anymore than I do

你却向我证明，什么叫铭心刻骨

I do

我愿意

我抽了抽鼻子："你的歌不是已经替我回答了。"

我到现在都记得那首歌的名字——*I Do*。

谁会不愿意呢？拜托，这可是陆成则。

但陆成则摇了摇头："这首歌只是我一直以来的想法，但步入婚姻的决定，我还是希望你能亲口说。"

我伸出手背："给我戴上，速度。"

陆成则笑了，那笑容明媚得像夏日的薄荷水。他将戒指从戒托里取出，一时手足无措，东张西望，不知该将戒指盒放在哪里，最后跟我说："能先帮我拿一下戒指吗？我腾不出手。"

我晃晃手："你直接给我戴上不就好了。"

陆成则严肃起来："不行，要用两只手。"

我没辙，只好接过来。

陆成则一只手负责托起我的手，另一只手为我套戒指，不急不缓，虔诚而专注。最后，扬起眸看我，长久不离。

"祁妙，我爱你。"他说。

"我也爱你，陆成则。"我说。

I do, I do

我愿意，我愿意

All I see is beautiful, when I look at you

我看着你时，一切都妙不可言

面前这个已过而立之年的男人瞬间变回小屁孩儿，激动到热泪盈眶，抱着我欢呼跃雀。我好爱他，他好爱我，欢笑和眼泪，都是证明。

我们的蜜月旅行去了真正的海岛。

这一次不像在扬极岛那样寒冷和仓促，金色的沙滩和日光无限地将我们裹挟，天空碧蓝，水波通透，我们像被流放的囚徒，也像在末日到来之前逃亡到世界尽头，没日没夜地厮混，做爱，胡吃海喝。

尽管全天防晒喷雾“伺候”，我还是黑了两个色度。回国的飞机上，我照着小镜子长吁短叹。陆成则看着我笑，问我怎么了。

能怎么？变丑了。我不回答，戴上眼罩。

婚姻都是男人的阴谋，黑暗中，我如此猜测。

我的嘴唇被什么东西贴了贴，很突然。我吃惊地扯下眼罩，陆成则仍勾着唇看我，也许他一直都在看我。

我说：“不要打扰我休息。”

陆成则说：“你太漂亮了，我忍不住。”

我扬高唇角，无话可说。

我突然想到几个月前我答应陆成则求婚时候的那一首歌。我到底是深思熟虑，还是一时兴起呢？可能就是菜谱中常说的，火候到了，就要收汁盛盘了。佳肴上桌，味道终要尝过才能清楚。

I don't stand a chance when you smile

你的笑总能让我缴械投降

Yeah the longer that we're together

我们在一起的时间越长

The good keeps on getting better

美好也在继续发酵

我的确在变得更好，我已经晋升到了SAD[1]，还给自己买了辆车，也很少再因为工作而崩溃。我不用一个人去医院或诊所，可以偷懒、赖床，不做饭，不洗碗，不打扫，不洗衣服。我不怕看鬼片，因为翻身就有人可以抱着。我的所有上进和堕落，我的丈夫全盘接收。他就像一首歌，环绕在我四周，一旦听见，我的心脏和灵魂就会与他共舞。

故事讲到这里，似乎该收尾了。

两个很好的人，很好地走到一起，在过很好的生活。

但我似乎忘了一开始为什么不想结婚了。我只记得恋爱的第一年，看完《爱在午夜降临时》，我对陆成则说："我最不喜欢这一部，婚姻多少让人有梦醒的感觉。"

但我也无法否认，我曾多次想象过我们的婚礼。我们今后一日两人三餐四季，再往后，带着孩子出去露营、野炊、看星星。

某天睡前，我问陆成则："我记得你说想让我再观察几年，为什么那天忽然就求婚了？"

他说："等不下去了。其实我也做好了被拒绝的准备。"

我问："如果被拒绝怎么办？"

陆成则说："能怎么办？只能继续爱你。"

我笑了，换上怜悯的语气："那你好被动，好卑微哦。"

"我不觉得。"陆成则拥住我，不以为然，"我就是想让你相信，爱能解决一切问题，爱能完成任何事情。祁妙，我人生的答案永远是你。"

（完）

1　高级客户总监。

鼓舞

第一粒药
神引

接到母亲电话的时候，归庭月刚好吃完午饭回到卧室。

母亲一如既往地开门见山，也一如既往地表达关切和担忧，询问归庭月最近精神状况怎么样。

归庭月停在窗前，回了两个字："还好。"

"哦……"母亲似松了口气，又微带踌躇，"你弟还有几天就中考了，等结束了你就搬回来住吧。"

"不了，在这边挺好的，"归庭月敛眼，摩挲起棉麻质地的帘布，轻声拒绝，"我暂时也不想回去。"

母亲沉默了一会儿："好吧，有什么情况一定要跟妈妈讲。"

"嗯。"归庭月应一声，挂断电话。

这是归庭月搬来这个小区的第 173 天。

居住的房子在母亲名下，但自全款购入后，他们一家四口基本没来过，一直是闲置状态。

直到半年前，父母担心她的状态会对处于升学关键期的弟弟产生负面影响，就让她暂时来这边住。

那晚的饭桌上，父母神色温和但含有歉意，表示对她提出这个安排也迫不得已。即使他们的态度和口吻再无可挑剔，也无法否认这一幕更像是“通知”而非“商议”。

归庭月自然不持任何反对意见，她清楚自己久未好转的沉郁已让家人身心俱疲。

入住第一天，母亲就遣人将阳台和窗户全部封好。

一套窗明几净、视野极佳的房子，经过一下午的“保守”改造，彻底沦为牢不可破的“不锈钢监狱”。

归庭月站在窗前，看着苍白的天空和阴郁的云朵被护栏切割成同等份，仿佛一块块生出霉斑的奶油蛋糕——为她这样的“钟楼怪人、沼泽怪物”量身定做。

母亲陪她待了一晚上。

第二天早晨离开前，她用力拥抱了归庭月一下，并哽咽地期盼她快点好起来。

归庭月能感觉到她肌肤的温度，却无法被融化。

她跟世界断链了，或者说，是她在这个世上变得黯淡了、透明了，五感尽失，看不到斑斓色彩，尝不出酸甜苦辣，吃喝拉撒都是枯燥而艰巨的任务。

很多时候，归庭月只想待在卧室里，独自一人躺在那儿，即使糟糕的睡眠于她而言同样煎熬。

搬家的事隐瞒了弟弟，弟弟以为她只是回院做康复训练。这个尚被蒙在鼓里的小男孩趁着周末给她发了条微信，推荐她看《奇异博士》，并说：“姐，你一定要看看这部电影，Doctor Strange[1]也因为车祸伤得很严重，无法再上手术台，但他最后拯救了世界。虽然是有法术的帮助，但真正让他好起来的不是法术，而是他战胜了自己，他的自尊和骄傲让他始终没有放弃，始终对自己充满信心。”

归庭月回道：“谢谢你。”

1　奇异博士，电影《奇异博士》的主角。

结果，归庭月只看了十分钟就关掉了视频，她的共情能力降至谷底，已经无法从画面与文字里汲取任何能量。归庭月不止一个人住，当然，她的个人状态也不适合独居。

一位由母亲雇来的阿姨陪伴着她，负责她的三餐与起居，督促她每天按时服药，除此之外，就是保证她的人身安全。

阿姨身材壮实，面貌却格外和顺，归庭月叫她李婶婶。

母亲将她带到归庭月面前时，她忙不迭地套起近乎，嗓音豪迈，掺杂着家乡口音："月月，我们老有缘的，我名字里也有个'月'字。"

"你叫什么？"

"我叫李月香。"

"好听，有月桂香气的感觉。"

李婶婶惊呆了，侧眸瞧归庭月的母亲："你女儿长得漂亮还好有文采的，我都没想过我名字还能这样子联想呢。"

母亲走后没两天，李婶婶就变得无拘无束，将晚餐送来归庭月房间后也不忙着走，一股脑地跟她寒暄："月月，你别担心我照顾不好你，我很有经验的，我丈夫也有你这个病，而且他比你更严重，他还是那个什么双向——我也记不得名词了，就有时很兴奋，有时候又什么事都不想干，我女儿带他看过医生，他也吃了药。"

"他现在怎么样了？"

李婶婶看起来神气活现："现在可好了，能自己生活了，不然我怎么出来找事情做？"

归庭月"嗯"了一声，慢慢抿光汤匙里的炖蛋。

李婶婶瞅着她端丽清瘦的模样，微叹："你也会好起来的。"

你会好起来的。这一年，归庭月听过少说一万遍，来自不同的人，他们或怜悯或善意地为她打气、加油。可她真的好了吗？有时她觉得灵魂在那次意外事故中就被撞离了肉体，从此她只是个被蚀空的苹果，干萎而残缺地挂在枝头，只等秋末的最后一缕风将她吹落。

有时归庭月甚至怀疑自己是不是已经没有心跳了。但夜深人静的时候，她又能清楚听见体内的律动。它们在药的作用下显得异常慌乱，似在竭尽全力又手足无措地帮她维持着生命。

调整呼吸并入睡成为归庭月日复一日的必修难题，即使有药物的加持，夜晚还是会像黑色的塑料袋一样，密不透风地将她包裹其中。可同样地，她能在其中寻求到一种窒息般的稳定，因为不必面对白天的人和事，以及这些东西对她的审视与诘问。

这种日子持续了很久。

第 173 天，归庭月目不转睛地盯着手机里记录的天数，仿佛在进行某种数秒仪式，尽管那个解脱的节点在多方牵制下遥遥无期。

归庭月坐回书桌前，摁开黑色水笔，开始写日记。

确诊后，她就养成了写日记的习惯，均是用书信体，开篇无外乎“归庭月，展信佳”。

但通常她写下自己名字时，纸页就会开始模糊。

归庭月一只手盖住自己的双眼，另一只手合上了本子，放弃记录今天。

今天的她依旧一事无成，能有一道笔画都是奢侈。

她的手掌很快被汗浸湿，从指缝里漫出去。她又软弱地沉入了这片灰暗而黏稠的沼泽地，无法自救，亦无法呼救。

忽然，一个全然陌生的高亢音节蹿入她耳内。

归庭月怔了一下，疑惑地放下手。

“嘭！”

根本来不及判断，连串的鼓点便轰砸过来，密集且激烈，却不零乱。

密闭的玻璃、厚重的窗帷都无法阻止这种飞沙走石般的响动穿到房内，在昏暗的氛围里有节奏地抡打、踩踏，似能溅出无数电火花。

归庭月被这声音激出一身鸡皮疙瘩。

鼓声越发狂野，生命力惊人，如万千草种，被恣意抛撒，随即破土、生长，生猛而繁盛，顷刻就长成参天密林，绿野浓荫。

归庭月完全被吸引，全神贯注地听着，直至这段架子鼓的声音彻底消失。窗外再度安静下来，只闻人声与鸟语，归庭月才发现自己双手互掐得太久，已经在皮肤上留下了好几道血印。但她丝毫不觉得痛，只是静坐在原处。

休业后，归庭月第一次在白天清楚地听见自己的心跳，仿佛刚刚领教过起搏器的威力。

少顷，归庭月从座椅上站起来，不假思索地走出了卧室。

因为这段鼓声太迅猛、太有生命力，像是不会出现在归庭月这种人生活里的一个短暂的奇遇。她很担心是幻听，迫不及待地想要弄清楚。

李婶婶从阳台掐了几根小葱，正好回屋，迎面撞上归庭月时又惊又喜："欸？月月，有什么事吗？"

打从看护归庭月到现在，足足半年，这个女孩极少主动走出卧室，像一朵活在黑箱中、即使再努力浇灌也生死未卜的花。

更令她意想不到的是，归庭月惯常灰败的瞳仁里竟因迫切而生出一丝星芒。

此刻，归庭月就站在那里，深吸了口气，而后着急地发问："你刚刚听到什么声音了吗？"

"什么声音？"李婶婶面露疑惑。

归庭月胸口微微起伏："敲鼓的声音，就敲了一会儿。"

"噢噢……"李婶婶恍然大悟，"不清楚是哪家，要是还吵的话，我找物业投诉。"

“别，并没有打扰我休息。”归庭月摇了摇头，再三确认，“你真的听到了，对吗？”

李婶婶攥着那几根葱，拧眉：“对。”

归庭月眼里有了更多波动：“不要去投诉，我喜欢这个声音。”

李婶婶诧然，但还是应允：“好的。”李婶婶又扭头看了眼客厅朝南的落地窗，“就是第一次听见，也不晓得是哪家啊。”

归庭月回到卧室，伫立在窗边，半晌，她抬起手。

刺啦一声，窗帘被拉至一边，仿佛魔盒被重启，如瀑的日光霎时就灌透了房间，归庭月沐于其间，不由得眯起双眼。

对面的高楼映入眼帘。

那个小高层小区的建筑风格相对平庸，楼体颜色是石膏黄，造型略带欧美风，说不上美观，但也挑不出差错。

多扇等大对称的窗户如同相框，衬得整个小区像是一面有强迫症的照片墙，框起了众生百态。

归庭月回想着那段鼓声，猜想应是从对面楼传过来的。

但从上至下观察一遍后，她并无收获。

为考虑采光，楼与楼之间相隔较远。而且归庭月许久未出门，不太适应室外的强光，此刻眼睛已经有些干涩。

归庭月揉了两下眼睛，又拉上窗帘，重回阴影之下。

她决定等一等，也许那个人还会再敲呢。

这一天，归庭月放弃午睡，专心躺在床上等待。她一会儿看看手机，一会儿看看窗户，一种强烈的期盼如狂风般在她心头叫嚣，让荒芜的心田有了久违的声嚣。

果不其然，下午四点多，鼓声再次响起。

这一次的鼓声不同于中午，不再狂放、不羁，而是循序渐进。起初时快时慢，金属的脆亮与鼓面的闷响交相杂糅，并流畅地重复着同样的节奏，渐渐地，节奏越来越快，鼓声自如、张扬，甚至带着目空一切的傲慢，似能将方圆百米以内的空气穿透，然后悉数爆裂，碎成细小却锐利的冰刃，直扎耳膜。

归庭月的呼吸在加快。她发现自己的双脚不经意间踮起，还打起了节拍。而在这之前，她已将双脚看作一对可有可无的废品。

她匆忙下床，再度拉开窗帘，眼睛如月球表面寻求其他生命体的探测器，飞速地在对面楼的每扇窗户上扫描、探测。

鼓声持续了很久，但因视距有限，归庭月无法锁定目标。她转头走出卧室，来到更为开阔的客厅的窗前。打开窗页后，鼓声更加清晰了，像是一种大范围的魔法，让她心动、神往。

归庭月撑高远眺，仔细辨认，企图找到对方的具体位置。

楼下有两个系着红领巾的小男孩走过，也惊奇地扬起脑袋，努力寻找鼓声的源头。

李婶婶见状，走过来停在她身边："我刚还想叫你出来听呢。"

归庭月依旧目视窗外："你能听出是从哪边传来的吗？"

李婶婶细听片刻："我看，就在对面。以前没有过啊，是新搬来的吗？"

归庭月站稳："或许吧。"

可惜始终不知道到底是谁在敲鼓。

幸运的是，之后几天，归庭月都能在下午四点至四点半听到鼓声，她也因此摸清了对方练鼓的规律——会避开容易打搅其他住户的时段。

归庭月的日记里有了新内容——关于鼓声的描述加入其中——有节奏，有形态，有色彩，甚至有感悟和幻想，不再只是阴云笼罩的绝望。那些感悟给归庭月带来生机，她开始幻想这种绝妙音律的缔造者的模样。

"兴趣""盼头""怦然"……这些尘封甚久的词语，开始在她脑海中显现出曾经的轮廓。

归庭月每天下午都会在客厅窗后坐上半个钟头，脚跟摇摆，指节轻叩，完整地听完对面的鼓声。

她的神情虔诚且专注，如同朝圣或祷告。

李婶婶察觉到归庭月精神状态的变化，某天下午买菜回来，特地跟小区里相识的保洁唠家常，套出了总爱敲鼓的那位新住户到底住在哪栋哪层。回来后，她兴冲冲地分享给归庭月这个新消息。

原来，那个人真的住对面那栋楼，跟归庭月同层，房号也是1203。而归庭月居然一直没发现。

翌日傍晚，熟悉的鼓声再度响起。归庭月跑到窗边，惴惴不安地将视线聚焦到与自己平行的那户人家。她没有发现对方的住址情有可原，毕竟按照房屋结构来看，朝向她视角的地方是厨房和卧室，而对方大概率不会在这两个地方打鼓。

打那日起，归庭月徘徊、蹲守在客厅窗后的时间逐日拉长，离开的时间从下午四点半拖延到五点、五点半、六点，晚餐时偶尔也将对面亮着灯的人家当下饭菜。

归庭月觉得自己有点疯魔了，像一个逐渐失去理智的私生饭[1]。还好她本就是个精神病患者，李婶婶对此的反应只有欣慰，而非觉得怪异。

几天下来，通过对对面屋主每日动态的观察，归庭月断定对方是一位男性，身材高瘦，喜欢穿深色系衣服，不怎么进厨房，房间窗帘也极少打开，宛若在孤岛周围海域踽踽独行的黑鲸，几乎不会浮游出海面。

因为距离的关系，她不能看清他的长相，但已经足够了。在做出更多逾距的举动前，归庭月这般告诫自己。

事实证明，感兴趣是难以抵御的病菌，越是强抑，越是肆虐。

1　侵犯艺人私生活的粉丝。

一个星期后，归庭月屈服于自己的好奇心，网购了一只小巧、便携的白色望远镜。

卖家大力推荐说这款望远镜适合用来看演唱会和话剧，那么她拿来一睹偶像的真容和演出应该也没那么不妥和不堪。更何况，她只打算看一眼，只需一眼，她就能释怀，就能安定，就能心满意足，就算完成任务。

第二天从李婶婶那里拿到快递后，归庭月回到房内，拆包取出望远镜，简单调试了一下，便怀揣着这只“八倍镜”准时来到她固定的位置。

下午四点零三分，鼓声果然响了，今日的鼓点又有了变化，诸多高低音交替，变幻莫测，鼓点快似盛夏的冰雹，来势汹汹，也似秋雨滴沥，久可穿石，中途间或炸开惊雷，给人以独立成团的错觉。

归庭月本就紧张，此时加上鼓声渲染，心已蜷缩到极致，目光发颤地盯着那一边。但奇怪的是，那个人没有练满半小时就结束了，继而似元气尽去般再无声息。

四周变得鸦雀无声。

归庭月从椅子上站了起来，有些担忧地皱起细眉。

也是此刻，她一直锁定的窗后忽然有人影显现，正是那个鼓手。他仍穿着黑色 T 恤，径直冲厨房水池的方向走了过来，而后停住。他的位置刚好正对着她。

机不可失。

归庭月后退两步，回头瞄了眼，确认李婶婶在心无旁骛地哼着小曲备菜，才小心地将兜里的望远镜取出、打开，架至眼前。

她刚调完焦，男人的上半身顿时直达眼底，清晰到如近在咫尺的胶片电影。

一刹那，归庭月的心跳频率不输刚刚的鼓点。

男人上身微倾，在搓洗双手，手臂因用力而筋络暴起。因为他低着头，他的眉眼和垂下的乌黑刘海儿相互掩映，随着他的动作若隐若现。

他的整体形象跟归庭月想象中是差不多的，但又不尽相同。归庭月以为他会更狂放些，但他干净、瘦削，还有点不加修饰的疏懒。

考虑到自己的站位过于明目张胆，归庭月开始左右找起掩体来。最后，她稍稍往一旁的窗帘后面挪了点，才重新架起望远镜。

下一刻，归庭月瞳孔骤缩。她放下双手，有些回不过神来——因为男人猝然扬起脸的一幕。那一幕如被烙刻在她脑中，反复播放。显然，那样的一张脸，任何女人都做不到“只看一眼”。

早几年跟着舞团在欧洲巡演时，归庭月曾在阿尔卑斯山脉下的一座小镇逗留过几天。

小镇风景极佳，仿佛一幅高饱和的油画。

归庭月居住的酒店客房直朝雪山，每每推开窗，扑面而来的就是绵延的雪岭，岩灰与皑白交相辉映，有种得天独厚的料峭之美。那种凛冽如刃的视觉效果，总会令她呼吸凝滞。

这个下午，归庭月看到望远镜里那张脸时产生了一样的感觉。

有的人五官像卵石，圆润，有亲和力，款款一笑的时候让人觉得易相处。但对面那位明显是另外一种，“浓眉大眼”这个描述，他只占前者，他的面部太有棱角，鼻梁窄高，下颌线锋利，偏长的眼乍一挑高，透出几分不太有耐心的攻击性。

归庭月怔了两秒，敛目将望远镜收好。

从这一秒开始，她放弃联想，并且一点也不意外这样的人能敲击出那样的旋律，因为他的样貌与他的鼓点完全契合，都趋于极致，是她想象得过于含蓄和保守。

回到卧室后，归庭月心绪难平，这种感觉与之前的药物反应相似，但她两小时内并没有服用任何药物。她跑回书桌前，打开手账本，有个清晰的影子顷刻跃然纸上。她的书信体日记也改变了称谓，不再是只关乎自己的日更“遗言”。

“对楼的朋友，展信佳。

“你果然非凡人，架子鼓敲得那么厉害就算了，人怎么也长得这么惹眼……”

归庭月奋笔疾书，极为罕见地顺畅。

今天日记的收尾：“期待你明天下午的演出，我会准时到场。”

翌日一大早，母亲来到这里，要陪归庭月去见心理医生，这是一月一次的固定程序。

归庭月正在吃早餐，母亲有些意外。

往常归庭月对人都爱搭不理，拖拖拉拉，视此如上阵临敌。今天却不见她排斥，像是早就做好了准备。

咨询室里，归庭月第一次没有露出那种自我剖析的痛苦之色，而是像掏糖果似的，将最近大半个月的见闻一颗接一颗地塞给医生，无法停止。

医生耐心听完，扬高眉梢，赞许道：“你有感兴趣的人和事了，这非常好。”

归庭月双手交握：“我也很惊喜。我感觉他鼓声的功效不亚于舍曲林。”

医生莞尔：“有想过跟他交个朋友吗？”

归庭月沉默：“没有。”

她眼皮微耷，自嘲道："我这段时间都在暗中观察，而且我不适合交朋友，会把身上的负面情绪带给他。"

医生摇头："不，你的情况很合适，你对他有强烈的兴趣，在此基础上增加活动和社交更利于你恢复。不要担心，不要害怕走出去，迈出这一步你会发现等待你的不过是顺其自然的下一步，而不是你所预设的让你恐惧的荆棘丛林。外界不可怕，只要打开自己，带着真诚的想法去结交，我相信他一定也很愿意认识你这样优秀美好的女孩。"

真是这样吗？归庭月半信半疑地回了家，窝回床上。

辗转反侧到下午三点，她从卧室出来，走上阳台，再次望向正对着她的那两扇窗。

忽然，右边的窗帘被拉开，一道修长的身影出现在中央。归庭月心头一颤，忙蹲低身子，将自己藏到墙围之后。少顷，她探出半个头，窗后已不见人影，只能看到空荡的房间。

房内装饰单调，似乎只放着一张床，四面白墙环绕，像间独立病房。

归庭月缓缓舒了口气，站直身体，时而展臂，时而扩胸，做透气状，实则在窥视另一扇窗。

他没有去客厅或厨房。看来，他的练习室在她无法看到的地方。

归庭月将手搭上栏杆，边想着边觉得有些遗憾。但她又想，只是远远地看和远远听地也很好，这也是她空乏生活里的闪光点和"小确幸"。就在这时，"嗵"的一声闷响，似炸开苍穹的春雷，凶猛的鼓点倾盆而下，像一种毁灭与新生糅杂的打法。

他今天居然提前练鼓。

鼓点之中的傲气与嚣张似能浸入体内，让人肾上腺素飙升。归庭月双眼微微瞪大，身上被震出了鸡皮疙瘩。

他今天敲了很久，忠实听众归庭月也在阳台围栏趴了很久，点头打拍子，手指如疯狂的钢琴家。

远方的云朵变得像打翻的橘子水时，几乎无间歇的鼓声骤停。归庭月肢体上的小动作也随之停止。她望向他厨房的位置，夕阳将那扇窗涂成午茶的色调。须臾，那个男人出现在厨房，然后侧身停下。

归庭月眯了下眼，判断他应该是从橱柜或冰箱里拿东西。然后，他站到流理台后，大概在准备晚餐。

可惜离得太远了。归庭月心微沉，继而被一股诡异但急速膨胀的念头推搡。她开始掂量要不要继续那种令人发指的行径，这可是第一次看到他在厨房待这么久。

归庭月目不转睛地望着那一处，被矛盾的想法折磨到头昏脑涨。最后，好奇打败踌躇，她跟自己强调，就看一眼，只是确认一下他今晚要吃什么，仅此而已。

归庭月疾步走回房间，取出望远镜，又赶回自己的客厅“小基地”，选准角度，举高望远镜。两分钟后，她的唇角微微上扬。

那个男人单手往碗里打了两颗鸡蛋，动作利索，随后拿起筷子把鸡蛋打撒，但搅到半途，他忽然停手，将碗放回台面。好像是一时兴起，他双手各执一根木筷，把它们当鼓槌，开始在周遭一切可及的物体上无序地敲打。他将厨房当作练习室，锅碗瓢盆都是他的鼓架，整套动作躁动、热烈、连贯、纯熟，如入无人之境，在充溢着油烟味的地方，他亦燃烧出万众瞩目的气场。

即使听不到任何声响，但归庭月已在脑中自行配上他平日那些高强度的鼓声。此时，他左手忽然转棒，又轻巧稳住，继续击打。

哇！归庭月空出一只手掩唇，险些惊叹出声。

自娱自乐的过程很短，或许还不到两分钟，但当中的无声共振已让归庭月热泪盈眶。

怎么会有人这么热爱自己所爱的啊？随处皆可当作舞台，就像曾经的她一样。

是，归庭月也曾这样，也曾趁着热饭的间隙在厨房里踮脚起舞；在微波炉结束工作的“叮”声里连转六圈 fouetté[1]。

归庭月心脏激颤，握着望远镜的手缓慢垂下。这一秒，她下定决心，不管等待她的是顺其自然的下一步，还是令人恐惧的荆棘丛林，她都要去认识他。

连续几个晚上，归庭月难以入眠，状态异于以往，无关放空或神伤，而是绞尽脑汁地想着怎么认识对面楼那个男人。

抑郁和药物使她的思维变得迟钝，除去制造偶遇或借机搭讪，她想不出更好的方法。

与此同时，归庭月观察（偷窥）对方的频率也与日俱增，早晨、中午、晚上，因为要确认他何时出门，她好紧急部署，适当出击。

李婶婶和归庭月同住一个屋檐下，自然无法忽略她对鼓声及敲鼓人的过度在意。某天，她忍不住在饭桌上提起：“我今早在对面楼道口跟张奶奶聊天，碰到那个敲鼓的小伙子了。”

本在安静夹菜的归庭月扬眉看向她，眼很亮。

李婶婶接着说：“他戴个帽子，高高瘦瘦的，就是走得太快，没瞅清楚他长什么样子，不过听张奶奶说，他好像被同一栋的人投诉了，昨天才有物业找上门。”

归庭月眉心微蹙，不解道：“他又没在扰民时段敲鼓，怎么也会被投诉？”

李婶婶感叹：“不是人人都喜欢这种声音啊。”

归庭月打抱不平：“也没见附近几个练钢琴的被投诉。”

1　弗韦泰，法语，指芭蕾舞动作挥鞭转。

李婶婶说："这不一样。"

归庭月的语气带上几分怒意："哪里不一样？"

李婶婶安静了几秒："琴声更文雅。"

归庭月垂眼用筷子尖挑米饭："我不认为乐器还得分高低。"

吃完午餐，归庭月回到房内，惴惴不安了几个钟头，担心从此再难听到她的每日"强心剂"。

但下午四点，熟悉的鼓声再次敲碎这个枯燥、沉闷的傍晚，使之焕发生机。她开心地跑出卧室，奔向阳台，成为踩点到场的忠实粉丝。

那个男人的状态完全没受到影响。鼓点一如既往地无所顾忌，像把密集的字眼凿刻在空气里，并以狂草的形式谱写出高燃的战书。

归庭月单手托着下巴，微笑，觉得自己的担心可真是多余。

鼓声停止后，他再一次去了客厅。归庭月也忙回到窗后，打开望远镜。

他今天还是一身黑色 T 恤，侧颜峻挺，眼睛淡漠地垂着，刘海儿有点乱，然后随手取下门边挂钩上的黑色鸭舌帽戴上。归庭月猜他应该是要出门。

下一刻，他的脸往归庭月的方位略微一偏，幅度很小，但出人意料。归庭月被吓了一跳，跟躲流弹似的抱头躲藏。足足蹲了一分钟，她才压制住狂乱的心跳，慢吞吞起身。

玄关处已空无一人。

他已经出去了吗？归庭月这般猜着，于是又拉开窗户，俯身往楼下看。

须臾，归庭月放下心，因为那个男人从楼道门内走了出来。

这个时段有不少小孩在楼下追逐打闹，像滚来滚去的彩色糖粒，但他显得他格格不入，似一根削尖的黑铅笔。

他在刻意避让人群，然而，还是有个面朝同伴快速倒着走还怪叫着的男孩撞到了他腹部。他止步扶稳那孩子。男孩一惊，回头仰视他。他大概低头问了两句，男孩猛地摇了摇头，赶紧和他拉开距离，扯着小伙伴一下跑远了。他接着往前走，行色匆匆。

归庭月看着他，不自觉地露出微笑。少顷，她反应过来，回身走向玄关。她抽出一只口罩戴上，撂下一句“我一会儿就回来”便赶往电梯间。李婶婶愣了一下才应声，然后被阻隔在门内。

归庭月一路小跑进电梯，小口喘着气，摁下 1F。

她在做什么？

归庭月思路混乱，这种不经思考的冲动行为，是为了跟踪他还是追上他？追到之后呢？想好要说什么了吗？但很快，她的自省变为自勉、自便、自圆其说。反正顺其自然，她这样安抚自己，并将双手微拢成拳，走出电梯，朝着小区正门的必经之路行进。

但归庭月心随意动的“勾搭计划”半途夭折了——她跟丢了。更准确地说，应该是从尾随那步起就失败了，她下楼之后，就没再见到他。

还是行动慢了。归庭月落寞地回到家里，连饭菜都尝不出香味。

之后的几天，归庭月想方设法地蹲守和留意他的行踪，伺机而动。但那人出门甚少，又身高腿长，走路速度很快，就算偶有机缘，她也休想跟上他的步调。

但归庭月也不是一无所获，她借机弄清了他的外出频率。

他很神秘，似独来独往的苦修术士，只在阴雨天或太阳落山后外出，目的大都是采购物品或收拿快递。

此路不通，归庭月另辟蹊径，放弃居家干等，转为在他惯常出门的时间点下楼散心一两个钟头，活动区域基本以他的楼栋为圆心，再小范围发散，一圈又一圈地徘徊。

这样持续了一周，归庭月仍只闻其声不见其人。她的日记里充斥着每天出师不利的交友事迹。

画上句号，合上纸页后，归庭月无奈扶额，说好的功夫不负有心人呢？

临睡前，归庭月服下安眠药，从床头抽屉里取出当年巡演时收到的一枚许愿币，在内心祈祷：“明天请让我跟他说上话，正面是能，反面是不能，拜托给我正面吧。”

她随即将许愿币抛高，许愿币飞旋至半空，又在下落时“啪”地被盖回手背上。

打开一看，许愿币是星月法阵那一面，为正。

归庭月的心瞬间上提，她惊喜地抿高唇角。得到理想的结果，她安心了许多，一夜无梦。

翌日，天气不佳，天空阴沉着张脸，昏沉沉地睨着人间，但归庭月的心境因有所期待而变得明朗。

十点多，在厨房腌渍鸡翅的李婶婶忽然叫她：“月月，你今天出去吗？”

归庭月在沙发上侧目：“出去呢。”

李婶婶手持酱油瓶走到她跟前：“家里生抽没了，我今早想买的，给忘了，你出门要方便的话能帮我带一瓶不？”

归庭月点点头：“我这会儿就去买吧。”

李婶婶说：“不着急，我看瓶底还有呢，中午够用了。”

归庭月起身往玄关走：“反正我这会儿没事。”

走出楼道，归庭月慢跑向小区门口的便利店。她特意穿了双轻便的运动鞋。拜近日暗地里的“追逐戏”所赐，归庭月感觉自己的肢体轻盈了些，不再像带着沉疴或像是累赘。

她走进便利店，收银台后的售货员笑吟吟地望向她。

归庭月问：“生抽在哪边？”

售货员指了个位置。

归庭月略一颔首，道了谢，往她提示的货架走去。

她停在排列整齐的调味作料区，回忆着李婶婶方才告知的生抽品牌，视线在诸多瓶身上扫过。

归庭月迅速锁定并取下一瓶，想了想，又拿了一瓶，像举哑铃似的一手握一个，往收银台走。

她刚要走出狭窄的过道，一个高瘦的男人从正前方路过。他手拎购物篮，戴黑帽，穿黑 T 恤，不疾不徐地走着。

归庭月如被按下休止符一样定在原地。

是他。现实中的他要比镜头里的更年轻，也更清晰，从头到脚皆如此。从侧面看，他有着少年般的单薄，但他步态随意，像是千帆过尽也毫不在意。

咚咚咚咚咚。

归庭月眼睛一眨不眨，周遭事物仿佛被虚化，万籁俱寂，唯有她的心脏在狂跳，思绪在翻滚。

之前遥望的人竟这样现身在眼前，她猜，昨晚的许愿币也许真的是神引。

第二粒药
拆穿

在他前面排队结账的是一家三口，小孩咋咋呼呼，指着收银台上的棒棒糖，闹着说想要一根。他明显排斥人群，与他们的间距可以再塞进去一家子。

归庭月站在货架后，微微探头，小心地打量着他，同时心思百转千回，起伏难定，思索着要怎么上前跟他搭话。

那家人选购的东西并不多，不多久就将物品装袋，往店门口走去。

轮到他了。

他低头将购物篮里的东西一一取出。她能看到他的睫毛并不卷翘，但笔直而纤长。

收银员已经开始扫码，抬头问他需不需要袋子，他低低应了声。

归庭月心跳得越发猛烈，大脑也在单调的嘀嘀声里趋近死机，她深呼吸，快步行至他身后。

他很瘦，宽松的黑色T恤隐约透出肩胛骨的轮廓。但他身量颇高，近处看需要仰视，所以也不显羸弱。

归庭月停在那里，看到他右手在收银台边缘百无聊赖地轻叩，时快时慢，节奏感浑然天成，细长的手指被清晰分明的骨节衬得极为有力。

最后一瓶矿泉水被收银员摆到一旁，他拿过去，慢条斯理地把所有东西往塑料袋里放。忽然，他的手一顿，将刚才那个小孩跟家长索要未果的橙色棒棒糖摘下来，递给收银员：“这个一起结了。”

他的声线也很有质感，像大提琴发出的低音。

归庭月本来还近乎窒息，可他这个稍显孩子气的举动顿时削弱了她的紧张感。她悄然弯唇。

也是这一打岔，她灵光乍现，忙将两瓶生抽搁上台面，取出手机，关掉5G网络。

趁着收银员低头给棒棒糖扫码，归庭月放低手机，局促地唤了声：“哎，可以麻烦你……”

站在旁边的男人偏过头来，真切的五官一下子逼近归庭月，将她的幌子卡回喉间，他面庞锐利，直接的对视如同刀子一样割着她的感官。

归庭月看到他帽檐下的眼睛黢黑、深静，微微吞咽了一下，动作和神态不可避免地拘谨起来，佯装自若地扬了扬手机：“我刚发现我手机停机了，可以跟你借个热点付款吗？”

人在高压下果然能被激发出无限潜能，连这种天衣无缝的借口她都能想到。

他看看归庭月的手机，视线转到那两瓶并排而立的“双胞胎生抽”上，然后抬眼跟收银员说：“这两瓶酱油也一起算一下。”

收银员顿了顿，依他所言。扫完码，她问：“要一起放袋子里吗？”

“不用了。”

“不用。”

两人同时回答。

归庭月偏头看他，而他依旧只给她一个近乎完美的侧脸。

收银员笑着答应，睇他俩，露出中年人对小年轻惯有的看戏神情。他调出微信支付码，付完款，提上购物袋，抬脚就走。

剧情发展偏离预期，归庭月偷偷换了下气，赶忙拿上生抽，跑到他身侧道谢："谢谢你。"又补充道，"要不加个微信吧，我好——"

男人瞥了她一眼，边走边说："不用还了。"

归庭月片刻失语，吐不出一个字。

思绪混乱，她只能寸步不离地追随他走出便利店。天穹依旧阴暗，恰如她此刻挫败的心境。她轻轻地叹了口气，瞧着他的背影，不知如何是好。

便利店拉门在背后关拢，面前的男人走出去几步，倏然停下。

归庭月微惊，跟着驻足。

他回过头，似有话要说："对了……"

归庭月面露疑惑。

他语气平静，不是告诫，但也绝非开玩笑："别再用望远镜看我了。"

归庭月僵住，也彻底哽住。羞赧瞬间淹没了她。她惊惧地紧盯着他，眼睛亮得像琉璃珠。

男人也看着她，好像在等她的回应和解释。

几秒的时间，有风拂过，却无人出声。他耐心告罄，转过头，继续往小区里走。

归庭月疾步上前，不准备狡辩，只想一洗自己先前偷偷摸摸的罪行："我……可以道歉……"

他再次停下，看向她，一如之前地冷淡。

归庭月面色涨红："对不起。"

他眉心快速皱了下，像审讯那般问："为什么要看我？"

归庭月唇抿得发白，片刻后才启齿，道："我很喜欢你的鼓声，也好奇打鼓的人，后来听说你住在对面楼，就想看看能敲出这种鼓声的人长什么样子，可是隔太远了，我没忍住，使用了望远镜。"

她深吸一口气："以后绝对不会了。"

男人长睫一敛一掀，面色从始至终与友善无关：“你知道这样违法吗？”

“我知道，我只是想看你什么时候下楼，想偶遇你。”归庭月回避着，仍是表达歉意，“对不起，我知道这样很阴暗、很可耻，我不会再这么做了。”说着又加重语气，信誓旦旦，“我发誓。”

谎言信手拈来，实话却总是煞费苦心。

低血糖一般的眩晕感袭来，归庭月脸上红潮尽褪，肤色苍白，背部冷汗直流。

他注视着她，抬了抬手里的购物袋：“今天也是？”

归庭月说：“今天是意外。”

“不过，”她话锋一转，眼皮翕动，摸出手机，“我刚刚撒了谎，我没有停机，是为了跟你搭讪。”

男人唇角忽然挂起几分意味不明的笑意，但这并未让他的面色回温。

归庭月目不转睛，轻颤的目光看起来心虚但也算诚实。

“行吧。”最终，他露出懒得计较的神情，但又警告道，“别再被我抓到。”

归庭月的双臂如灌了铅一般沉沉地贴着身体，她点头答应，然后说：“我还是把钱还你吧，还完你就把我删掉好了。”

男人有点不耐烦：“说了不用了。”

归庭月不想再有亏欠，完全没意识到自己的不依不饶：“那待会儿我回家取纸币送到你楼下。”

男人顿了一下，随后将手抄进裤兜，取出手机。他的拇指快速在屏幕上按了几下，继而把二维码横到她跟前：“加吧。”

归庭月诧异地斜他一眼，没有犹疑，打开微信。列表顶端提示“当前网络不可用”，她又火急火燎地切出去开网：“稍等。”

那种令人头皮发麻的低音从侧方传来，略带调侃：“要借你热点吗？”

归庭月一怔，摇头：“不用。”

扫上二维码，她看到了他的微信 ID——“陈是”，有些别致，难以区分是网名还是本名。

归庭月下意识地问：“你叫陈是吗？”

男人没有回答。

归庭月抬眼，就见他紧闭着薄唇直视着她。她呼吸微滞：“只是随口一问。”

♥ ♥ ♥

虽然成功加上了对面楼男人的微信，但归庭月没有任何丰收的喜悦。回到家后，她将生抽交给李婶婶，就怏怏不乐地回到了卧室。

横躺到床上，她将手机举高，光顾了一下陈是的朋友圈，结果没有任何内容，因为他设置了“三天可见”。

归庭月只得退出来，耿直地将两瓶酱油的钱精确到小数点后，一分不落地转给他，还编了条言简意赅的消息道谢。她的“痴汉行为”被当场拆穿，也因此栽倒在交友的第一步。

原来不是神引，而是命定的结局。她一辈子别想跟他有来往了。她果然做什么都不行。

自厌情绪像条黑狗蹿到心头，对着她不满地狂吠，须臾又趴下，变成一块丑恶的抹布，苟延残喘，自暴自弃。

归庭月眼眶蓄泪，双手狠揉一下头发，下床从斗柜抽屉里拿出望远镜，“嗵”的一声，连同防尘袋把它丢进垃圾桶，然后蜷坐回床头，再次打开微信。她发现自己的转账已被收取，除此之外，便无任何文字信息。

归庭月徐徐呵了口气，盯着空旷的界面出神。

李婶婶敲门叫她出去吃午饭，她一声未吭。

几分钟后，她再次点开陈是的朋友圈，仍是“三天可见”，干干净净。

等一下……

归庭月从怅然中抽离，心生疑惑，他没删了她吗？她三进三出朋友圈，确认了这一事实。她直起腰背，舒展双腿，鼓起勇气给他发出第二条消息：“你好像忘了删我了。”

两分钟后，对方回道：“哦，现在就删。”

归庭月：“……”

她愣了愣，想挽留，却又不好意思，最后还是点开他朋友圈，给自己最后的审判和认命。

归庭月愣住，留给她的不是冷漠的灰色分界线，尚有人情味的“三天可见”还戳在那里。

大落大起。

以防是系统延迟，归庭月回到聊天框，小心地敲了三个字发过去确认。

无拒收，无被删除好友的提醒。

归庭月勾唇，惊喜地笑开来。

同一时间，从冰箱里拿出冰水的陈是再次抬高手机，看到跳出来的消息，嘴角微微上扬。

想了想，他也回过去三个字。

MoonPie[1]：“谢谢你。”

陈是：“不客气。”

1　月亮派。

差不多半个月前，陈是就发觉对面楼有人偷窥他。

自身个性加常年登台的缘故，他对视线的敏锐度很高，即使相隔较远，他也能下意识地判断某个注视出自何处，又带着何种目的与情绪。

起初陈是猜对方可能有精神疾病，因为放眼望去，整栋楼唯独那家窗户是半封闭结构。而且每每有窥探行为，那人都会藏在客厅窗后，自认万无一失，实则掩耳盗铃。

陈是本打算用“视而不见”的方式来处理，然而那人得寸进尺，蹲点尾行，令人发指。

后来他故意增加出门频率，绕道反间，并借此确认那人的长相和身份。看她的着装与体态，果真和偷窥他的是同一个人。

好端端一个女孩子，怎么尽干这些事？

陈是不能理解。

这份疑惑一直延续到今日在便利店和她偶遇。侧目的瞬间，他略微惊诧，但没有表现出一分一毫。

困惑和排斥共同壮大，导致他直率地发问，不留情面。

美貌助长罪恶的同时，也能滋生怜悯。这样近距离接触她，她的举止、神态都不像精神问题严重的样子，相反她能准确表述，对他的浓厚兴趣在她口中变得小心而诚恳，无关骚扰，无关花痴。

陈是的厌烦感逐渐弱化，转为“好像有点意思”，所以没有立即删除她。

但到了下午，他就后悔了。

午睡醒来，他再度收到她的微信消息：“在吗？”

在吗？这是陈是最讨厌的开场白，没有之一，因为这两个字意味着“鸡零狗碎”就此展开。

他摁灭屏幕，把手机撂在卧室，去了练习室。

❤ ❤ ❤

固定响起的鼓声也意味着男人变相的回复——“我看到你消息了，我在，就是不想搭理你。”

归庭月烦恼地靠回床头，她到底要怎么跟“陈是”接触，博得他的好感？

从小全心全意练舞的关系，归庭月并无多少跟异性共处的经验。偶有来往，也都是对方主动，她被动承受，继而婉拒，遑论“陈是”那种看起来就拒人千里的冷脸类型，她更觉得无从下手，于是，只能求助自己的心理医生。

编辑好消息，归庭月发送出去。

腾医生的回复速度很快：“你以前怎么跟朋友相处就怎么跟他相处，可以约他吃个饭什么的，尤其是他独居，年轻人一日三餐又没个保障，但要注意安全，去人多的地方。”

归庭月：“可我觉得他多半不会答应。”

腾医生：“试试又没损失。”

归庭月思忖片刻，表示认同：“好像也是。”

熬到傍晚六点，归庭月抿抿唇，双手端高手机，遵照医生的建议，给陈是发出加上好友后的第三条问候：“你吃过晚饭了吗？”

这次有了回音，但只有一个字：“没。”

一个字，好歹也是字。

归庭月换了个姿势，继续说：“我也还没吃。”

但陈是再无回复。

归庭月心绪下沉，不好意思再叨扰腾医师，就截图给好友：“我想认识一个男生，你帮我看看这段聊天记录，他怎么又不理我了。”

好友崩溃：“你是什么天选‘尬聊’选手？”

归庭月：“……”

生怕她情绪易碎，好友转移话题：“是哪位没良心的小哥哥，让我们归大美女受这种委屈？”

归庭月一一交代：“没觉得委屈，就是不知道怎么行动。”

好友：“他这么宅，说明性格内向，你先给他叫份外卖示好。才加上好友就约会，进度太快，容易把对方吓跑吧。”

归庭月再次表示认同，果断下单一家口碑不错且配送时间较短的韩国料理，然后填上陈是的地址，而后便忐忑地在房内等消息，不时切进点餐软件看配送员位置。

四十分钟后，家里门铃反而响了，李婶婶招呼她出去，问她是不是叫了外卖。

归庭月趿上拖鞋走出房门，就见门口站着气息微急的配送员。

他将手中餐食递过来，笑嘻嘻地说：“你后面那栋楼的小哥说填错地址了，是给你点的，拜托我送过来。”

一旁的李婶婶露出惊讶无比的表情。

归庭月脸却涨红了，急忙接过，道了谢，飞速逃回卧室。

她跟餐食纸袋上的卡通小人儿大眼瞪小眼，然后反应过来，拿起一旁的手机，再次点进陈是的朋友圈。

定心符“三天可见”还在原处，归庭月松了口气。

归庭月前倾身体，将窗帘拉开一条缝，探查外界。黑夜已吞噬斜阳，对面的卧室亮起了灯，与她所在之处遥遥对望。只是，窗帷紧闭，不见人影。

归庭月撑着脸，郁闷地叹气，他怎么这么油盐不进？

屡战屡败带来完全意义上的破罐子破摔，她闭闭眼，垂死挣扎地发出第五条消息：“不想吃外卖的话我能请你出去吃吗？”

收到这条消息时，陈是心头堆满匪夷所思的情绪，甚至有几分佩服。

就在他哑然无声的那几秒，令人暴脾气上涌的“还在吗？”再次光临他的聊天界面——同样来自对面的女人。

陈是绷了会儿唇，将擦拭一轮的鼓槌放回，敲过去四个字：“现在下楼。”

现在下楼？真的假的？

盯着这四个字，归庭月就差掐自己脸确认是否在梦里，改变来得太突然，叫人难以置信。

惊诧之余，她展露笑颜，破天荒地抹了唇膏才出门。

她许久不曾这样在乎外形，每天洗脸对她来说都是吃力的任务。李婶婶叮嘱归庭月早点回家，每半个小时都要发条消息给她。

归庭月点头答应，揣上钥匙和手机下了楼。

刚走出花圃小道，她就瞧见了不远处长身而立的男人。

他跟白天穿搭一致，唯一的区别是没戴鸭舌帽。肤色偏白的原因，他整张脸在暮色中仍鲜明、清晰，被光影雕琢得很是立体。他站姿散漫，看过来时不似迎接，更像是分神的一瞥。

花草摇曳，归庭月心跳略微加快，朝他走过去。

停在陈是跟前时，她呼吸微乱：“你在等我啊……”

陈是没有接话，只问：“去哪儿？”

归庭月说：“还没想好。”

陈是再次沉默。

归庭月也被自己的话哽住，继而提议：“边走边想好了。”

陈是点了点头。

两个“一分熟”都不到的人突然约饭，尴尬在所难免。

悄无声息并行了一会儿，归庭月害怕从头到尾冷场，主动找话聊：“你什么时候搬来的？”

“上个月。”

“对，我知道。”

“……”

归庭月继续说：“我去年就来了，住了有半年了。”

陈是“嗯”了声，声音低得几乎听不见。

归庭月紧张到不知所措，开始“人口普查”：“你多大了？”

陈是顿了一下：“二十四。”

归庭月有点意外：“我也是。”

陈是这才看她一眼，还是没搭腔。

归庭月又喋喋不休地问了些问题，陈是基本不理会，偶尔回应也是敷衍，连半句都嫌多。

他对她的态度不言而喻。

似有增厚的黏胶在地面拉扯鞋底，归庭月步伐越发沉重，本来明亮的声线被疯长的气馁与自怨自艾覆盖，逐渐晦暗不清。

最后，她停了下来。

陈是有所留意，回身问：“怎么不说了？”

归庭月垂眼，少顷，她抬眸正视他：“你不想听，我还说什么？”

陈是心头浮出笑意，看着她：“你好像不太会跟异性相处。”

归庭月眼神并未偏离：“你会吗？你会的话可以教我。”

她的口气与求教无关，更像挑衅。

陈是有点被问住了。

他选择避而不谈，换话题：“继续吧。”

归庭月愣怔：“继续什么？”

“刚才的话题。”

“我忘了。”

陈是沉默两秒，复述原句：“你问我喜欢吃什么。”

归庭月似乎在等这个：“所以你一直在听，为什么不说话？”

“不知道说什么。”

归庭月依旧直来直去：“一个人说不累吗？如果你不想吃饭，

可以不答应我，如果你不想跟我有来往，也可以删掉我。”

陈是无言以对，和她对视几秒，不咸不淡地说：“蹭完这顿就删。”话落便转过头去，行走速度比之前更快，好似要甩脱她。

能敲出那种鼓声的人怎么会是这种浑蛋？归庭月面红耳赤地咬牙。

在夜风中站了几秒，她不服气地追过去，言之凿凿的口吻听起来宛若示威：“你才是不会跟异性相处！”

前面的男人遽然止步。

此时，有车经过，而且不厚道地开着远光灯，异常刺目，将陈是的轮廓照得模糊不清。

归庭月眯起双眼看他。

等到她视野再度清晰时，发现陈是已经走了回来，停在离她很近的地方。

注视她片刻，陈是极淡地勾唇一笑，随后下巴一挑，示意她身后的高楼：“我跟异性相处的方式就是带她们回家，你来吗？”

归庭月视线锁定陈是，一言不发。她紧绷的颌肌像小核桃一样，而后舒展开来：“好啊，我们回头。”反正已经这样了，他不介意自毁形象，那她破釜沉舟又何妨。

到底是无法相信。相由心生，声如其人，倘若他真是个游手好闲的二流子，又如何敲得出那样意气风发、打动人心的鼓点？

情绪触底反弹，归庭月决定做最后的试探和挣扎。

陈是以为她会羞愤离去，不想她的目光竟在短暂颤动后归于平静。

好似腹部遭创后迅速更改战略，她重新套起坚实的盔甲，二次应敌。

勇气可嘉。

陈是微微偏了偏头，刚要启齿再说两句混账话，归庭月快他一步出声："要不来我家吧？"

陈是怔了怔："你家没别人吗？"

归庭月说："还有个阿姨。"

陈是露出冰冷而荒谬的笑："那我过去干什么？"

归庭月目不转睛："吃饭。她做饭挺好吃的。"

陈是眉心皱起，不跟她卖关子："你是真天真还是假天真？"

归庭月抿直唇线，想了一下才道："以假乱真。"

陈是被逗笑了，这破功的一笑实在又坦荡，因而让他看起来如少年，似春回，像雪霁。

但他没有立刻回答。

归庭月催问，字句夹枪带棒："怎么不说话，害怕了？"

陈是敛容，过长的睫毛在脸上洒下两片薄薄的阴影："那走啊。"

李婶婶瞠目结舌地迎接归庭月以及她领回来的一个陌生男人。

她找出一双新拖鞋，好奇地低声问这是哪位。

归庭月言简意赅："敲鼓那个。"

李婶婶震撼到失语，这小姑娘平日里不动也不语，结果一出手效率惊人，这才多久就带人上了门。

陈是微微挑眉，对这个敷衍的介绍不置可否。

归庭月家里是典型的美式装潢，墙纸繁复，木几雕花，金属吊灯如高挂的暖色花骨朵。

这是他最讨厌的风格。

陈是不太舒适地皱了皱眉，跟着进屋。

李婶婶和蔼可亲地打招呼："小伙子怎么称呼？"

归庭月侧头，借机追问："问你呢，你叫什么？"

李婶婶："……"

陈是回答："陈是。"

归庭月一惊："你还真叫陈是？"

"不然呢？"

见他们平白有杠上的趋势，李婶婶忙将话茬儿引向别处："陈是啊，晚饭吃过了吗？"

归庭月回头："他就是来蹭饭的。"

陈是说："不是你非得请我来吗？"

归庭月不否认："哦，自便。"

李婶婶默然，她把这情况姑且看作年轻男女在打情骂俏吧。

归庭月到盥洗室洁面卸妆。陈是没有到处乱看乱摸，只走去客厅的窗边。

这间屋子碎花当道，视觉效果冗杂，但好歹风格统一。唯独不合理的存在就是落地窗外密集分布的银灰色围栏，让屋子似封锁的花园。

一看就是后来装上的，但她家里也没天不怕地不怕的好动小孩儿，那么就只有一个原因。

陈是心情复杂起来。

此时归庭月已走回客厅，见陈是背身站在窗后，跟勘查犯罪现场似的，脸不自觉地发热，高声唤他："开饭了！"

陈是回头，归庭月被他一张难泯于众的脸再次惊艳到。

李婶婶揭开盖子，顿时满屋飘散家常饭菜的香气。

她将两双筷子摆放齐整，同样招呼："是啊，过来吃吧，不早了，肚子肯定饿坏了。"

陈是入座，和李婶婶道了谢，瞥了眼饭碗，欲言又止。

李婶婶一眼便知，用的长辈口吻规劝："你太瘦咯，多吃点。"

坐在陈是对面的归庭月抬眼，瞥到他面前堪比雪丘和白塔的米饭，忍不住轻笑出声。

陈是睁大眼睛看着她，目光阴冷、锐利。

归庭月若无其事地边夹菜边附和："嗯，别客气。"

陈是拿起筷子，夹走一大块米饭，放入口中，慢慢咀嚼。李婶婶也坐到桌边，但她不想掺和打扰他们，所以吃得很快，和着汤三两下解决，然后走去自己的房间，给两位小年轻腾空间。

"味道怎么样？"目睹陈是的"饭山"被夷为平地，归庭月这般问。

陈是回："还可以。"

归庭月说："不亏吧？"

陈是看她："什么不亏？"

归庭月握着汤匙："来我家吃饭不亏。"

陈是说："两件事能放一起比吗？"

归庭月点头："能啊，美食一样能奖励我们多巴胺和满足感。"

"而且，"她接着说，"你干吗骗人？"

陈是停下筷子："我骗谁了？"

归庭月说："你根本不是你说的那种人，住到这边后，你就没带女生回过家。"

陈是"哼"一声："先熟悉环境，这不就有人上钩了？"

归庭月一脸怀疑："结果最后来了那人的池塘？"

陈是无言以对。

归庭月说："如果你真是你说的那样，那你就是菩萨在世，这么帅还乐善好施。"

陈是："……"

他觉得归庭月想法古怪，不可理喻，于是低头吃饭，不再搭腔。

归庭月盯了他片刻，迟疑地问："你敲鼓是业余爱好，还是说……你是专业鼓手？"

陈是一顿，冷声道："不想回答。"

"问问怎么了？"

“我对你可没这么好奇。”

“你大可以好奇，我全都会如实相告。”

陈是瞥她一眼：“我只希望你别说话。”

归庭月耸肩：“那可能做不到，我很久没这么强烈的沟通欲了。”

陈是说：“我怎么不是哑巴？”

归庭月闻言，微微弯了弯唇。

她继续偷偷观察陈是，然后注意到他握筷子的手苍白、窄长，略带薄茧：“我有一天……”

陈是一声不吭。

归庭月自动默认为他允许她往下讲：“看到你在厨房用筷子敲鼓，中间还转了一下，很——”

“嗒”，陈是用两根筷子制造出声响，如一把剪子，剪断她所有话。

“帅。”归庭月有强迫症，必须把话补充完整，哪怕轻不可闻，“而且——”

陈是面无表情：“我就是那天发现偷窥狂的。”

归庭月：“……”

好吧，专心吃饭。她在心里将双唇拉上拉链。

用完餐，陈是独自离开。下楼前，他拒绝了归庭月送客送到底的申请，对她“到家给我发个消息”的叮咛也恍若未闻。

门一关，归庭月就跑到窗边，探出身子朝下看。

陈是果然出现在楼下的走道。树影晃动，他不紧不慢地走着，似一道音符，在纸谱上游弋。

几分钟后，对面窗户亮起。

陈是微小的身影出现在屋内，然后目不斜视地穿过走道，脱离她的视野。归庭月旁若无人地合上窗，没有离开。

等了会儿，攥着的手机无任何响动。她敛眼，主动发问：“你到家了怎么不告诉我？”

这次陈是回复了：“不是不看了吗？”

“我没用望远镜，肉眼看也不行吗？”

“有区别？”

在这上面周旋绝对是话不投机，归庭月另谋他法：“你今天吃饱了吗？”

陈是没有回复。

很快，他回到卧室，走到窗边时，动作明显一顿。

她还在看他。

而他也看到了她。

即使他们都看不清彼此的表情。

一秒，两秒，三秒，唰啦——他拉上窗帘，那速度和力道从头到尾都写着没好气。

归庭月却翘起嘴角。

她低头继续打字：“你明天下午还练鼓的吧？”

聊天框静悄悄的。

归庭月百战不殆：“我会准时听。”

对方总算被激出来：“没什么好听的。”

归庭月说：“那你推荐几个鼓手给我，跟你差不多的。”

陈是：“没有。”

归庭月撇嘴：“那我也……没办法了。”

陈是秉持消极的社交理念不动摇，把手机丢到床上，然后去洗了个澡。等他擦着湿头发从卫生间出来，回到卧室解锁手机时，发现微信里并无预见的“女痴汉最新语录”。

于是，陈是去练习室练习，敲了两个钟头的哑鼓垫。拿开节拍器，他脑海中忽然浮现那个被铁栅栏围困的房子和归庭月看似无忧无虑的话语与笑脸。

他支开长腿，虚虚后倚，然后打开微信，熟练地往里面输入几个人名，有外国人，也有中国人，然后将消息发送出去：“这几个都不错，你可以听听。”

对面回复得可谓疾如风。

MoonPie：“跟你一样吗？”

陈是想也没想：“比我厉害。”

刚要将手机放至一边，它瞬间又在手里“嗡”地响了一下。

陈是吸气，将手机举回面前，随意看了一眼，旋即愣住。

归庭月“引用”了他先前的那条消息“没有”，并说：“但都不是你。”

陈是看着这条消息，无意识地摸了摸后颈。

谁说这女的不会跟异性相处的？

“他不理我。”

临睡前，归庭月再次向心理医生汇报战果，并请教如何跟进。

腾医生向来敬业，对手里的病人有求必应：“是完全不理你吗？”

归庭月说：“不是，就有些爱搭不理吧。不过他今天来我家吃晚饭了。”

腾医生惊讶：“这么快？”

归庭月抱着手机回顾今晚的所有片段：“嗯，我感觉他有点外强中干。”

腾医生：“怎么说？”

归庭月想了想：“不是纸老虎，就是有保护色的那类人。”

腾医生回个笑脸：“你的观察能力和共情能力回来了。”

归庭月也微微一笑，分享自己的后续计划：“我明天打算再邀请他过来吃饭，就像你说的，他一个人住，饮食没保障。”

腾医生赞同：“我看行。”

托陈是的福，归庭月对“明天”这码子事重燃希望，整个人筋脉通畅，四肢舒活，再不是日复一日的煎熬和锈蚀。

归庭月抿抿唇，切到和陈是的聊天框，给他发今天的最后一条消息，内容是她差点忘记的自报姓名。她才不管他想不想知道，反正都要塞给他，加深他对她的印象：“我叫归庭月，取自‘庭下如积水空明’，你记得给我备注下。”又补充道：“不用回复，晚安。”

翌日，熹微初上，归庭月早早醒来，毫不意外地收获了空空如也的聊天框。

兴许是已经有了自体免疫，或者透过现象看到了本质，她半分不恼，只要没出现红色感叹号，那都是陈是留给她的余地。

归庭月一手拿书，一手拖着凳子走到窗边，用阅读打发时间，坐等中午开饭。

上午十一点半，她回到厨房，拍下李婶婶今天准备的几样菜，尽数发给陈是：“你要来我家吃饭吗？”

别看对面的男人擅长“人间蒸发”，但拒绝起来毫不手软：“不去。”

归庭月心平气和：“我让李婶婶带你的饭了。”

陈是说：“你不觉得奇怪？”

归庭月回：“你昨晚来的时候也没见你觉得奇怪。”

陈是被这句话噎了一下，随即看到她让人怒气值暴涨的附加发言：“还吃得很香。”

陈是：“……”

他确定踢到铁板了。归庭月，你真行。他深吸一口气，去了厨房。

让人头疼的是，才走到水池前，他就看到归庭月在对面跟自己挥手，幅度极大，很难不让人注意。

陈是当即低头，选择视而不见。

流理台边的手机再度振动，他立刻扳开水龙头，用水声覆盖“魔音”。无奈眼睛的余光难以忽略屏幕里蹦个不停的信息。

MoonPie：“你吃什么？”

MoonPie：“泡面？”

MoonPie：“再打两个蛋？”

MoonPie：“你不会今天又吃这个吧？”

MoonPie：“你别以为我不知道。”

归庭月在拉仇恨方面可谓天赋异禀。

陈是火大地关了水龙头，直接用湿漉漉的手拿起手机，抄板砖似的气势汹汹走去楼下。走出楼道，他炙热的大脑就在风里冷静了下来。

他停下脚步，想着“不然回去吧”，但很快就推翻了这个念头，决意跟那女的当面讲清，就此断绝来往。

陈是稳了稳情绪，冷着脸往对面那栋楼走去。但下一刻，他看到和煦日光里有一个人迎面而来。

陈是停下。

归庭月备感意外，换慢走为小跑到他面前：“你是要来我家吗？”

陈是下意识地问：“你怎么下来了？”

归庭月气喘吁吁：“来接你。”

她的兴师动众让陈是感到无语，陈是冷言相讥：“是来截我的吧？”

归庭月左右张望，狐疑：“那为什么要走在去我家那栋楼的小路上？”

陈是沉默一秒：“这条路写了你名字？”

归庭月噤声，然后又话里有话地说：“既然一不小心散步散到这里来了，干脆赏光上楼吃顿便饭吧。”

陈是：“……”

陈是也不清楚自己为什么再次坐到了归庭月家的餐桌旁，他只知道她家阿姨看他的眼神喜气洋洋，像在看亟须养肥待宰的羔羊。

可等饭菜入口，他又心不甘情不愿地承认，他或许才是占便宜的那一个。

飞来横祸，计划搁浅，陈是叹气。

他刚要夹第二筷子，归庭月倏地问："菜是不是凉了？"

陈是不以为意："没事。"

下一秒，他左手一空，筷子被对面的女生越过桌子强行夺走，看着她站在那里嘱咐阿姨："李婶婶，先热一下吧。"

陈是脸僵了几秒，然后恢复原状，只能不作声地等着，并确信自己的忍耐力在二十四小时内突飞猛进。

而重新坐下的归庭月在轻轻地哼歌，旁若无人。

出于职业习惯，陈是仔细辨认了一下，是 *Girlfriend*[1]。

这首尽人皆知的朋克歌曲节奏感极强，当中鼓谱也是他曾熟背并练习过的。陈是拢起手指，极力遏制住自己想要跟着打节拍的欲望。

最后他忍无可忍："别唱了。"

归庭月抬眼："怎么了？"

陈是说："拍不对，还走调。"

归庭月卡住："……我不是艾薇儿本人，请勿对我高要求。"

陈是点到为止："你心情很好？"

归庭月点头，眉眼弯弯："嗯啊，因为你来我家吃饭了。"

陈是摆出冷漠脸："你说话都这么直接？"

归庭月沉吟，给出确切的答案："是这样。"

陈是戏谑地说："母胎 solo[2]？"

1 《女朋友》。

2 单身。

“那又怎么样？”归庭月坐正，“恋爱经历多是什么值得夸耀的事吗，还得分个高低贵贱？”

陈是说：“我可没这么说。”

归庭月抱起双臂，倾身上前：“你从昨天吐槽到今天，那你给我讲讲跟男生相处的要点。”

陈是立刻说：“首先是闭嘴，其次是保持界限感。”

归庭月反对：“都不能有话直说，那这种相处还有什么意义？”

陈是沉默，一时半会儿无法反驳她的逻辑。

相顾无言的间隙，李婶婶将热好的菜端上桌。

归庭月将筷子还给陈是：“用餐愉快。”

两人安静地吃了会儿，陈是忽然抬头，继续刚才的话题，但话语不再那么绝对：“起码别一直给我发消息，你不觉得自己扰民吗？”

归庭月沉下脸，摆出合理的借口：“你可以把我当粉丝，关心偶像。”

陈是用眼神示意一边的手机：“我不加粉丝。”

“那干吗加我？”归庭月一愣，莫名觉得难为情。她挺直脖子：“你加都加了……”

陈是单手抬起手机，蹙眉：“现在删？”

“……好吧。”归庭月蔫下去，“我现在不是粉丝了。”

她这副一会儿灿烂一会儿蔫吧的样子怪有意思的，陈是悄然勾唇，好奇她还能给自己整出什么新身份和新花样：“那你是什么？”

归庭月不假思索，字正腔圆地回答：“你的忠实听众。”

“这个不比粉丝差吧？”她双目熠熠地看向陈是。

陈是看着她的眼神觉得似迎着光，好像会灼到他。他微怔，别开眼，“咚”的一声把手机撂下，不咸不淡地吐出三个字：“随便你。”

第三粒药

存证

陈是似乎要将“冷酷无情”的作风践行到底，吃完饭擦完嘴，他就面无表情地打道回府，浑身写着“一秒都不想多待”。

归庭月站在一边，注意到他躬身时后背清晰突出来的脊椎骨：“你晚上还来吃饭吗？”

“不来。”陈是边回绝边直起身子。

归庭月失望地努了下嘴：“好吧。”

陈是没看她，绕道朝门外走去。

归庭月跟了过去，疾声道：“期待你下午的演出。”

陈是脚步顿了一下。

归庭月立刻挤出“迷妹脸”，笑眯眯地说：“尽管敲，敲饿了就告诉我，会给你带饭的。”

陈是皱眉：“再见。”

门一关，归庭月又快速跑到窗前，俯身目送他回家。

一回生二回熟，归庭月今天胆子大了些，敢冲他大喊出他的名字：“陈是！”

陈是抬了下头，随即映入眼帘的就是女生挥舞的手，像面猖獗的旗。

他别开脸，视若无睹。

到家后，陈是再次收到她在微信上的精神折磨："你今天下午也是四点半敲鼓吗？"

陈是回过去三个字："不知道。"

他去盥洗室洗了把脸，刚回到卧室走到床边，就下意识地往对面楼扫了一眼。那家伙居然还明目张胆地站在窗后。

没完了还。

他必须得治治她。

陈是当即抬高手机拍了张她扒窗的照片，发送过去，并附字："存证。"

对面不解："什么证？"

"你骚扰我的证据。"

"我哪里骚扰你了？"

"你在那儿看多久了？"

陈是边发送边抬起头来，发现归庭月正将手机举高，也不知在做些什么。

几秒后，他得到了答案。

MoonPie："图片。"

MoonPie："存证。"

陈是点开图片，是归庭月拍下的她视角里的自己，跟他发给她的那张宛若同系列的图，有异曲同工之妙。

陈是不解。

不料归庭月竟开始诡辩："你不看我怎么知道我看你，是不是也可以认为你骚扰我？"

陈是无言以对，只好飞快地拉上窗帘。

归庭月已经习惯他这种一言不合就自我隔离的操作，在窗边逗留了片刻，确认陈是这样做不是缓兵之计，她才转身离开，回到自己床上，接着讨要说法。

MoonPie：“都在一个桌子上吃过两回饭了，就不要再抗拒啦，交个朋友不行吗？”

陈是回：“不需要朋友。”

归庭月脸颊微微耸动：“给我开一个小小的后门也不行？”

陈是发过去一张截图。

归庭月打开一看，那张截图内容是：确认是否将联系人“MoonPie”删除。

她立刻从枕头上弹起来：“不问了，投降，交个朋友容易吗？”

陈是调侃：“我还以为你天不怕地不怕。”

归庭月不再直捣敌窟，转变为走左右包围路线，真诚建议他：“你可以把我的备注改成“忠实听众”，这样以后跟我聊天说不定会舒心点。”

陈是说：“懒得改。”

聊天界面安静下来，过了会儿，又有新消息弹出。

陈是的忠实听众：“那我只能亲自动手了。”

陈是：“……你不觉得羞耻？”

陈是的忠实听众：“只要我不羞耻，羞耻的就是你。”

陈是拜服，字里行间有了咬牙切齿的意味：“改回去。”

MoonPie：“好了好了。”

陈是：“我真是第一次见到你这种女的。”

归庭月放心躺平，任唇线和细腿扬高：“我也第一次见到你这种男的。我们都是对方的第一次。”

陈是俨然不想继续这种有倾向的话题：“……午休了。”

归庭月也不再打搅他：“哦，午安。”

下午四点，归庭月照旧提前来阳台蹲点，开心惬意地等候。

半个小时后，陈是的鼓声如约而至。看来他的日常训练并未因为她的存在而回避或耽搁。万幸。

听着听着，归庭月弯弯的眼逐渐眯起，她怎么觉得今天的节奏有几分耳熟？她在心里默哼出旋律，并进行揣摩。

为了证实自己的猜测，对面鼓声一停，归庭月就掏出手机，在音乐软件里搜索、确认。

连听几遍后，归庭月一刻都不能等地给陈是发消息：“你今天敲的节奏很熟悉，是什么歌的伴奏？”

陈是回：“听出来了？”

归庭月不是很确定：“*Girlfriend*？”

陈是：“？”

这个问号看起来有些意外，但陈是没有否认结果：“是这首。”

归庭月联想到午饭时的对话：“你在暗示什么吗？”

陈是：“暗示你中午的噪声过于深入人心。”

归庭月哽了下，自我宽解道：“所以你是特意为我敲了这首歌？宠粉行为，爱了爱了。”

陈是再无回信。

归庭月继续打字，有邀功的趋势：“你知道我为什么能听出来吗？因为我这几天一直在搜架子鼓的资料，已经能把结构背下来了，包括各种鼓、各种镲，还找了很多朋克摇滚类型的歌来听，听它们伴奏里的鼓声，以前我都不会注意这些，就因为……”

还没完成她的“小作文”并将它发送出去，对面就有消息发来：“你以为谁都跟你一样闲？”

归庭月拇指僵住，这几个字似带着极重的寒意，仿佛能从硬邦邦的屏幕后蔓延出来，再将她整个人从头到脚地冻僵。

归庭月周身发冷。

少顷，她跟着光标使劲连眨了几下眼，把此时全身上下唯一有温度的湿润压下去，然后“嗒嗒嗒”删光了输入栏里所有的字。

归庭月偏头看看对面。

陈是卧室的窗帘依旧紧闭，冷灰色的布料如霾如盾，把他与世隔绝，将一切排斥在外，尤其是她。

归庭月重新垂眼，不带一句争辩地承认：“嗯，我是很闲，我是这个世界上最没有价值的人。”

对方大概意识到自己口快失言了，回复：“我不是这个意思。”

归庭月却失去继续交谈的欲望。

她跑回卧室，从橘光漫天待到夜幕四合，没有开灯，也不再出门。

后来李婶婶在屋外问她陈是来不来吃饭，她才搭腔道：“不来。”

李婶婶又问：“你今天也不出来吃吗？”

归庭月无精打采地说：“今天没胃口。”

李婶婶心生叹息，没有强迫她。

刚回到客厅，楼道门铃忽然响了，李婶婶打开监控，见是那敲鼓的小伙子，忙为他放行，又将家门打开一条缝，方便他进来。

可等陈是真正上楼，他并没有进门，也没有东张西望，只是直直地看着李婶婶，问：“归庭月呢？”

李婶婶说：“好像在房里睡觉，到现在没出来呢。我去叫一下她。”

陈是闻言，轻轻点点头。

归庭月睡得昏昏沉沉，完全没注意外面的动静。当李婶婶的叫喊再次抵到耳底时，她耐心骤失：“说不吃——”

李婶婶阐明来意：“陈是来找你了。”

这个名字如开启按钮，归庭月一个鲤鱼打挺坐起身来，摸出手机查看微信。他们的聊天断在他那句后补的澄清上，并没有新内容。

归庭月理顺乱发，又打开相机揉干净眼角，才下床走出房间，闪躲地往门口瞟。四目相对的一刻，不知是眼花还是错觉，她觉得陈是面色稍有缓和。

归庭月慢吞吞地走过去，停在陈是跟前，问道：“不是说不来吃晚饭吗？”

陈是神情已经恢复一贯的冷淡：“来吃饭会进不了门？”

不会只是因为没回他消息吧？就跑来家里当面找人？归庭月必须眉头紧蹙，才不至于让自己漏出多半会惹人厌的窃喜：“那来干吗？”

陈是抬手，指一指身后：“走，带你去找事做。”

❤ ❤ ❤

“现在吗？”归庭月脱口问道，双眼因瞪大而漫出神采，闪烁着星星一样的光。

陈是说：“你不愿意也没关系。”

“不！”归庭月摇头，“我想去。”

陈是向来不爱拖拉：“那走？”

归庭月用双手盖住脸颊：“可我都没化妆，”又摸头发，“头也没洗，有点油。”

陈是说：“我等你。”

“还是不化了。”归庭月扭头瞄一眼卫生间的方向，“我去洗个脸换身衣服就行。”

陈是颔首：“嗯。”

归庭月为自己的不够精致和隆重补充说明：“因为不想让你久等，而且大晚上的也不会有人看我。”

陈是还是点头。

归庭月看到他一成不变的反应，做出反击：“你就不能说点宽慰我的话吗？这是约人该有的态度吗，一点都不到位。”

陈是蹙眉：“你想听什么？”

归庭月毫不害羞地说：“你很漂亮了，不需要那么费劲。”

陈是牵了下唇，有哂意：“我很漂亮了，不需要那么费劲。”

归庭月闻言笑出声："好吧，也差不多，有你这个装饰品，走在一起时别人也会觉得我这个女孩子蛮不简单的。"

见她拐着弯夸人又自捧，陈是服气："去吧，别拖了。"

归庭月"哦"一声，转身离开。

归庭月收拾得很快，她束起马尾，换身杏黄色的连衣裙便走出了房间。

陈是看她走向自己，顺道端详着她。归庭月不是那种秾丽的长相，但头小脸小，五官舒展，分布得恰到好处，几次见她，她都不加修饰，显得清纯、澄净。

最好的还是她的仪态，行走时轻盈但不刻意，一双腿又直又长，观感近似小时候从电视剧里看到的古墓派小龙女。她无疑是出众的，不然他也不会那么快认出她。然而，谁也没想到她表里不一，亭亭外形，猥琐内心，热衷偷窥和尾随，在性骚扰方面的功力更是一等一。

等她走到面前，眉眼弯弯地说"我好了"时，陈是停止对归庭月的审视与分析，跟她一道走出家门。

外面暮色四合，道路两旁花圃里亮起了多盏玉白的圆灯，似路引。

归庭月走在陈是身旁，面露轻松："我们要去哪儿？怎么去？"

陈是瞥她一眼，没回答前一个问题："你想怎么去？"

"不知道。"归庭月也看回去，"不过我上次看到……"

陈是："嗯？"

归庭月指了指小区东门方向："门口有共享单车。"

陈是问："你想骑？"

归庭月点头，反问他："你想吗？"

陈是说："我无所谓。"

他看一眼她的穿着："倒是你的裙子，不会不方便吗？"

归庭月低头看看过膝的裙摆："这个长度还好吧。"

陈是便不再多言。

来到门口，两人打算各扫一辆共享单车。归庭月还在琢磨如何解锁时，陈是已经利落地单手将车拖出、支稳，然后走去她身边。

归庭月弯腰凑近二维码，含糊地念着步骤，神态颇似费劲看报纸的老花眼小老太。

陈是暗笑，抿一抿唇，询问道：“要我帮忙吗？”

归庭月回头招手：“不用。”

于是陈是站在那儿，疑惑地问：“你多久没出门了？”

“我搬来之后没出过小区，”归庭月语气无谓，又反唇相讥，“你就出来过了？”

陈是一顿，他好像也没出来过。

两分钟后，归庭月在解锁成功的提示里将车推出，跨骑上去，单脚点地，面带傲气：“这不成了？”

陈是不予置评，也去取自己的车。

这个时段的市区交通拥堵，迟缓的车流如星点汇聚在一起，此时车内的人定然急躁。但白天竞争激烈的钢铁森林此时变得格外温顺。

两人一前一后飞驰在非机动车道上。街道两旁火树银花，陈是望着归庭月的背影。

她的裙摆被风灌鼓，像温柔半展的蝶翼。

归庭月也不时回头看陈是，冲他露出很大的笑容。她面容素净，黑色发丝在脸侧飘动，兴奋地呼唤他看某处的风景。

陈是多半不应声，但双眼会跟着留意。

过了会儿，人烟减少，归庭月悄然放慢车速，蹬三圈，停一下，直到他们变回并排而行。

归庭月趁机展示了一下自己的拿手绝活——脱把五秒。她双手放开车把，还“哇——哇——”出声吸引他的注意。

陈是侧目，对她的“返祖行为”丧失评价的欲望。

而归庭月在双手握回把手时固执地发问：“厉害吗？”

陈是说："听起来像母猩猩。"

归庭月："麻烦关注我的绝技，而不是背景音。"接着又好奇地追问，"不过，我们到底要去哪儿啊？"

陈是看一眼正前方："前面右拐就到了。"

归庭月完全没想到，他居然带她来了家 KTV。

跟着他走进小包间时，归庭月疑神疑鬼："孤男寡女不太好吧。"

陈是回头看她："没你期待的事。"

归庭月："……"

陈是径自走到茶几边，拿起其中一只麦克风，隔空抛给她。

归庭月双手接住，站在那里，不解其意。

陈是看一眼旁边的点歌台："唱吧。"

归庭月恍然大悟："原来你口中的找事做就是带我来唱歌？"

陈是点头。

归庭月开心地用麦克风底端轻捶手心："不嫌我是噪声了？"

陈是说："多听几首就习惯了。"

归庭月翘高嘴角，打开混响，将麦克风放到嘴边："哦，可这样我会不好意思。"

"等会儿。"

陈是弯腰，将桌面的杯盘排列起来，最后将另一只麦克风打开，用横放的酒水牌将麦克风撑高，架在面前。

末了，他起身，道："我帮你找节奏和乐感，你尽管唱。"

归庭月眼睛一眨不眨，目送他出门又进来，看到他手里多出了样东西。

陈是坐回沙发上，隐到暗处，球形灯发出的光在他脸上闪过。他很白，灯光一照，显得他如同珊瑚深处的海妖，俊美无比。

他用长腿将身旁的垃圾桶钩过来，一个翻转将其倒扣，偕同桌面上的"乐器"敲打几下，试音效找音准。

金属筷子在他手中成为魔杖，整个包间即刻被裹入他的结界与气场。

归庭月的心快被从嗓子眼挤出来，一时间难以动弹。

陈是下巴一挑：“去找你喜欢的歌，消除原声，减小伴奏音量。”

归庭月没动，只问：“我还想唱白天那首，可以吗？”

陈是说：“可以。”

归庭月调整好模式，清了清嗓子，按下播放键，伴奏随即跳出，陈是的动作立马跟上，设备随机且简陋，但他强劲的击打声与原版伴奏完全吻合，分毫不叫人出戏。

归庭月瞠目结舌，全然忘记开嗓。

陈是似已进入状态，眼皮掀高，提醒她：“唱啊。”

归庭月不敢再愣神：

I could be your girlfriend

我可以成为你的女朋友

Hey Hey You You

嘿！你！

I know that you like me

我知道你喜欢我

起初她还有些跟不上调，但在陈是自信不疑的引领下，她慢慢找回节拍和音调。

归庭月逐渐变得恣意起来，一曲毕，觉得还不够，她又连点多首劲歌，中外皆有。她亢奋地蹦蹦跳跳，摇头晃脑，无止无休。

陈是一会儿看“鼓”，一会儿看她，也被她的情绪感染，唇角微勾。

中途归庭月唱着唱着，忽然停下：“你怎么每首歌都会敲？还有你不会的吗？”

陈是面色骤暗："专心点行吗？你要是主唱，我这会儿已经开骂了。"

归庭月反驳："又不是上台演出，这么严肃干吗？"

陈是不再作声。

他有了个新发现，归庭月的舞蹈动作不似普通人那般没有章法，姿态显而易见很专业，而且爱踮脚，兴致高时还会有一到两次旋转动作。

有迹可循。

"归庭月。"陈是叫她一声。

归庭月双手交握，看向陈是。

"你以前学过跳舞？"

归庭月顿住，眼神慌乱了一下，而后以彼之道还施彼身："专心点行吗？你要是鼓手，我已经开骂了。"

陈是笑了一下，不再说话。

这个小插曲连瑕疵都算不上，完全没有影响这个夜晚给归庭月带来的尽兴和释放。

她好久没有过这样饱满、真切的快乐了。笑容像是从此被缝在她的脸上，从骑车回家到洗澡回房，归庭月没一刻不是笑着的，还扭腰滑行，口中不停哼唱："Hey hey you you..."

躺下后，她给陈是发消息："睡了吗？"

陈是没有回复。

归庭月又说："今天谢谢你。"

陈是还是没动静。

归庭月还是没忍住对他说："我好快乐。"接着就饱含热泪地用"谢谢"刷屏，恨不能跟陈是道一万字、一整夜的谢。

陈是明显被唬到，第一次连发三个问号："？？？"

归庭月无法控制地对他感激涕零："就是感谢。"

陈是："别这么夸张。"

归庭月鼻子发酸："不夸张，快乐到想哭，你懂吗？再说五百遍都不为过，都是因为你。"

聊天框里安静了几秒，归庭月在他接连跳出的两条回复里停住拭泪的动作，让亮晶晶的喜悦重回眼底。

陈是："不用客气。"

陈是："宠粉而已。"

看见这两条回信的下一秒，归庭月就甩开手机，抱起双腿，整个人跟不倒翁似的在床上连晃了好多下。

开心到飞起，大概就是这种感觉吧。

她重新拿起手机，笑弯了眼："我变成粉丝了？"

片刻，那边回道："可能升级了吧。"

归庭月揉揉发痒的鼻子："哦，你不是不加粉丝微信吗？"

陈是："偶尔破例。"

陈是："不乐意可以降级。"

归庭月赶忙"嗒嗒"地敲字："不行，粉丝牌已焊上，禁止拆卸。还有，我能提个小小的请求吗？"

陈是："？"

归庭月投桃报李，抓紧机会促进交流："你今天带我出去玩了，明天换我带你出去玩可以吗？庆祝我们的关系产生质的飞跃。"

陈是向来擅长将热情瞬间浇灭："我起不来。"

归庭月脸一绷："我又没说一大早出去。"

陈是这才问："去哪儿？"

归庭月沉吟片刻，并未思考出结果："暂时还没想到。"

陈是："想到再跟我说。"

陈是："睡了。"

归庭月愣住，瞄瞄时间："这么早？"

陈是："晚上被你号累了。"

归庭月："……你好虚。"

归庭月："这么虚的人也能经常带女孩子回家？"

陈是："……"

陈是："你是黑粉吧？"

归庭月立即给自己挂上各种有理有据的头衔："我在关心你的身体，是'生命粉''健康粉''妈妈粉'。"

她见缝插针："所以明天要不要莅临我家用餐，吃饱喝好身强体壮？"

陈是告辞："晚安。"

虽然精神焕发，想没完没了地聊下去，但归庭月不勉强，今晚她已经收获了太多正面情绪，人要学会知足，知足才能常乐。

"好吧，晚安。"她说。

归庭月对陈是这个人不好奇是假的。

他在架子鼓方面显然实力优越，但他从不工作，难道在家网络授课？可乐器类大多时候应该当面辅导吧，不然不容易对动作进行矫错，音准也会产生偏差。

思及此，归庭月爬下床，取出抽屉里的手账本，记录下遇见陈是后的第二个里程碑。

归庭月，展信佳。

我可真佩服你，靠着自己雄厚的个人实力和脸皮，成功蹭上对面楼大帅哥鼓手的好友位……

落笔的节奏恰似今夜的快歌与鼓点，一泻千里。

最后收尾：

我猜，你们已经是朋友了。滕医生说得对，勇敢迈出第一步就会有顺其自然的下一步。

祝贺你，归庭月，再接再厉。

而另一边，陈是第二次扫了眼没再亮起来的聊天界面，眉微扬，有些意外。

他今天没有再敲哑鼓垫，配合“走音大王”的这个夜晚已让他饱受历练。

陈是单手枕着头，第一次点进归庭月的朋友圈。

出乎意料的是，她的朋友圈也是“三天可见”，也没任何内容，背景图是深夜的天空，一弯极小的昏月嵌在图片左上角，惨白、暗淡，朦朦胧胧，很是孤单。

这张图的质量并不高，仿佛是用手机随意拍下的。

陈是聚精会神地看着，情绪难辨。

突然，屏幕上方弹出一条消息提醒。

陈是退回聊天列表，随即面色一凛，是老朋友康显发来的消息，问他最近在忙什么。

陈是：“什么都没忙。”

康显：“你不住宋南桥那边了？”

陈是：“搬了。”

康显：“我就说怎么找不着你人。”

陈是：“有事说事。”

康显：“有个艺人团队找上我，需要一位能长期合作的专业鼓手，我头一个就推荐了你，你过两天想不想去试试？在上海，机票我给你订。”

陈是回绝：“不去。”

康显不解：“这机会真是可遇不可求，你都大半年没工作了，干吗，就荒废人生？”

陈是轻吸一口气：“你别管了，行吗？”

康显恨铁不成钢：“POPCORN[1]回不去了！好不了了！你还不清楚吗？怎么就这么死脑筋呢？天天把自己关家里能干吗？就让情怀葬送了你的野心和才华？你才二十四岁，不是八十四岁，前途不要了啊？”

陈是直接删掉对方，又躺了会儿，心浮气躁，难以入眠，烦闷地坐起来搓了几下头发。他大口喘着气，但越发感到窒息，于是索性下床，开窗透气。

刚拉开窗帘，他就望见了对面阳台上手舞足蹈的身影，即使有栏杆阻隔，女生全白色的睡裙也很惹眼，像一片在黑夜里蹁跹的雪花。

陈是怔住，以为是做梦。

但现实是好像生怕他看不见，归庭月又打开手机闪光灯，像挥舞荧光棒那般，激动地朝他摆手。

归庭月的消息紧跟其后，证实他眼前这一切绝非幻觉。

MoonPie：“你也睡不着？”

陈是无法再装瞎，低头打字：“你在那儿干什么？”

MoonPie：“可能今天太兴奋，失眠了，就来阳台坐会儿。”

MoonPie：“你也是吗？”

陈是：“不是。”

MoonPie：“那是？”

陈是：“总觉得窗外有人看我。”

1　爆米花，乐队名。

MoonPie："那个人应该就是我。"

陈是："……"

陈是抬头瞟对面，发现归庭月已经站那儿不动了，似乎在专心聊天。

他无奈："睡觉去，行吗？"

MoonPie："你呢，你睡吗？"

陈是："嗯。"

回完话，他立刻扯上窗帘。

手机屏幕再度亮起。

MoonPie："我走了。"

陈是："嗯。"

MoonPie："我真走了。"

陈是："快走。"

MoonPie："知道了。"

等了一分钟，陈是单手探入窗帘缝隙，小心地分开细细一道缝，查探对面那家伙是否已经老实离开。结果发现她还在那儿。

归庭月捕捉到了他全部的小动作，开始言语挑衅。

MoonPie："Bazinga[1]！"

MoonPie："没想到我还在吧？"

陈是："……"

简直了，这女的。这幼稚的行为，他再参与一秒都会被拉低档次。

陈是速速离开窗口，回到床上，但他也不急着躺下，坐等"烦人精"必不会少的行程汇报。

果然，预料之中的信息映入眼帘。

MoonPie："这次真回房间了。"

1　逗你玩呢！

陈是拿起手机，眼底莫名漾笑：“哦。”

MoonPie：“你也别老担心地守在窗口了。”

陈是：“？没有，谢谢。”

归庭月突然叫他：“陈是。”

陈是总觉她不怀好意，淡淡回应：“嗯。”

MoonPie：“我回顾了一下我们刚刚在阳台对望时的那段聊天记录，然后……”

阳台对望？

陈是被这个形容酸到，冷飕飕地回复：“说。”

MoonPie：“我给自己临时加设了一个新身份。”

陈是：“？”

MoonPie：“就那个。”

陈是耐心有限：“？？”

MoonPie：“女友粉。”

MoonPie：“哈哈哈。”

MoonPie：“很不错吧？”

陈是原地愣住，风驰电掣地退出微信，然后给归庭月分享过去一首《痴人说梦》。

翌日，归庭月起了个大早。

以往的清晨与深夜对她来说并无区别，它们混在一起，像一堵灰茫茫的墙，将她四面围困。

但现在不一样了，清晨有憧憬的鱼肚白，深夜有暧昧的星空黑，午后似金，日暮如玫，都抹上了名为“陈是”的色彩。

洗漱完毕，归庭月换了身白色运动服下楼跑步。

清晨空气清凉，树冠摇晃，归庭月身姿纤长，穿梭在树林中，就像只轻灵的鹭。

她一路溜达到附近的早餐店，又拎着纸袋回来，站在陈是楼下给他打语音电话。

连接音响了三声，对方接起："喂。"

陈是嗓音倦懒，还带着一点喑哑。

归庭月举高手机，眉眼弯弯："喂，我给你买了早点，你是下来拿，还是我给你送上去？"

对方没声了。

过了会儿，陈是似已清醒，声线利索不少："放过我，归庭月。"

归庭月自动忽略前一句："你记住我名字了。"

"才几点……"陈是把手机拿远，看了下时间，"七点半？"

他难以置信："你昨天几点睡的？"

归庭月说："跟你说完晚安就睡了，睡眠质量还不错。"

陈是再次沉默。

归庭月等了会儿，面前的楼道门"嘎达"一声被解锁，陈是快速说出几个数字："我家是密码锁，上来放完东西就走。"

归庭月应下："好。"

她上楼，顺利进入陈是家。

刚开门，归庭月就被陈是家过于简单的布置镇住了。他家家具甚少，客厅里仅有一张黑沙发，厨房里也只有纯色的橱柜和餐桌，剩下的就是大面积的白墙，不知道的还以为昨夜刚进过贼，将他家所有电器席卷一空了呢。

归庭月多看了几眼黑色的铁艺鞋柜，上面摆放着各种男士鞋子——运动鞋、板鞋和帆布鞋，黑白色居多，除此之外再无任何用于招待客人的拖鞋。

归庭月忽然唇角微抽，似笑非笑。

会有女人来他家才是见鬼。想想又自我否定——她不就来他家了？

因为没有能更换的入室拖鞋，又找不着鞋套，归庭月一时间不知道该不该进屋，只得第二次给陈是发起语音邀请。

两道提示音瞬时齐鸣，隔着一道门，仿佛空谷回音。

归庭月没料到会这样，吓得赶紧挂断。

然而卧室门很快被推开，陈是已经快步走出来。

他头发微乱，眼底拢着被吵醒后的凶狠，整个人狼狈又锐利，像一支刚刚开锋的漆黑狼毫笔。

最重要的是，他上身没穿衣服。

他的身材比归庭月想象中结实一些，腰线窄长，腹部隐有腹肌的轮廓，两只胳膊的肌肉走向也尤为分明。

他面色凛然："到底想干吗？"

归庭月稍稍偏头，避免自己的视线过分黏在他的身体上，然后挑高纸袋："我不知道放哪儿，你家鞋架上也没……拖鞋，不知道怎么进屋。"

陈是无语，走过去，伸出手："给我。"

走到近处，他才注意到归庭月闪避的眼神和泛红的耳郭，这才想起自己打着赤膊就"杀"出来了，顿时也陷入了尴尬。

接过早餐，陈是揉了一下毛躁的头发："你吃了吗？"

归庭月回道："还没……"

为缓解微妙的气氛，陈是开始没话找话："我去穿衣服。"

归庭月一顿，声音轻不可闻："你去呗……"

陈是抬脚就走，似乎是想起了什么，又返回来："进屋，不用换鞋。"

归庭月"哦"了一声，然后小步往里挪。

陈是将纸袋搁到餐桌上，回头要去卧室时，迎面碰上跟着他过来的归庭月。

他低头，她仰面，两人的目光在空气里碰撞，又快速错开。

两人随即擦肩而过。

套上黑色T恤，陈是满脑子无措和难解，调整了一下心绪才走出卧室。

看见眼前的归庭月正将丰盛的早餐一份一份在桌面上排开，鲜香满溢，直钓人的馋虫。

陈是隔着桌子静静地看着她。

等布置妥当的归庭月抬眼，看见眼前的陈是，视线自上而下一扫他："穿好了？"

"……嗯。"

归庭月站直："好像还是不穿更好看。"

陈是下颌绷住。

"你是女的吗？"陈是问。

归庭月回："客观评价一下怎么就不是女的了？"

陈是立刻离开，去卫生间洗漱。

擦干脸上的水珠，他瞧着镜子里湿漉漉的自己，忽然利落地将上衣脱下观察自己的身材，又联想到刚被门外"女变态"看到的画面。"便宜她了。"陈是想。

他重新穿上衣服再出来时，归庭月已经坐在那里挖自己那份粥，看起来心无旁骛。

陈是去厨房取来餐具，也吃起早餐来。

归庭月坐正看他："我把青菜牛肉的那份给你了，你喜欢吗？"

"随便。"陈是回道，又说，"都行。"

归庭月又将面前的煎包和黄桥烧饼往他那儿推："这些你也吃掉吧。"

陈是瞟了一眼：“太多了。”

归庭月说：“能吃多少是多少。”

陈是忽然低声一笑：“你说话跟我妈一模一样。”

“我本来就是合格的‘妈妈粉’。”

陈是唇角仍翘着：“妈妈粉说不出‘你不穿更好看’这种话。”

“是我不对。”归庭月立刻认错，还摆出满是慈爱的脸，“你要把自己裹好，不能着凉，男孩子一个人在外要好好保护自己。”

听着怎么有点阴阳怪气的？陈是挑挑眉毛：“你最可怕。”

“那你还吃我的饭，我下了毒，你一口都不要吃了。”归庭月起身作势要抢。

陈是立刻将棕色纸碗搁远，不让她触碰分毫，还在她扑空后恶劣地一笑。

“你还笑？”归庭月被他纯粹的笑容晃了下眼，只能坐回去继续控诉，“你这人典型的得了便宜还卖乖。”

陈是把碗拖回来，懒懒看她一眼：“笑一笑怎么了？”

归庭月说：“太好看了。”

陈是的手一顿，笑意瞬间消失：“你能不能别动不动就飙土味情话？”

归庭月为自己申冤：“真心赞美怎么就土了？”

陈是心知跟她辩不出结果：“吃饭。”

“哦。”归庭月低头，接着消耗自己的粥。

片刻，她再度抬眼：“你应该不讨厌我吧？”

陈是顿住，反应了一下，随即靠向椅背：“怎么说？”

归庭月努努嘴：“愿意放我进你家，还跟我吃饭，我猜，你还是挺愿意自己有个粉丝的。”

陈是唇角一挑，又露出那种要使坏的表情：“当然了，我又不吃亏。”

归庭月已经熟悉他这些套路："跟人打交道可不是你这样的，太假了。"

陈是漫不经心地问："那该怎样？"

归庭月说："告诉我你愿意跟我打交道的真实原因。"

陈是侧了侧脸，轻声说："你站起来，向左拐有镜子，它会告诉你原因。"

归庭月闻言脸微微发热，但也不忘抓住机会反驳："什么啊，能不能别飙土味情话？"

陈是被她跳跃的思维弄得一愣："哪个字跟情话有关系？"

归庭月正色道："而且这个原因显得你这人很肤浅。"

陈是回："熟练使用望远镜的人就不要五十步笑百步了。"

归庭月："我已经扔了。"

陈是说："然后每天想方设法见到我本人，是吗？"

归庭月哽住："住这么近多方便，每天见见很正常。而且想方设法的过程也很累。"

"没人逼你。"陈是撂下这句话，俯身接着喝粥。

"我乐意，"归庭月捏着勺子，"你管得着吗？"

"随你。"陈是懒得管了，也管不动，她的厚脸皮让她所向披靡。

"我明天还来。"

"十点之后，谢谢。"

"那还是早餐吗？"

"那就别来。"

"就来！"

"十点前我手机静音。"

"我有你家密码。"

"马上改。"

"不行。"

…………

一顿早餐在拌嘴中度过，好不容易送走这个喋喋不休、死皮赖脸的输出机器，陈是躺回床上，疲惫地闭上了眼。

片刻之后，他又睁开眼，回想起归庭月跟躲雨小鸟似的局促地站在门口的一幕，他鬼使神差地打开外卖软件，进入超市那栏，搜索起“女士拖鞋”。他挑了双白色的拖鞋，添加到购物车，正要下单，他手指一顿，不太理解自己的行为。但很快他就能找到答案，因为明天归庭月必然要来。他只是怕被再次吵醒。仅此而已。

如此深思熟虑过后，陈是再无负担地下了单。

第四粒药

疼痛

第二天再去给陈是送早餐时，归庭月看到了这双崭新的白色拖鞋。它们在一群大码男鞋中显得格格不入，上脚后轻且软，很合脚，像一对欢迎标签。

这么煞费苦心的吗？

归庭月抿唇一笑，换上拖鞋，把早餐放上桌子，先行吃起自己那份。

嘬掉两只肉汁满溢的小笼汤包，归庭月心想，还是得趁热吃才香，便取出手机，给陈是拨语音。

口口声声说要静音的人的手机，又隔着道墙在高声鸣唱。

对方接通，默不作声。

一切尽在不言中。

归庭月莞尔：“早安，您的早餐已送达。”

通话直接被挂断。

陈是人一出来，归庭月就笑开来。

约莫是吃一堑长一智，他今天率先套好了 T 恤，虽然头发还是一如既往地乱，似蓬盛的夏草。

他没急着去洗漱，只停在那边，再三警告：“归庭月，你再这样，明天别来了！”

归庭月理直气壮地跷脚：“那你这双拖鞋不是白买了？”

陈是第一次见到可以坐在那儿把腿跷到那种高度又绷得那么直的人，一时怔住。

他淡淡地扫一眼，不多停留，将目光移回她白净的脸上：“谁说是给你买的，你又知道了？”

归庭月撇下腿：“难道是给你那些不存在的带回家的女人？”

陈是“嗯”一声：“有备无患。”

归庭月弯唇：“我不算吗？”

陈是说：“你不算女人。”

归庭月半分不恼，还发起嗲来，眨巴着眼：“哥哥，你嘴怎么这么臭呢，下次刷过牙再来跟我说话好不啦？”

陈是转头走去盥洗室，刷牙时他脑海中突然晃过一幕，好像是归庭月略为突出的脚趾。

“唰唰”声骤停，陈是眉心微皱。

他随即低头，瞥一眼自己的脚面，又联想起前日归庭月在KTV的表现，基本确认了一件事。

洗完脸，陈是入座，撕开袋子挤压出醋汁，不声不响地吃起自己那份小笼包。他从余光里看到归庭月一反聒噪常态，在安静地吸豆浆，好像一只专心采蜜的白粉蝶。

好一会儿房间里都鸦雀无声。

陈是略感不适，懒着声音主动搭腔：“归庭月。”

归庭月扬眸，还咬着吸管：“嗯？”

陈是问：“你学过芭蕾？”

归庭月眼波急速一晃，脸瞬间红透：“你怎么知道？”

陈是说：“我刚看到了你的脚。”

归庭月立刻将双脚并回椅面下，做无用功的掩饰，还企图打岔：

“你怎么能盯着人家女孩子的脚看？放古代就必须娶她了。”

陈是无语，仰了下头，然后看回去：“就差怼我脸上了，想不看到都难。”

归庭月声音变轻，顾左右而言他，唯恐他再追问跳舞的事：“我的脚是不是不太好看？”

陈是沉默了一下：“没看仔细。”

归庭月捏起一只脚：“你就是觉得难看。”

陈是说：“我就看了一眼。”

归庭月不服气，说：“一眼也丑到让你印象深刻了。”

陈是撑着头，闭了闭眼：“我只问了你一句是不是学过芭蕾，你怎么能扯那么多？”

饭桌上再次恢复死寂。

归庭月满心懊恼，今天怎么忘记穿袜子了？一不小心泄露了过往。

许久没有训练和演出了，她的双脚其实已经恢复如常，只有残留的茧和拇指外翻的痕迹。

这是一辈子都无法去除的烙印，哪怕她再难起舞，可从在意的人口中听见这件事，还是会如陈年疮疤被猝然揭起，在心上溢出啼血般的痛意。

归庭月垂下脑袋，使劲对付起近乎见底的豆浆。

吸管里发泄似的呲响令陈是拧眉。

他搁下筷子，不再用餐，也没有表情。

陈是这个人，笑起来似破云，很是亮眼，有张扬的少年气，亦掩不住轻佻、蔫坏的劲儿，可一旦不露声色，就如同冰川逼于前，压力毕现。

归庭月有所留意，心底越发慌乱。

她立刻放下清空的塑料杯，起身收拾好自己的那一部分早点厨余：“我先走了，你吃得开心，再见。”

说完，她就离座换鞋。

目及自己形态有点变形的脚趾，归庭月一怔，忙将它们藏进鞋子，逃似的出了门。

陈是没有与她道别，他一个字都没讲。

回到家，归庭月将自己砸回床上。她平躺着，心跳得又快又乱。察觉到冰凉的湿意时，她才发现泪水已不知不觉在耳朵里积成小片湖泊。她用手揉掉眼泪，毫不费力地并足，将腿向上直立，失神地盯着。

弓起脚背的一瞬，她再度泪如泉涌，似要将恐惧与伤痛都哭出来。过了一会儿，归庭月平静了些，下床，从衣橱抽屉里取出一双有些厚度的白色棉袜，严实地穿上。

她的神经这时才稍微放松下来，她深吸一口气，取出手机看微信。

置顶里并无新消息。

归庭月紧张地屈了屈手指，点开陈是的朋友圈。

“三天可见”还在，她长吁一口气，切回去给陈是发消息：“对不起，我不是故意提前走的。我明早还会去，我不是那种半途而废的人，你不要换密码，好吗？再给我一次机会。”

陈是没有回复。

归庭月轻抽一下鼻子：“在吗？”

下一秒，陈是直接给她发来视频邀请。

归庭月愣住，脑袋微微升温，按下接通键。

出乎意料的是，画面里并非陈是本人，而是超市的货架，显示的是拖鞋区域。陈是低沉的声音听起来耐心严重不足，但镜头扫过的动作是缓慢的，似乎是为了让她看清每一双包头拖鞋的样式：“自己选。”

归庭月想哭又想笑，眼眶发胀：“不用再买了，我明天穿袜子过去。”

陈是断开视频。

归庭月坐了会儿，双手捧高手机，痛苦地坦白：“我七岁就开始学芭蕾了，在舞团待过，但去年出了车祸，我没办法再跳了，就很凄惨。”

她故意轻描淡写地叙述，实际上喉咙严重发堵，像卡着一颗无形、硕大的苦果，咯不出，也咽不下，近乎窒息。

半晌，陈是回道：“我只好奇一件事。”又说：“你不需要直接回答，只是想跟你对个暗号，因为我也有。”

归庭月问：“什么？”

陈是说：“舍曲林。”

原来她与他是同类。归庭月瘪紧嘴，心绪起伏：“你看出来了啊？”

陈是：“早看出来了。”

归庭月抬手抹了下泪：“对不起，我这段时间可能把你当救命稻草了，寄希望于靠你结束这种状态，很让你受不了吧？”

陈是：“嗯。”

陈是：“所以别来送早餐了。”

归庭月使劲压抑着哭腔，下巴微颤，下一刻，她目光骤顿。

陈是：“明天开始。”

陈是：“跟我一起出去吃。”

归庭月不知如何描述这一刻的感受，她只觉得自己整个人都在融化，像块被隔水软化的黄油。

她失去了语言能力，只能用最质朴的字眼回复：“陈是，你真好。”

陈是回：“停止肉麻。”

归庭月抽抽鼻子：“可你真的很好。”

陈是说："你以为而已。"

归庭月坐回床边："你真的也有吗？我是说，抑郁症。"

她终于不再惧怕提出这个少有人能感同身受的名词，因为同病相怜，因为惺惺相惜，因为对方毫无保留的坦白和慰藉。

陈是没否认："对。"

归庭月问："现在还是吗？"

陈是说："我已经停药快半年了。"

归庭月说："这个不能擅自停药的。"

陈是："我知道。"

归庭月担心："你现在感觉怎么样？"

陈是："平静。"又问："你呢？"

归庭月想了会儿，坦诚："刚大哭了一场，还有点想见你。"

陈是："……"

他严谨地确认："是真想见，还是土味情话？"

归庭月因这句话迸发笑意，丧意全失："土味情话就是非常想见你了。"

陈是："下来，我快到你家楼下了。"

唯恐他久等，归庭月火急火燎地跑出房间，换鞋，加足马力飞奔出门。

李婶婶甚至都没来得及问她要去哪儿。

归庭月走出楼道，陈是果真已在小道尽头站着。他提着超市购物袋，袋子是半透明款式，那里面有给她重新置备的拖鞋，一眼可见。

他没什么表情，归庭月却笑了。

她明显刚哭过，眼周红晕未退，好像雨后放晴的傍晚，云朵仍被灼烧。

他看着她，她也看着他。日光倾倒，两人仿佛在重新认识对方，此间神会无须言明。

须臾，陈是眸色幽深，笑意却明亮：“看完了吗？看完我就先回去了。”

“啊……”归庭月一秒变蔫。

陈是说：“啊什么啊？”

归庭月借机打商量：“可不可以提前一下？”

陈是问：“提前什么？”

归庭月说：“把明天的早饭提前到今天中午。”

陈是不作声，末了道：“我只说了明早约。”

归庭月说：“今天中午算病友聚餐。”

陈是笑了一下：“我可从来没觉得自己生病了。”

归庭月道：“那你心态倒是好哦。”旋即改口，“不然——换成午间粉丝见面会？”

陈是蹙眉：“我从什么时候开始给你好说话的印象的？”

“不知道，”归庭月交叉几下双手，‘可能你托梦给我说过。”

陈是勾唇。

“陈是。”归庭月叫他。

“嗯。”他淡淡回应。

归庭月在央求：“好不好啦？情绪上来了被斩断是很残忍的。”

陈是心里一叹，一招手：“走。”

归庭月乐不可支地跟上。

走在他身边，她的唇角欲与眼角试比高，开始刨根问底：“你怎么发现的？”

陈是瞥她一眼：“发现很难吗？”

归庭月说：“我不知道，至少我没觉得你是，你对……”说着，她后知后觉，声音顿时扬高，“上次你带我去 KTV，该不会就是因为这个吧？”

陈是颔首：“嗯。”

归庭月吁一口气，表情失落：“我还以为是我的人格魅力征服了你。”

陈是微哂。

归庭月低下声音：“那你是不是在可怜我？”

陈是看她：“为什么要可怜你，可怜你不就等于可怜我自己？”

归庭月弯了弯唇：“可你还在打鼓，而我什么都干不了。”

陈是轻描淡写：“我不打鼓我还能干什么？”

归庭月心头翻涌出一大股酸楚的共鸣，但她还是打哈哈安慰：“还可以跟我聊天。”

陈是道：“跟你聊天影响当天胃口。”

归庭月气结：“我又怎么了嘛？”

陈是说：“你自己懂。”

归庭月郁闷了一秒：“你长这么帅，肯定也有别的女生勾搭你，我就不信她们不跟你说这类酸话。”

陈是欲言又止：“你最……”

归庭月面如恶煞地杀回去，冷硬地接话：“可！爱！”

陈是偏过脸，轻哈一口气：“你说是就是吧。”

归庭月继续强调：“她们不懂你，而我懂你。”

陈是微微一笑：“你懂什么？”

归庭月顿了顿，声若蚊蝇：“懂你内心的柔软与脆弱。”

“回头，”陈是停下脚步，“别吃了。”

“干吗？”

“你又开始了。”

“那实话干吗不让人讲？”

“你根本不懂。”

“哦，不懂不懂，我是机灵小不懂。”归庭月开始摇头晃脑，胡搅蛮缠。

陈是根本没辙。他决定将这一切都归咎于归庭月这张嫩豆腐一样的脸，细腻、洁白，充满破碎感，所以他不忍毁坏。

坐到餐桌上，陈是点的第一道菜就是砂锅豆腐，随后就将餐单递给归庭月："剩下的你来。"

归庭月伸手接过："你就不点了？"

陈是点点头，双臂互叠："嗯。"

归庭月又随便点了四道菜。

等到目送走服务员，归庭月也学他的姿势，并叫他："陈是。"

完全敞开天窗后，她变得比以往更百折不挠、勇于表现，当然，也更黏黏糊糊，贪得无厌。

陈是挑高眼皮，密睫如帘："嗯。"

归庭月抿唇笑着："你为什么叫陈是？"

陈是一动不动，抬抬下巴，示意他的手机："帮你问问我父母？"

归庭月："……"

归庭月切换问题："那你以前是做什么的？我告诉你了，你也得告诉我。"

陈是没有隐瞒："就敲鼓的。"

归庭月乱猜："搞乐队吗？"

陈是"嗯"一声。

归庭月眼睛瞪大："还真是？"

陈是点了点头。

归庭月又问："现在还能看到你们演出吗？"

陈是说："解散了。"

归庭月一时哑然，半晌才道："对不起，我不该问的。"

陈是却一副漫不经心的样子，拿起筷子，语气散漫："搞音乐就是这样，有万众瞩目，就有销声匿迹。"

归庭月沉默。

好一会儿，她才说："可我不觉得你销声匿迹。你知道吗，你的鼓声很有力量，我这么悲观的人能听进去，其他人当然也能听到。"

陈是停顿了一下，随即扯嘴一笑："除了你，都在投诉我。"

这个笑意味颇深，很难区分到底是自嘲还是收到赞赏后的喜悦。

归庭月的心隐隐作痛："没有啊，这个小区里人那么多，投诉你的也就是那几个没事找事的坏蛋。"

此时的她就像个光顾着伸张正义却不带脑瓜的小屁孩儿，惹得陈是又笑了一下。

这时，服务员正好端上第一道菜，是陈是点的那道砂锅豆腐。

他拿起筷子，不再言语。吃完饭，两人又聊着天各回各家。

到家后，陈是洗了个手，走到练习室门口。他的架子鼓成套摆放在背阴处，似一只黑色的、张牙舞爪的机械怪物，镲片锃亮，但也布满击打的痕迹。

倚着门框看了它好一会儿，他转身离开，回到卧室午休。躺靠到枕上前，他拿起手机想看看归庭月有没有给他发新消息。

不料，平时几乎无人吱声的业主群出现在首栏——这还是他第一次被叫到物业管理处后被迫进入的，后来忘了屏蔽。

一个熟悉的头像映入眼帘。

22 栋 1203："你们最近有听到鼓声吗？大概下午四点到四点半这个时段，我觉得好好听啊。"

有些业主紧跟其后附和。

20 栋 0204："有，不知道是哪位哥儿们敲的！绝了！超燃！感觉自己在听真人版爆裂鼓手！"

18 栋 1101："就是这个，搞得我儿子天天跟我说想学，无语啊。"

23 栋 0103："就在我们这栋，鼓手长得好像还挺帅的。"

其他业主也纷纷冒头。

"有帅哥？求认识。"

“在群里吗？”

“谁 @ 一下？”

“哪一栋？我回头也蹲点去听听。”

陈是完全没料到归庭月这出奇的一招，心跳加速，私聊归庭月：“？”

归庭月还无辜得很：“怎么啦？”

陈是问：“你在干什么？”

MoonPie：“我在大爱无私。”

陈是：“什么意思？”

MoonPie：“虽然不知道你过去怎么样，但我想说，现在的你并没有销声匿迹。”

MoonPie：“你的鼓声依然能点燃很多人，你还在发热发光。”

从那天起，两人的约饭行动正式展开，频率或高或低，有时一日三餐都在一起吃，有时一天只吃一顿，地点也不固定，堂食偏多，偶尔也会在小吃街流连忘返。

他们周围的灰色岩层仿佛被凿出一个豁口，新鲜的氧气与日光汩汩涌进去，让他们逐渐变得充盈。

他们的关系也因密切的来往突飞猛进，归庭月总有说不完的话，每回见面都侃侃而谈，有一次还戏称：“我们俩好像在谈恋爱哦！”

陈是一贯冷言：“想得美。”

归庭月瞪圆眼睛：“我们这样难道不像在约会？说说也不行？”

陈是说：“不行，侵犯我名誉权。”

归庭月立刻把手里的竹签当武器，用击剑一般的动作隔空戳他，以示不满。

陈是假装偏身躲几下：“还开始人身威胁了，是吗？”

“嗯，”归庭月向来口直，“你不让我说我偏说！还要说很多次！”

“……”

母亲从李婶婶那边听说了这事，有天晚上打电话问她：“你谈对象了？”

归庭月刚洗完澡，面颊本就被蒸出粉晕，此刻红上加红：“哪有？”

女儿的嗔声听上去充满活力，像耷拉的花头重新昂起，找回了生命的馥香。

母亲欣慰道：“就算真谈了又没什么，你也到年纪了。”

归庭月忸怩起来：“真没有。”

母亲说：“那就是还在相处咯？”

归庭月想了想：“嗯……可能算吧。”

孩子的快乐是第一要义，母亲并不强求她交代清楚，只道：“以后有机会发张照片给妈妈看看。”

归庭月说：“那得看我要不要得到，他有点难搞。”

归母笑意不减：“一定很帅吧。”

“那是肯定。”归庭月挺高胸脯，自信地表示。

但其实说实话，她也有点弄不懂她跟陈是的关系。两人约饭有大半个月了，说一点进展都没有，那肯定是信口雌黄，最起码两人每天都见面、聊天，可似乎再迈进一步就变得艰难了。她嘻嘻哈哈地试探，总会被陈是不假思索地浇灭热情。

这个晚上，归庭月照常跟陈是打语音电话。

“歪？”很古怪，她过去从不会发出这种甜腻腻又黏糊糊的声音，可现在却像是本能一样自然。

男人语气依旧冷淡，但这次带了一点笑意：“干吗？”

归庭月问：“明天去哪儿吃？”

陈是说：“想不到。”

这些天来，他们像两个内容只对对方可见的美食博主，聊天话题始终围绕吃喝展开，因为这是顺理成章也万无一失的话题。

归庭月惋惜："但我看了天气预报，明天好像下雨。"

陈是说："那就不出去，正好休息一天。"

归庭月说："后天也下雨，大后天也下雨。"

陈是说："那就休息一周。"

归庭月不爽："不能积极一点吗？像我们这样的人就要多出门，不要让之前的一切努力功亏一篑。"

她一语双关，也不知道他听不听得懂。好吧，这可恶的男人不知是装傻还是真傻。

"你可以自己出去。"陈是回她。

归庭月气得一直深呼吸，装作开玩笑："你累了，你厌倦了，你受够这种生活了。"

陈是无辜地回她："我可没说。"

归庭月想着这段时间他们确实往来过密，是该有个懈怠期，遂不强求："那就这样子，我们各自休整三天，在这期间暂停联系。"

陈是"哼"笑一声，好像不信："可以。"

归庭月暗自咬牙，跟他道别后放下了手机。

翌日，她践行诺言，不再主动骚扰陈是。

而陈是刚好有约。

自打上回被删好友，康显就想方设法从其他朋友那儿重新加上陈是的微信，并且三番五次地问他可不可以见一面。

陈是不胜其扰，勉为其难应下了。

喜得应允的康显特意从首都乘坐当天的航班赶过来。

他与陈是是老交情了，曾担任 POPCORN 的经纪人，也是陈是的大学同学。

最初的 POPCORN 只是一支校园摇滚乐队，由不同系的四个大一男生组建而成，主唱、吉他手、贝斯手、鼓手，全凭兴趣爱好分配，分工简单明了。经历了一学期的磨合后，他们找准默契，开始在学校附近的酒吧演出。

后来，路人拍摄的一段乐队表演的短视频在抖音上一炮而红，慕名前来的观众越来越多。

就像所有特立独行、曲高和寡的艺术品，地下乐团无疑属于小众乐队，但才华横溢的“泉眼”旁从不会缺少渴盼的信徒。

他们在圈子里人气暴涨，酒吧的邀约量也成倍上升。慢慢地，全国各地的 livehouse[1] 都有了他们的一席之地。音乐节的舞台下，不乏成群结队的粉丝为他们摇摆和发狂、欢呼和合唱。

“我就说，”昏黄的吧台前，康显有点喝多了，眼里闪动着不甘和惆怅，“我就说当初你们这个乐队名字没起好，爆米花，嘭——”

他张开双臂，又做了个小鸟一溜烟栽落的姿势：“炸一下，就没声了，昙花一现。”

陈是把玩着手边的杯盏，没看他：“你叫我出来就为了说这个？”

康显幽幽地叹气：“不是，还是上次那事儿。”

陈是问：“还没找到人？”

康显说：“都不满意，我给他们看过你的两段 solo[2]，认准你了。”

陈是若有所思地垂眸：“你就不能放过我，让我好好休息一阵？”

康显泄愤地点了两下桌面：“不能！我就是见不得你变成废人，其他三个有谁跟你一样固执、一样保守、一样不知变通？各个混得都比你好！西洲现在都上综艺了，你比他差吗，守贞给谁看呢？”

陈是面色平静：“所以？”

“跟我去魔都，”康显语气强硬，“找事做，别这样混日子。”

1　现场演出。

2　独奏。

陈是说："我没混日子。"

康显听到他的话笑了："你还没混日子？你说你现在在干吗？"

陈是一顿："在考一级建造师。"

康显睁大了眼，表示难以置信："真的假的？"

陈是说："真的。"

康显愣在那儿，再三确认："意思是不敲了？是这样吧？我没听错吧？"

陈是轻描淡写地颔首。

"你活得有意思吗？"康显明显被气得不轻，扭头离去前只愤愤地撂下这句话。

陈是想说人生又不止一种活法，但却反驳不出口。那些卡在喉咙里的话，只能和着尝不出味道的酒水咽下，以此麻痹心脏。

从清吧出来，陈是眼里已浮出一层殷红的醉意。手机也不知何时关了机，他点了好多下屏幕，屏幕都漆黑一片，没法打车，他只能走路回家。

陈是走得很慢，一路上心不在焉，险些跟路过的电瓶车发生擦撞。

对方骂骂咧咧地骑远，陈是一言未发，懒得计较。

他只是忽然觉得，世间每一条路都如此坎坷，尤其是少有人走的路，众叛亲离是常态，一意孤行是犯疾。付出了，不见得有好结果；狂奔了，仍旧迷失，无所获。

那些痴迷、热血、决心，一条道走到黑的执念，全都变成了回旋镖，反将他衬得软弱、偏激，不堪一击。

陈是瞥了眼脚下的影子，基本可以确认，大多绚烂故事的尾声终究只是阴暗的独行。

到家后，他低头解密码锁，没想门被人提前从屋里打开。

他一怔，与门后歪着头抿着嘴笑的归庭月四目相对。

归庭月笑得很灿烂，也很刺目，就像朝阳出现在夜里，不合时宜。

陈是蹙起眉："你怎么过来了？"

归庭月解释："你关机了，联系不上你，我有点担心。"

陈是目不斜视地绕开她往里走，冷哂："我还以为我走错家门了。"

他嗓音凛然，如在空气里插下几枚冰锥。

归庭月僵了两秒，只回过头，没跟着往里走："确认你没事，我就先走了。"

她鼻头微嗅，早已注意到空气里残留的气味，想了想还是关心一下："你喝酒了？"

接着又小心发问："出什么事了吗？"

陈是烦躁地挑挑眼角，回过头，几乎是脱口而出："别管了，行吗？"

话音落下，归庭月便一动不动，看起来像是静止的精美玻璃假人。

"还有，"陈是的态度仿佛回到初见那天，冷漠地警告，"不要再隔三岔五地在群里推荐我。"

"你不会真以为我喜欢这样吧？

"你懂架子鼓吗，谁稀罕像你一样在舞台中央所有人看到？

"作为鼓手，最讨厌的就是被发现、被关注。在一场演出里，在一首曲子里存在感太强，只能说明我根本没敲好，根本没融入音乐。"

"是吗？"归庭月胸口急促地起伏，语气却波澜不惊，尽管她面红如血，双目泪光莹莹，像是随时会决堤，"我看到的说法怎么是鼓手是一个乐队的灵魂，堪比房屋的地基，稳不稳全看你，没有你什么都干不了？为什么不想被看到，难道不应该被看到吗？"

"所以呢，"陈是目不转睛地看着她，"你想证明什么？"

归庭月哽咽一下："你的价值，作为鼓手的价值。你好歹还能敲，不是吗？"

"无论敲不敲，都是我自己的事。"

"哦，"归庭月张口，吃力地应下来，"是我多管闲事了。"

“你爱敲不敲呗，随便你。”扔下一句话，她转身就走。

归庭月摔门而出的一瞬间，陈是胸腔像被狠狠轧了一下，剧烈地疼痛起来。

他站在原地，一动不动，唇抿得死紧。

下一刻，他倒抽一口气，追了出去。

电梯口不见人，陈是看了一眼闪烁的楼层数字，“啪啪……”连按多下下行按钮。确定自己根本等不了，他一边扭头往安全出口走，一边低头看手机。他忘记手机已经关机了。

仿佛担心归庭月会从此失联，陈是眉心一拧，气喘吁吁地冲出楼道，在空无一人的夜幕中高喊归庭月的名字：“归庭月！”

楼中的感应灯因他急促又响亮的声音亮起。

“归庭月！”陈是又唤了一声，声音如撕裂苍穹的靛色闪电。

三楼住户拉开窗子叫骂，声音比他还大：“几点了！喊什么喊！”

陈是喉结微动，快步往前面那栋楼跑。

归庭月停在自家楼下，刚取出钥匙准备开门，就被这两声定住。

她的手不再动。

迟疑了几秒，听见侧面已经传来急促的脚步声，伴着风中的草木瑟响，归庭月不敢看，加速将钥匙往锁眼里插，好像要开车逃亡。

可她的心太乱，根本找不准位置，几次尝试无果，她挫败地垂手，再度泪下。

陈是停在台阶下，没有上前。

而归庭月在台阶上方，背对着他。

归庭月因为无法压抑的泪意，肩膀在发抖。

“归庭月，”陈是今天第三次叫她名字，但沉闷了许多，“对不起。”

这些天来，她的名字在他口中基本是被嫌弃的、戏谑的、讥诮的、不被在意的。但这个晚上，归庭月听到了更多陌生的情绪——急切、慌张、诚恳、歉疚。

泪珠大颗大颗地往外冒，归庭月抹了抹，回过头，抽噎着说："没什么对不起的。"

她双眼泪光莹莹，像开裂的水晶："我确实不了解架子鼓，也骚扰了你很多天，你今天能说清楚也好，不然我还在这边一厢情愿。"

陈是仍在低处看着她，一言不发。

"没关系了，"归庭月吸了一下鼻子，双手拍拍腿，故作无所谓，实则艰辛得要死，笑了笑，"我先回家了。"

说完又背过身，翻找钥匙串上的楼道钥匙。

钥匙串已经将她的手掌印出零星血印。

"归庭月。"陈是再次叫她。

归庭月胳膊一僵。

身后的声音顿了顿，只听陈是接着说："我不是个值得依靠的人。"

归庭月回过头去，陈是没头没尾的话让她双眼再次涨潮。

"我没几个朋友，也不会带女孩回家，"男人站在那里，瘦削、苍白，有如时刻会崩塌的雪雕，"但我曾经拥有过自己的乐队，还在圈子里火过一段时间。

"事实上，玩音乐就是个很费劲也很烧钱的事情。"

陈是眼皮微垂，继而又抬起："我目前的各种状况都不值得你为我这样。

"搬来这里之后，我不想认识任何人。

"但你是个例外。"

他的面色从平静到黯然："我也是七岁开始学鼓，但我跟你不一样，我是业余鼓手，练鼓是兴趣爱好。我大学就在这边念的，专业跟音乐没半点关系。大一时，心血来潮组建乐队后我才真正开始学着做一名鼓手。那时我们几个跟疯了一样没日没夜地练习、磨合、写歌，直到能登台演出。

“因为这个，我已经三年没回家了，跟父母也已经三年没联系了。

“结果，一毕业乐队就解散了。

“之后我就消沉到现在，一年了。

“每天除了打鼓，不知道还能干什么，但不打又不确定自己是不是还活着。”

他勾勾嘴角，微不可查：“你说我还能敲，可我不这么认为，我觉得我的鼓声已经跟着乐队一起死了。”

归庭月偏头，捂紧了嘴，哭得要发出喘声。

陈是轻轻地呵了口气：“归庭月，你没有任何问题，是我这个人、跟我的鼓声，都配不上你的喜欢。”

归庭月按了按哭红的鼻头，在极力调整呼吸，避免自己发出嘶哑难听的哭腔：“我问你……”

她彻底转过身去，居高临下直视着陈是：“如果没遇到我，你打算做什么？”

陈是没有立刻回答，过了一会儿，他说：“不知道。”

归庭月说：“过去我也不知道，可我遇到你了。”

陈是睫毛微微一颤。

归庭月一字一句地说：“你说你的鼓声已经死掉了，可我怎么听不出来？你是不是觉得我就只是喜欢你的鼓声？”

“不是的，”她语气哽咽，几度潸然，又硬生生憋回去，“我喜欢的是你鼓声里面的生命力，这种生命力只有你才能发出来。所以我买望远镜，就是想看看拥有这种力量的人是什么样，我想认识拥有这种力量的人，我就是想喜欢拥有这种力量的人，你说不配就不配啊！”

她近乎叫嚷和嘶吼：“你说的能算什么啊！”

话音刚落，一阵夜风刮过，几扇楼道窗户陡然亮起，像是沉静的夜晚被惊开的睡眼，四下惶顾。

陈是一眨不眨地盯着归庭月，眼底渐起星芒。

冲动的发泄总伴着后知的羞怯与后悔，归庭月面红耳赤，别开视线。

在眼角的余光里，归庭月看见陈是忽然疾步走上台阶。

归庭月脚后跟离地，在掂量是否要往后躲避。但还没来得及反应，她重心偏移，被直接拖入一个胸膛。

归庭月心脏狂跳。

一个非常紧实、温热、充盈的拥抱，像是给她全身注入能量，从他们紧拥相贴的每一处蛮横地渗透到她的体内。

她能感觉到自己的每一条血管都在奔流，进而沸腾、滚烫，与冷静的夜晚完全隔断。

陈是身上本还恼人的酒气此刻全都变成甜美的香水，让她觉得像在午夜飞行，空茫的头顶弥漫着橘彩星光。

归庭月听见了自己颤抖的声音，难以置信地问他："你……是在抱我吗？"

耳边的回答透出一种"没救了"的无奈："不然我在抱谁？"

归庭月无法摆出确切的表情，不知该哭还是该笑。

"你们鼓手抱人都这么用力的吗？"

她说着，两边胳膊微抬，指尖擦过陈是的衣服，想触碰却又不敢。

陈是松开她，低声问："抱疼你了？"

归庭月热泪盈眶，用力地点了点头，但话锋一转，继续申请："嗯，就是……可不可以再抱一下？还是刚才那种程度的。"

陈是不假思索地再次揽住她，比之前更用力，让他们之间再无间隙。

归庭月激动地呜咽："原来就是这种力量。"让她焕然，又将她裹入，自此再难割舍。

陈是问："什么力量？"

归庭月努力地描述："就是之前只能听见的，刚才跟你说的那个力量。但我现在好像能切身感受到了……"

陈是笑了，用下巴贴着归庭月的鬓角，蹭了蹭："我还没感受过，能示范下吗？"

归庭月也笑了，终于有勇气回抱。她的手攀在陈是后背上，肘关节发力，要多用力就有多用力："就这样子，应该差不多了，你能感觉得到吗？"

陈是"嗯"了声："好像还差点。"

"再用力会疼的。"

"怕什么？"陈是说，"疼才是活着。"

第五粒药
活着

洗漱完躺到床上，归庭月神思飘忽，好似陷进了大朵柔软的棉花糖，被粉色的甜蜜完全包裹。

两边唇角翘了又平，平了又翘，最后她索性放弃抵抗，给陈是发消息：“到家了吗？”

对方回复得很快：“你问第二遍了。”

归庭月回温聊天记录，不由得怪笑：“哦，忘了。”又问：“那洗过澡了吗？”

陈是：“嗯。”

陈是：“你呢？”

归庭月：“洗过了。”接着控诉：“抱得满身汗臭味，回来立刻洗澡。”

陈是大概笑了：“原来拥抱还是个体力活。”

归庭月的脸微热：“对啊，没准明早还会腰酸背痛。”

陈是说：“有这么夸张？”

归庭月合不拢嘴，脸都要笑僵了：“嗯。”

下一刻，她快笑僵的苹果肌放松下来，因为陈是突然正经起来的道谢：“归庭月，谢谢你。”

归庭月凝视着屏幕，眼底漫上温柔："怎么突然道谢？"

陈是："很多。"

他没有一一道明，但远胜千言。归庭月觉得自己能接收到"很多"之中的真意。

然后陈是又说："尤其是你这样的人。"

归庭月握着手机："我怎么了？"

陈是："本身就很脆弱的人。"

归庭月目光微闪了一下："彼此彼此啦。"

不过……她红着耳根道："你今天突然抱我，我还蛮意外的。"

陈是："我也意外。"

归庭月："？？？"

好像无视了她的连环问号，陈是兀自发话："其实今晚发生的所有事都有些意外。"

归庭月"哼"了一声："你准备不认账了，是吗？"

陈是问："我有说吗？"

归庭月挑明："你有这个意思了。"

陈是："什么意思？"

归庭月挠挠额角："有下一句话就是'归庭月，这只是一个体贴偶像对心碎粉丝的拥抱，你不要多想'的趋势。"

陈是："谢了，省得我再苦想。"

归庭月咬着下嘴唇弹坐起身，威胁他："你敢？！"

结果对方还真开启了同样的开场白："归庭月。"

归庭月避之唯恐不及："我停机了，我关机了，我掉线了，我Wi-Fi[1]坏了。"

但陈是的下一句话并非她提供的"渣男台词"："你之前说过

1　无线网络。

是我的‘女友粉’吧？”

有股能预见的过于明显的甜蜜气息扑面而来，归庭月抱着腿坐着，额头抵着膝盖，抿唇装糊涂：“好像说过，记不太清了。”

结果陈是“引用”了先前那句聊天记录，又说：“考虑下把后缀去掉？”

归庭月瞠目，霍然起立又“扑通”一声坐回原地。如果不是深更半夜，家里有别人，她定要狂叫三百声，把床跳成蜂窝煤。

她的脸都快笑僵了，还故作矜持，以牙还牙：“我可以分享一首《痴人说梦》吗？”

这回换人威胁：“劝你最好不要。”

归庭月偏不就范：“我去歌单里找了。”

聊天框里没了动静。

陈是哭笑不得，这算今晚第二次吃回旋镖吗？只是这枚由水果软糖制成，弹到脑壳上，也只是让人心痒难耐的力道。

陈是目不转睛地等着她回复，以罕见的耐心。

一分钟后，对面还真发来一则歌曲分享，只是歌的名字并非记仇已久并蓄意报复的《痴人说梦》，而是王菲的《我愿意》。

陈是直接低笑出声，点开这首歌，把它当接下来的聊天背景音。

本还缱绻、怅惘、诉衷肠的曲调听得他嘴角下不来，他故作平静地评价：“酸歌。”

归庭月不爽：“那换一首。”

归庭月：“*Girlfriend*, Avril Lavigne.[1]”

归庭月：“今夜正式钦定它为我们的恋爱主题曲。”

陈是终于认可：“这个可以。”

他打从心底里夸赞：“音乐了不起。”

1　《女朋友》，歌手艾薇儿·拉维尼。

归庭月同意：“就是了不起。”

陈是视线停在“音乐”二字上，心血来潮：“明天出去吗？”

归庭月捧着手机，好像捧着草莓味的圣代冰激凌：“去哪儿？”

陈是说：“去听 live。”

他发过去一张截图：“我查了下，salty[1] 明天有演出。”

归庭月点开大图，心跳加速：“我还没去听过 livehouse。”

陈是：“那更要去了，那是离音乐最近的地方。”

归庭月笑盈盈：“好。”

陈是看一眼时间：“很晚了，睡觉。”

归庭月还是回复：“好。”

怎么办，词穷成这样？可又能怎么办，当下的全部感受就只是、就只有好得没话说、好得不得了、好得呱呱叫。

放下手机，归庭月整个人还沉浸在不太真实的氛围里，像漂浮在夕阳下的粉色湖面上。翻来覆去好一阵也难以入眠，于是她拿起手机再三确认：“我们已经是男女朋友了，对吧？”

陈是明显也没睡：“？”

归庭月：“是吧是吧？”

陈是给出肯定的答案：“是。”

归庭月的脸再度被得逞的笑容点亮：“陈是都说是，那肯定是了。”

陈是被女朋友的冷幽默硬生生逗乐。

归庭月特别开心，极其得意：“我有男朋友了，原来有男朋友是这种感觉。”

她突发奇想：“我要干件大事。”

随后再无声响。

等待的间隙，有种奇妙的预感与默契促使陈是下床，毫不犹豫

1　乐队名字。

地拉开窗帘。

隔着深深的夜色，他看到对面阳台上的归庭月猝然止步。

归庭月停顿几秒，摊开手，像在表达惊喜与不满。

陈是勾动嘴角，转头打开卧室所有灯，而后回到原处。

归庭月则像上次那样，点开闪光灯，调节到最高的亮度，挥舞摇晃。

他们相望良久。

夜海之中，他的窗扇如灯塔，她的手机似恒星，至此，世界不再是孤岛，温柔而静谧。

翌日傍晚，两人准时在楼下碰面。

去 livehouse 穿着舒适最为重要，所以，归庭月并未盛装前往，陈是的打扮也一如往常。

只是这次约会，他们的身份、心态不同以往，均已有所变化。

“嗨。”相视第一秒，归庭月心头就漫出说不上来的别扭，再难口不择言，反倒莫名扭捏。

陈是笑了笑，也“嗨”了一声。

归庭月吸一口气，指指小区主道：“我们怎么去 salty？”

陈是跟着看一眼：“打车吧。”

二人再度安静。

归庭月耳朵升温，笑出声来，说：“好怪。”

陈是勾唇：“哪里怪？”

归庭月说：“突然之间变成另一种关系。”

陈是说：“不是你要挟的？”

归庭月摊手，做无辜状：“我有吗？”

陈是跳过这个问题，提出要求："拉着手走？"

归庭月低了下头，笑意却上涌。

再抬眸时，她将目光与左手一并交出，给出肯定的答复。

陈是握住她手的一刹那，归庭月感觉心脏都要跳出来了。男人的手原来是这种触感，即使轻轻握着，也很有力量感，仿佛相互缠绕的两个树根。

归庭月评价："陈是，你的手好硬。"

陈是低哂："能找个好点的形容词吗？"

归庭月撇嘴："一个心脏都快爆炸的人能说出多好的赞美之词？"

陈是笑："行吧，勉强接受。"

余晖如火烧，静谧却也辉煌，两人无声地牵手而行。归庭月有些害羞，不敢大剌剌地去查看陈是的反应，就目不斜视地抿了会儿唇，问："我的手是什么感觉？"

陈是心叹："能不能别问，保持气氛？"

归庭月忍俊不禁："只是想知道你有没有也有'心脏爆炸'的感觉。"

陈是说："没有，"旋即淡淡地补充，"就是比我打鼓的声音还大。"

归庭月别开脸，怕自己笑得面目太过狰狞。

"陈是。"她又叫他。

陈是"嗯"一声。

"我们走慢点？"

"好。"

由于两人在通往小区大门的那段路上耗时过长，到 salty 时已经没了前排位置。

归庭月鲜少来这种地方，捉着陈是胳膊的手指都下意识地收紧，而陈是似乎天生属于这里，驾轻就熟地往深处潜行。

放眼望去，舞台上已经布置好乐器，光线晦暗，人群如密集的黑鱼，乌泱泱挤在一块儿，仿佛在进行被屠宰前的最后狂欢。

各种体味混杂，音乐如碎玻璃，接连在耳膜里爆破。

归庭月摸摸耳朵，努力适应着，忽然，身边的男人叫她的名字：“归庭月。”

她侧过头。

陈是问：“还好吗？”

归庭月大声回道：“很好！”

陈是笑了起来，眼里有星辰。

不久，乐队成员登台，欢呼声与口哨声顿时如海啸狂潮，在场内激荡不绝。众人不约而同地举高手机，仿佛在进行某种膜拜的礼仪，只为台阶上的王储。

前奏一出，众人开始蹦跳，毫无章法，但近乎一致地沸腾和癫狂。

归庭月逐渐融入，也舞动身体，跟随节奏笑闹哼唱。

陈是瞥她一眼，唇角微勾。

第二首是慢歌，*Queen* 的 *We Are The Champions*[1]，伸展在半空的无数手臂变成风中苇荡，左右慢晃。

舞台光束碾过全场，大家不由自主地齐声跟唱。

归庭月注意到乐队的鼓手，他位于舞台右后方，面前是银色的架子鼓，他只穿了件黑背心，浅色中长发半扎在脑后，摇头晃脑，双臂动作恣意又潇洒。

她晃动的右手慢了下来。

陈是过去也是这样吗？万众瞩目，为音乐痴狂，看起来毫不费力，但实际上苦争朝夕。

1　《我们是冠军》，由皇后乐队演唱。

她不由侧过头去。

陈是站在那里，没有拍照，没有舞蹈，神情安静又孤独。

归庭月垂下手，勾住他的手指。

陈是觉察，也看过来，两人目光相触，仿佛两颗星在宇宙里碰撞，冲击出一个黑色、失重的力场，亿万光年都变得空灵无息。

陈是挑唇，未露疑色，只反握住她。下一刻，归庭月忽然跟宣布获胜者那般带着他举高手臂。

陈是失笑，想放下手，叫停这个幼稚的动作，然而又被她不由分说地架回原处。暖意侵袭身心，他整个人变得倦懒，放弃挣扎。

激昂澎湃的合唱在场内回响，而他们的手在飞旋的光点中间紧密相扣。

We are the champions

我们是冠军

My friends

我的朋友

And we'll keep on fighting till the end

我们会奋斗到最后

We are the champions

我们是冠军

We are the champions...

我们是冠军

从 livehouse 出来，仿佛从魔窟回到人间，周遭环境变得安静而单一。

放纵了一晚的归庭月一时半会儿难以从情绪中抽离，仍在回味，面含笑意。

陈是多次瞟她："怎么样？"

归庭月一顿，佯作责怪："你骗我了。"

陈是挑眉："我骗你？"

归庭月说："你说鼓手不喜欢被注意，可今天那个乐队的鼓手明明很引人注目，我一直在看他。"

陈是"哼笑"一声，态度不明。

归庭月目光炯炯地盯住他："你以前在台上也这么帅吗？"

陈是蔑然："比他还帅。"

归庭月发出古怪的音调："光说没用。"

她似有小情绪地嘀咕："听了这么久，我都还没亲眼看过你打鼓。"

陈是步伐微滞，继而启齿："想看吗？"

归庭月扬声："现在？"

陈是拿起手机，按亮屏幕："如果你不怕晚的话，可以来我家。"

归庭月蹙蹙眉："我是不怕，但我怕其他居民开启举报模式。"

陈是后知后觉："哦，对。"

归庭月提议："明天下午？"

陈是应："好。"

"需要带点什么吗？"归庭月问道，"我提前做准备。"

陈是不咸不淡地道："带上口水兜。"

归庭月骂他"臭屁"，又笑了好一阵，才正色征求他的意见："回去的路上我们可以走得更慢点吗？比刚才出小区还慢。"

陈是步伐放缓，像蜗牛移行："行。"

"因为我想多牵会儿手。"

"知道。"

"你也这样想对吗？"

"归庭月，有点'留白'好吗？"

到家时已近凌晨，归庭月怕打扰到李婶婶，蹑手蹑脚地开门进屋，岂料对方还在沙发上打盹儿等人。

听见响动，她一个弹立，揉着眼睛：“月月，你回来了啊。”

归庭月定住，不好意思地弯动嘴角：“嗯，回来晚了，你怎么还没睡？”

李婶婶一见她笑，也跟着笑：“这不等你呢嘛，”又问，“陈是也回去了？”

“嗯。”归庭月将帆布鞋放好，合上柜门。

李婶婶感叹：“看你们两个处这么好，我也高兴、放心。”

“好啦，”归庭月脸微微发热，莞尔，“你去休息吧。”

李婶婶点点头：“好，你也早点睡。”

洗漱时，归庭月打湿卸妆棉，凑近镜面，端详今天的自己。livehouse 燥热的环境让她鼻翼的粉底有一点花，但她眼瞳明亮，面颊莹润，气色如早春的晴空。

盘踞已久的黑狗似乎被驱赶远离，她变回了那只沐浴湖光的天鹅。怪好看的。

难怪刚刚在楼下，陈是说“抱一下再回去”，结果两人抱了起码五分钟才分开。

归庭月自恋地看了好一会儿，才将卸妆棉一左一右盖上眼皮，唇角上扬，轻轻揉按起来。

第二天，归庭月睡到自然醒，日上三竿才费劲儿地掀开眼皮。

第一件事是打开微信，看男朋友有没有给自己发消息。

陈是：“起了吗？”

四十多分钟前发来的。

过了半个小时又是一条，明显耐心下降。

陈是："起没起？"

归庭月下床，拉开窗帘，笑容和阳光一样，即刻充盈了这个灿亮的上午，也将卧室变成一只温暖剔透的玻璃罐。归庭月在窗前回复消息："现在起了。"

陈是言简意赅："到我家来。"

归庭月回："现在？"

陈是："嗯。"

归庭月："有什么安排吗？这个时间敲鼓不大好吧？"

陈是说："来吃饭。"

归庭月抿一抿唇："你做好了？"

陈是："没，你先过来。"

归庭月微微吃惊："你叫我过去给你做饭？"

陈是："？"

陈是："一起，OK？"

归庭月说："可我想先化个妆。"

陈是："直接过来，又不是没见过你素颜。"

归庭月沉默一秒："好吧。"

刷牙洗脸，换了身宽松的T恤和短裤，归庭月知会李婶婶一声，下楼赴约。

到陈是家时，见他也是如此随意的居家扮相，归庭月不由得嘀咕："我们提前进入老夫老妻模式了。"

陈是蹙了蹙眉心："怎么？"

归庭月揪一下他的T恤袖口："你看你，跟平时有什么区别？在我面前一点都不庄重。"

陈是瞥她，上下打量她："就别贼喊捉贼了。"

归庭月瞅他的小脸蛋："得亏你的脸是帅的。"

陈是哼笑，打开冰箱："不帅能被你这么死缠烂打？"

归庭月追过去，刚要开撑，陈是陡然回身，将手里两颗鸡蛋交给她："去，打蛋。"

归庭月一手一个接过鸡蛋，走向厨房，想到之前在望远镜里难忘的一幕，她左右观察，找到当天的位置，又用手背叩了叩高处的电饭煲。

陈是碰巧过来，停下脚步，好奇地问："在干什么？"

归庭月扭头："在想你那天用筷子敲什么。"

"什么都能敲，"陈是敛目，继续搓洗水池里乱漂的白色口蘑，语气闲散，"不用拘泥。"

"你好像还会单手打蛋？"归庭月问道。

陈是偏头看她："这是什么了不得的技能吗？"

归庭月拿起一颗鸡蛋，轻轻掂量："我就不会。"

陈是勾唇，说："给我。"又吩咐："你手边那个碗也给我。"

归庭月挨个递过去，陈是便开始示范。他放稳瓷碗，用鸡蛋轻击碗沿，蛋壳便听话地从正中间的裂隙往两边分离，蛋清顺畅流出。他的动作自如且随意。

再看碗中，蛋黄如圆日，分毫无损，归庭月惊讶："怎么做到的？"

陈是将蛋壳丢进垃圾桶："控制好握着的姿势和力道就行。"

他眉梢微挑："跟握鼓棒一样。"

归庭月问："我能试试吗？"

"试啊，"陈是示意，"你面前还有一颗，这颗不行，冰箱里还有。"

归庭月却摇头："我是想说，我能敲一下你的鼓吗？但你得先教我怎么使用鼓槌。"

陈是颔首："可以，吃过饭，我教你。"

归庭月对他的大方感到意："答应得这么快？"

陈是眼微眯着眼："有哪里不对吗？"

归庭月说："我以为你们这些乐手会把自己的乐器看得跟专属法宝一样，不允许外人随意乱看、随便触摸。"

"乐器被人使用才能变成法宝，不然就是个空架子。"陈是淡淡地说着，又戏谑地笑了，"你还把自己当外人啊？"

归庭月回得字正腔圆："当然不是！"

吃过饭，陈是领着归庭月去了自己的练习室。这里跟归庭月想象中区别不大，单独一间，四面白墙，只摆放着架子鼓。

但中间的那家伙过于漂亮了吧，除去亮闪闪的镲片，其余部分都是黑色的，带着一股与主人一致的冷静、倨傲，好像随时能从地面上起立，再利索地转换为机械人形态。

那种能穿透和横扫天地楼宇的爆发力，居然就是从这样的方寸之地发出去的。

"好酷。"归庭月称赞。

陈是一如既往地自负："也不看看谁在用。"

归庭月嗤了一声，跟着他走近。

陈是轻踢一下鼓凳："坐。"

归庭月心跳加快，深吸一口气，端坐下去。

陈是从一旁的牛皮袋里取出自己妥善放置的鼓槌，递一根给归庭月。

归庭月接过来一看，鼓槌是木质的，胡桃木色，表面被打磨得很光滑，末端刻的白字已模糊不清，明明触感微凉，她却莫名地觉得有温度。

她努力辨认鼓槌上的字母时，头顶传来解答："别看了，是POPCORN。"

归庭月抬眸，眼底带着疑惑。

陈是脸上并无波澜："我以前乐队的名字。"

归庭月沉默，说："名字很可爱。"

陈是唇角掀起浅浅的弧度："第一次听这么夸人的。"

归庭月微微一笑，两手捧高鼓槌，一副将士欲将出征的架势说："开始教学吧，陈老师。"

陈是把住自己手里那根鼓槌，轻巧地变换着持握姿势："有几种，我教你新手用得多的扣腕。"

归庭月点了点头。

陈是放低右手做示范："先用两边手指担住鼓槌，食指的第一个关节和大拇指，"他盯着归庭月，细致讲述，眼神、语气皆如严师，"像我这样，捏着鼓槌的三分之一处……"

见她动作差不多，陈是在空中小幅挥动两下鼓槌："每一次敲击主要靠手腕和手指发力，手臂是次要的，你看到的鼓手搞那么大动作是为了——帅。"

归庭月失笑："哦……"

"不过对你来说还是难。"

"？"

陈是说："有些初学者会下意识地用手臂去打，要反复练习开腕，才能成功找到正确的发力方式。"

归庭月还是点头。

陈是把自己手里的鼓槌给她："试试吧，两只手一起，按我刚才说的握法。"

归庭月两手分别抓住鼓槌，重现他刚才详细教过的姿势，不是很有底气。

"不对。"陈是自顾自绕至她身后，俯下身，双臂环绕住她，纠正她手上的细节。

"别握太紧，"陈是罕见地正经，温热的气息喷洒在归庭月的耳尖。归庭月痒得缩低脖颈，唇角偷翘。

"鼓棒在你指间可以晃动，但不能掉，明白吗？"

归庭月脸色发红，心跳加速，根本无法静下心听讲。

确认她的动作基本无错，陈是双手下滑，握住她纤细的手腕，再提高，引导她在两只嗵嗵鼓[1]的鼓面上各敲了一下。

连贯的闷响直入耳膜，叫人心脏共颤。归庭月愣住，原来就是这个声音。

她兴致高涨，自己试了两下，“嗵、嗵”，一模一样的响声传出，但这次是由她亲自叩击出来的。

归庭月灿烂一笑，惊喜地侧过脸去求认可，不料动作过猛，嘴唇若有似无地蹭过陈是的下颌，她吃惊地“啊”了一声，声音很轻，但两人其实都能听见，也都能感知到。所以，陈是不再动弹，低头看她。

归庭月的两颊急速漫红，眼神变得躲闪，双手无措地捏紧鼓棒。

空中尘埃飞舞，室内静谧得不可思议，如梦似幻。

片晌，两人纠缠的视线无限靠近时，陈是喉结微动，浑身不自在，刚要起身，小臂忽然被坐在那儿的归庭月扯住。

在他重新看过去的视线里，归庭月无措地吞咽一下口水：“问个题外话……”

她的脸烧得慌：“你会接吻吗？”

陈是耳朵也有点泛红，深吸一口气，嗓音发干：“实话实说，我不太会。”

“试一下吗？”归庭月羞怯又勇猛地提议，两种迥异的情绪在她通红的脸上意外和谐，“这个时间点好像也不太适合敲——”

话音未落，她的下巴被抬高，陈是的身影毫不犹疑地罩下去。

笨拙却激烈，直至物归原主般的，唇齿相依，难舍难离。

归庭月的心脏狂跳，时间却仿佛变得柔软，世界如融落的奶白色冰激凌，在“啪嗒啪嗒”地融化，她忘我地闭上双眼，深陷在他

1　架子鼓的组成部分。

们彼此的气息里。

就像难舍难分的拥抱一样，他们吻了很久，吻到归庭月浑身无力，胡乱扶着最近的物体。陈是便将她捞起，换他坐上鼓凳，抱着她。

他们重新靠向彼此，更紧密，吻得也更深入。陈是揽紧归庭月的后腰，心想，女孩子怎么这么好亲，甜美如糖点，如甘霖。

沉溺在湿热的纠缠里，归庭月感觉自己正在被吞噬。男人汹涌的荷尔蒙，让她的脚趾都蜷紧。

终于，他们在窒息前强行分离。

两人在咫尺间不约而同地抬眼，又在对方的眼睛里齐齐发笑。

陈是深深地呼吸，嗓音喑哑：“笑什么？”

归庭月抿了抿水润的嘴唇，脸色通红。

陈是笑着唤她：“归庭月……”

归庭月吸吸鼻子：“干吗？”

“我真服了，”陈是吸气，正声，“坐远点。”

归庭月佯怒：“谁拉我到他腿上来的？”

陈是自知无理，索性坦率：“我拉的，怎么了？”

归庭月手还撑在他胸膛上：“陈是，你心跳得好快。”

陈是：“……”

她又用气声道：“比你打鼓还快。”

陈是呵一口气，扯唇，用浑蛋又真诚的语气说：“第一次亲女孩子，能不快吗？”

归庭月顿时笑开：“我也第一次亲男生。”

“你们男生果然——”她不怀好意地笑。

陈是：“闭嘴。”

归庭月不忍揭他的底，也坦白："其实我也——"

"再说？"陈是打断，停在她腰后的手下移几分，威胁施力。

归庭月刚白回来的肤色再度烧红，绷身退避。

陈是轻哼，把她圈回来："再抱会儿。"

"嗯。"归庭月也用纤长的手臂抱住他，侧头枕在他肩上。

两个人静静相拥，聆听对方的呼吸，嗅闻彼此的气味，仿佛交颈的动物，一雌一雄，在试探与袒露心意后再无敌意，顺从地共享领地，进而皈依一体。

"陈是……"归庭月倏地叫他。

"嗯？"

她对他仍有太多好奇："为什么不打鼓了？"

陈是眉头稍稍扬高："不是还在打吗？"

归庭月补充："我是说，怎么不上台打了？"

陈是语气平淡："不是说过，乐队解散了。"

因为挨得太近，他们交谈的声音仿佛不是从唇齿间吐出，而是像腔腹之中的私语密会，只有他们能听见。

归庭月问："以后的打算呢？"

陈是说："还没想好，"他贴近她柔嫩的耳郭，情不自禁地啄了啄，"但是该想想了。"

人类真怪异，在肌肤之亲上永难满足。

归庭月痒得一笑："为什么？"

陈是轻描淡写："因为多了个活着的理由。"

归庭月心知肚明，却装傻："什么？"

陈是说："归庭月。"

归庭月嘴角要翘上天："嗯？"

陈是说："不是叫你。"

"我知道，"她的声音因窃喜而含糊，"我知道'归庭月'是那个理由，我故意这么问的。”

陈是勾唇，低声问：“我也可以吗？”

归庭月直起身，看着他的眼睛：“可以什么？”

陈是也看过来：“成为你活着的理由之一。”

因为这句话，因为这个词，这个对多数人来说，像阳光、空气一样寻常的“活着”，于她而言，曾是千斤顶，连呼吸都费劲。

归庭月眼眶蓄起泪水，她哽咽道：“可我不知道自己有没有好，也许只是暂时的，我还在吃药和治疗。”

“我很怕拖累你，可我又忍不住走近你。”左边脸颊感觉到热流时，她下意识地抬手去抹，陈是却快一步用拇指为她拭去。

陈是深情地注视着她，双目也微微泛潮。

他重新将她搂回身前：“近吗，我怎么觉得还不够近？”

归庭月噙着泪，忍着笑：“明明近到不能再近了。”

陈是不说话，只是抱着，紧到好像她也是他赖以生存的土壤和阳光。

归庭月鼻音很重，嘟囔着说：“我不想逼你，因为这种病就是被逼迫着去做某件事，去成为某种人的话……会很痛苦，我知道的，如果你觉得努力会累，当一对废物情侣也很好的……”

陈是却说：“我在想了，跟你确定关系的那个晚上就开始想了，再给我一点时间，归庭月。”

归庭月在陈是这儿睡了个午觉，成功将男人的床据为己有。临睡前陈是一直在房内陪她，有一搭没一搭地聊天，她兴奋地翻滚了好一会儿才有困意，倒头酣眠。

她醒来时已是傍晚，斜阳映在地板上，被窗框分割，像橘子色的玻片。

摸着耳朵走出卧室，归庭月四处张望，却不见陈是，只得放声呼喊他的名字。

嗵！

静谧的空气立即被震醒，因为这声不假思索且能量十足的回应。

归庭月愕然，随即咧嘴一笑，快步奔向走廊末端的房间。

入眼便是坐在架子鼓后的陈是——她的男朋友。只见他单手转了下鼓槌，唇角带笑，看起来自信无比："来了？"

归庭月背着手，像猫一样轻盈地往屋里走两步："我应该没迟到？"

陈是望向她，装作不满地蹙眉："口水兜呢？"

归庭月翻了个超大的白眼。

陈是哼笑，最后提醒："保护好心脏。"

归庭月"啊"一声，还未反应过来，激烈的鼓点已经从他看似随意却不混乱的击打下弹跳而出。

她瞬间领悟到陈是那句"保护好心脏"的意思。她的胸腔被震到发麻，即使按紧也无法遏制。

更何况，他不只是手部动作，双腿也在高频颠动。地面、半空、头顶，从上而下、由里到外，完完全全被这种滚石轰雷般的声音渗透，让人不由得为之战栗，被其征服。

所以，归庭月合不拢嘴，亦目不转睛，神态痴迷。

陈是笑了。

他越发嚣张地挥动鼓棒，眼底尽是享受与掌控。他如暗夜潮涌般的信念和气场随鼓声铺陈，层叠递进，直至将这间屋子、这栋大楼、这方天地彻底围剿，无人生还。

在这样狂傲的撼动中，归庭月热泪盈眶。

晚上入睡前，陈是的现场鼓声仍萦绕在她脑海里，轰鸣不绝，挥之不去。

归庭月辗转反侧，索性搜索起了 POPCORN 的资料。

结果居然不少，很多网页里都有陈是。摇滚发烧友[1]戏称他为“小狮子”，说他总是一副看起来不好惹的样子，说他颜值过高是门面担当[2]，说他的打鼓天赋和才能不输国外有名的鼓手。他们的乐队还有微博，最后一条就是宣布解散的公告，仿佛一座帝国的坍塌，许多粉丝在评论区惋惜和怀念。归庭月翻了很久评论，看得开心又心痛。最后，她心潮澎湃地把他们的专辑听了一遍又一遍，尤其是背景音里的鼓声。

翌日早上，她收到了来自男朋友的问候。

陈是截下她的朋友圈新背景图，表示疑惑：“？”

那是一张他之前在台上演出的单人照，很生动。坐在架子鼓后的他衣黑肤白，笑容恣意，姿态跋扈，看起来不可一世。

归庭月弯唇：“我偶像的照片，好看吗？”

陈是：“比之前那个好点。”

归庭月憋着笑：“我也这么觉得。”

陈是直入正题：“这几天有空吗？”

归庭月：“嗯？”

陈是：“我去上海三天，你想一起吗？”

归庭月：“去干什么？”

陈是：“工作上的事。”

归庭月意外地扬眉，思忖片刻，没有逞能：“可以是可以，不过要先跟我妈和心理医生打个招呼。”

陈是：“好，别勉强。”

归庭月说：“怎么会？”

陈是：“这会儿在家吗？”

1　痴迷于摇滚的爱好者。

2　团队中外形出众的成员。

归庭月："都还没起床。"

陈是发过来一个猪头表情："我现在过去。"

归庭月："干吗？"

陈是没有再回复。

十分钟后，家中门铃响起，还在护肤的归庭月忙搁下面霜，抢在李婶婶前头开门。

一身黑的男人面无表情地走进来，左手提着折叠梯，右手拎着工具箱。

归庭月被他这番阵势唬住，疑惑道："这是要干什么？"

陈是偏头一扫客厅窗外的不锈钢防护网，皱眉装作不快："虽然说出来有点幼稚，但它们挡着我看我女朋友了。"

最后一粒药

展信佳

一上午的忙活，归庭月的房子从密闭的银笼变回了玻璃花房，变得窗明几净，日光满溢。

李婶婶又笑又急，反复跟归庭月确认：“不要先告诉你妈妈吗？他自己弄吗？这样拆掉，你妈妈不说的啊？”

意识到无法阻拦后，她关心起陈是的个人安危：“还是找人来弄吧，这样子好危险的。”

“哎呀，陈是，你这小伙子怎么不听话呢？”

絮絮叨叨，念个不停，都是无用功。归庭月自然也担心，一直在旁边给他扶梯子、打下手，毕竟楼层不低。

但陈是这人瘦长有劲，所以没怎么费事就将客厅阳台的防护网拆卸一空。

两人并排站在栏杆后，将蓝天尽收眼底。

归庭月深吸一口气，眼眯成小缝：“感觉空气都变得清新了。”

她转头看陈是：“你觉得呢？”

陈是和她对视：“总算顺眼了。”

归庭月笑起来，脸被阳光衬得洁白无瑕：“你没少偷看我吧？”

陈是对她贼喊捉贼的行为已经习惯了：“谁偷看谁？”

归庭月说：“如果我没偷看你，你会发现我吗？”

陈是的手在横杆上轻点，想了想：“那倒不会。”

陈是呵气：“但我真正注意到你，就是因为这个护栏。”

归庭月噤了声，片刻后才道：“去年我自杀过两次，没成功。”

陈是回身，挨个捉起她两只手腕查看，确认没有任何疤痕，才暗自松了口气，但手未因此放开，反倒勒得更紧。

他的眼睛也紧紧看着归庭月，目光有力，似蕴含着千言万语。

归庭月如犯错的小孩那般嘀咕：“是吃药的，洗了胃，因为想漂亮一点……”

陈是面色淡然，视线却越发炽热。

归庭月脑袋升温，想挣开他，陈是不放手，最后干脆把她拉到怀里，不容分说地拥住她。

归庭月也回抱他，闷声闷气：“你有想过吗？”

陈是的下巴在她头顶轻轻蹭着：“想过吧。”

归庭月说：“最后是什么战胜了这种念头？”

陈是说：“就像你说的，我还能敲，不是吗？”

归庭月鼻子泛起酸意：“是啊……多好。”

陈是摸着她后背柔缎一般的长发：“我这周准备去上海面试。”

归庭月愣了愣：“面试什么？”

陈是说：“我朋友给我介绍了一份工作，一个艺人团队在找鼓手。”

归庭月扬唇：“那很好啊。”

陈是放开她，握着她的双肩：“正好带你出去玩两天。”

归庭月努了下嘴：“我是很想去，但还是得问问我妈。”

当天下午，归庭月就跟妈妈说了这件事。女儿破荒天有外出散心的欲望，她自然不会阻止，但她也提了个要求，就是必须把归庭月的弟弟捎上，不可以只两个人出行。

归庭月理解她的担忧，所以没多辩驳，转头去问陈是的态度。

陈是在微信里回道："我没意见。"

归庭月反倒做作起来："你不想跟我过两人世界吗？"

陈是："想啊。"

归庭月笑："那你还'我没意见'？"

陈是："但是你父母就有意见了。"

归庭月轻哼："我妈今天从李婶婶那儿知道你拆窗的伟大事迹了。"

陈是："你妈什么反应？"

归庭月直接给他发语音，重现妈妈在电话那端的惊叹："你男朋友胆子怎么这么大呢？"

陈是："你怎么回的？"

归庭月笑道："就是天不怕地不怕才能把你女儿拿下啊。"

周五下午，母亲将归林风送了过来。

归庭月有大半年没见弟弟，不想他竟已比她高出一头，她一脸震惊："小风，你这么高了？"

男生摊手："我不长个儿的吗？姐。"

归庭月："……"

母亲走后，姐弟俩在桌边吃水果，归林风多次打量她，欲言又止。

归庭月被瞧得不自在起来："老看什么？"

归林风把一颗蓝莓丢到嘴里："有男朋友就是不一样了啊，姐。"

归庭月冷冷地瞥他："什么意思？"

归林风笑："气色红润有光泽。"

归庭月也看他，以牙还牙："你也不一样了啊，高中生，怎么理寸头了？"

归林风眉心收紧："烦，起早贪黑的太苦了，不想还要天天吹造型。"

归庭月安慰道："其实这样挺帅。"

归林风摸了两下毛毛刺刺、清爽的发丝："是吧，我也觉得更帅了。”

归庭月忽然想到了什么似的讥笑出声。

归林风问：“笑什么笑？”

归庭月说：“你跟我男朋友应该蛮有共同话题。”都一样的飕。

归林风：“何以见得？”

归庭月不吭声，保留悬念。

翌日一大早，因为要赶飞机，四点多陈是就来了归庭月家。给他开门的是叼着小面包的归林风。

陈是猜到他是谁，所以并不意外。

但本还半梦半醒的少年顿时瞪大双眼，摘走嘴里的面包：“你是那个吧？”

陈是一头雾水：“哪个？”

归林风心跳加速，自报家门：“我是……爆米花。”

陈是略微惊讶地挑眉：“哦，你好。”

“姐！”归林风回头，三步并作两步地往走廊蹦，“姐！”

归庭月揉着耳朵：“叫什么，这会儿才几点？你想被邻居找上门？”

归林风用气声亢奋地号叫：“你怎么不告诉我你男朋友是POPCORN的鼓手！”

这回轮到归庭月一脸疑惑。

坐上去往机场的计程车后，副驾驶座的归林风还兴奋得不得安生，屡屡回头看陈是，找机会跟他说话，还嘴甜似抹了蜜，夸他们的歌，赞叹他们的演出，一口一个“哥”。

陈是全程淡定搭腔。

顺着人流登机时，归林风已经毫无羞耻心地升级称谓：“姐夫，你慢点。”

陈是轻笑，有些无奈地偏了下脑袋。

归庭月捶他胳膊，龇牙：“你有什么大病啊？”

机舱里，三人坐在一起，归林风靠近舷窗，陈是挨着走道，归庭月坐在中间。然而归林风还是频繁地越过姐姐跟陈是交流，问东问西，陈是也一一作答。

归庭月发现，陈是对她弟弟出乎意料地有耐心，甚至超过对自己。

归庭月不爽，剜一眼归林风，笑里藏刀："小风，你坐中间来好了呀。"

归林风摇手："不了不了，我怎么能拆散你们？"

但消停了没一会儿，他又侧头唤道："姐夫。"

归庭月恶狠狠乜回去。

"没事没事。"归林风说完就老实巴交地正襟危坐。

刚准备从包里翻出眼罩戴上打会儿盹，归庭月的手被截住，不轻不重地扣了过去，她心一颤，偏眼看陈是。手的主人纹丝未动，仅递来一个彼此会意的眼神，而后关掉手机。

归庭月嘴角偷偷翘起，也悄悄交握回去。

窗外白云如絮，在阳光的照射下，像镶了一层金边，绵软无垠。

受够"静音模式"的归林风再度被好奇心涨满，忍无可忍地问："我能问最后一个问题吗？"

归庭月叹了一口气："问吧……"

归林风问："我们这三天就是去上海玩吗？"

归庭月摇头："不是，陈是有点工作上的事。"

归林风奇怪："那怎么……没带鼓？"

陈是服了他们姐弟俩一脉相承的一根筋："那么大，怎么带？"

"也是，"归林风挠头，"我以为你们乐手都必须随身携带自己的乐器，因为熟悉。"

陈是说："带鼓槌就行。"

归林风眉毛一扬，纠结了会儿，问："我可以看看吗？拒绝也没事儿，我知道这个请求有点过分了。"

陈是倒无异议，从黑色背包里抽出两支鼓槌，大方地递给他：“看吧。”

归庭月在中间严肃提醒道：“别弄坏了。”

归林风连连颔首，握在手里细看，并评价：“哇，还挺有分量。”

归庭月“哼”一声：“也不看看是谁的鼓槌？”

归林风“哦”两声，翻转过来，惊讶地发现：“上面还有刻字的啊。”

这个归庭月知道，就抢先代替男朋友回答：“别问了，是他以前乐队的名字。”

“不是啊……”归林风凑近看，辨认上面的字母。

下一刻，他“啧”一声，机灵地把鼓槌交回去：“看完了，不看了，谢谢。”

陈是勾勾唇：“就这么一会儿，看出名堂了吗？”

归林风：“嗯。”然后做委屈状，“不就是‘狗粮’吗？我吃还不行吗？不就是当‘电灯泡’吗？受妈之托，我有什么办法！”

归庭月不明就里，左右看他俩：“你们在说什么？”

归林风满脸悲愤：“你当我瞎？那个刻字哪里是乐队名字，明明是你的微信名。”

❤ ❤ ❤

三人下榻在浦东一家距商区很近的酒店。

陈是预订了两间客房，一个标间，一个大床房。

办理入住手续后，陈是走到姐弟跟前，刚想帮归庭月提行李箱，归林风已抢先夺过，嘴里还振振有词：“姐夫，请保护好双手，不要让粉丝操心。”

陈是淡笑：“拿两个不重吗？”

归林风挑担似的绷起肱二头肌：“我可是男人耶。”

归庭月见状，凉飕飕地挤吐字：“以前也不见你对我这么热情主动啊。”

归林风“啧”了一声：“我长大懂事了嘛……”

走入电梯，陈是将房卡分发给他俩，归林风接过房卡，低头瞅几眼，又凑上前检查姐姐的。

归庭月不给他看。他只能抬头问陈是：“我姐住几层？”

陈是说：“22。”

归林风又问：“你呢？”

陈是说：“17。”

“呀，怎么跟我一间？”归林风故作惊讶，“你们不住一间吗？”

归庭月一脚踹向他小腿肚。

归林风抬腿躲远，随即顽劣地笑开来。

到17层时，陈是按着开门按键，吩咐：“你先去房间吧，我送你姐上去。”

归林风听话地把姐姐的箱包交到他手里，嬉皮笑脸：“懂呢，懂呢，不用把我当傻子。”而后搔头避开姐姐锐利的眼刀，扭头拖着箱子跑远。

电梯里再次安静下来，只剩下他们两个人并肩而立。

归庭月徐徐呼出一口气，无奈地看向陈是：“我弟一直这样，您还请见谅。”

陈是笑了笑，从金属反光墙上看她：“很好啊，衬得我都成熟了。”

归庭月感觉到了，也从那里边睇她男友那张很有辨识度的脸：“你成熟个鬼。”

两人目光交会，同时一笑，似有浑然天成的默契。

电梯门再次打开，归庭月跟在陈是后面走出电梯，沿着走廊上长长的地毯穿行，好像踩着松软的沃土。她望着墙壁上的挂画，一脸兴奋：“好久没出来了，连酒店装潢都觉得新鲜。”

陈是看了她一眼，只是笑，没吱声。

一进门，憋了一路的归庭月一头扎进陈是怀里，两条胳膊拥得死紧。

她能感觉到他的胸腔在重重地起伏，也抬臂摁住她。

只是这样抱着，他们都像是被填实了，温暖、亲密，再无缺憾。

归庭月的发间有股淡而甜的香味，陈是轻轻嗅着，觉得每个毛孔都因此张开。

归庭月几不可闻的细语从下方传来："我觉得我好像得了新的病。"

陈是问："什么病？"

归庭月说："学名有点长，叫'不被陈是抱着会生病'。"

她擅长的土味情话总能引人发笑，陈是努力附和："那我可能也被传染了。"

归庭月扑哧一笑，一下还不够，又哼了哼，止不住。

她偷笑的气息喷在他肩窝上，热而痒。

陈是顿了一下，将她下巴抬高，彼此落入对方的眼睛："归庭月。"

归庭月极力憋笑："嗯。"

陈是跟着笑："噘嘴。"

"干吗？"她装傻。

陈是很直接地说："我要亲。"

归庭月偏不就范，死死抿住唇角，眼中的笑意早已决堤。

陈是就看着，带着深情的眼神撬动和进击。

"别这样看我，可以吗？"归庭月扛不住，凑上来亲他，亲完也不走，就嘟嘴等他回应。

陈是低头含住她的唇瓣，再无间隙。

动作逐渐激烈，陈是带她转了个身，把墙面当他们暂时的倚靠。

他单手撑墙，关节用力，俯身深吻，亲到耳根和后颈都漫出一层红潮。

意乱情迷间，归庭月捏紧了他衣襟，后来脚软得不行，双手往上移，搓揉他的面颊、耳朵和头发，最后只能勾住他脖子。

耳朵里都是双方急切的喘息声。

归庭月猜自己可能再添新疾，名叫“皮肤饥渴症”。她的手几乎是不自觉地摸入他的 T 恤，在男人骨骼分明的背部移行。

陈是停住动作，气喘吁吁地笑了一声：“想干吗？”

他声音低哑，带点轻佻，性感得要命。

归庭月赶紧把手抽回来，攥拳，举高，做投降状，迅速撇清关系：“是它们先动的手，跟我没关系。”

还没说完，她自己先绷不住，笑场。

陈是勾唇，拉开两人的间距。下一秒，他径自脱掉上衣，劲瘦的上身于她眼前展露无遗。

归庭月差点尖叫，别开脸，又忍不住偷瞄，装不好意思：“你才想干吗？”

陈是甩开散乱的刘海儿，露出英挺的眉眼，又看了一眼房门，戏谑地说：“赶紧摸一会儿，我要下去了，再待你弟要打电话了。”

“他敢！”归庭月笑着装严厉，随即发现他胸口的皮肤都红了一片，不由得疑惑：“陈是，你是不是不太能喝酒？”

陈是蹙眉：“怎么忽然这么问？”

归庭月用食指戳他胸腔：“这儿都红了，我猜你喝酒应该也很容易上脸。”

陈是跟着看一眼，不否认：“嗯，是容易上脸。”

归庭月问：“那容易上头吗？”

陈是说：“也有点吧。”

归庭月垂了垂睫毛，别有用心地问：“你这会儿上头吗？”

陈是盯了她几秒，双手架住她的脑袋，恶作剧似的搓乱她的头发，又在她扬手抵触前将她拢到身前，抱着缓解和压制其他情绪。他低声吐出一句浑话。

归庭月红着脸把他推远。

陈是站定，扯了个笑，捡起地上的T恤穿好：“走了，我去叫你弟，你收拾好发条消息给我，我们下去吃饭。”

归庭月点点头，扒在门框上目送男朋友远去。

第三次回头见女朋友还戳在那儿，陈是撇手：“进去吧你。”

归庭月这才缩回去。

在下行电梯里，陈是心不在焉地站着，又莫名其妙地发笑。他忍了忍，对着铜镜似的墙壁调整好表情才走出去。

陈是回到房间，归林风已经斜靠在床头打游戏。一见陈是，他就甩来意味深长的一眼，端正坐好：“偶像，我把靠阳台的床给你，靠厕所的床给我，这个分配很无私、很高尚吧？”

陈是停在桌前扯开包链，“嗯”了一声，说：“谢了。”

归林风桀笑：“姐夫，你好快，我一局游戏都没打完。”

陈是顿住，用自己的颈枕砸他，结果被他接在怀里。

归林风将颈枕戴在自己的脖子上，讨饶：“好了，不说了。”

放好衣物和洗漱用品，陈是坐到单人沙发上，看着自己的手机，眼神慢慢失焦，若有所思。

听到“victory”的提示音后，他看向归林风：“小风，问你件事。”

床上的男生抬眸：“嗯？”

陈是问：“你姐的事，方便说吗？”

归林风立刻收起笑意，撇开手机：“我姐什么事？”

陈是弯唇：“别紧张，我大概知道你姐的状况，就是想问清楚。”

归林风肩膀一垮，不再警惕：“你想问什么？”

陈是没有旁敲侧击：“她是伤到脚还是腿？以后完全不能跳

了吗？”

归林风面色骤黯，闷了会儿才说：“也不是完全不能跳，但像以前那样跳是没可能了。好像是为了以后能正常走路，不影响生活，做了个距骨上面的手术，所以不能再高强度地训练和演出了。这对她来说就是毁灭性打击。我姐以前可是台柱子，演出之余还能教课的那种。我跟着我爸妈看过她好几场演出，《天鹅湖》《胡桃夹子》《吉赛尔》《梁祝》……没有她跳不好的，她在台上的那种伸展感真是绝了……”

他一脸懊悔：“后来她因为情绪问题住院和搬家，以为我不知道，骗我说去机构复健，其实我怎么可能不知道，就是当时忙中考，实在没办法，感觉自己什么忙都帮不上。”

讲着讲着，他红了眼眶，语气怅然：“你都不知道我姐以前跳舞多好看，你看不到，太可惜了。而且她超喜欢跳舞，回家休息都在练基本功。”

“唉……”归林风用双手搓搓眼睛，叹气，“我妈前阵子还跟我说我姐名字没起好，给她起了这么个名字，寓意不行，好好一小姑娘走不出来，把自己困在心里的院子里，当时要起个自由自在、像小太阳一样的名字就好了。”

归林风轻轻抽气，看向他：“不过，多亏你，这次看到我姐，我感觉她状态好多了。”

陈是敛目一笑：“你说反了。”

归林风不解：“啊？”

陈是没有接话。

过了会儿，他打开微信，找女朋友说话，问她：“好了吗？我上去接你。”

归庭月：“等会儿。”并补充：“想再跟你在微信里多‘二人世界’一下。”

陈是勾唇，没有隐瞒自己不久前的调查："刚从你弟这儿套了不少你的信息。"

归庭月瞬间回复："什么？他有没有说我坏话？"

陈是将他和归林风的谈话原封不动地告诉她。

归庭月回个颜文字："这么一看，我名字是没起好，月亮就是容易低能量，跟我之前那个朋友圈背景图一样。"

陈是沉默片刻，问："你知道一个基本常识吗？"

归庭月："什么？"

陈是："月光其实就是日光。"

归庭月："这个小学生都知道。"

陈是："虽然没有那么强烈和滚烫，但只有她才能把黑夜照亮。"

❤ ❤ ❤

两个小情侣一聊就停不下来，等陈是从手机抬起头，床上的归林风已经搭着被子呼呼大睡了。

他轻声地叫了两声"小风"，归林风纹丝不动。

陈是只能低头给他姐发消息："你弟睡着了。"

归庭月："猪啊他。"

陈是："有其姐必有其弟。"

归庭月回复一个"拳头"表情包："那我俩出去吧。"

陈是："嗯，我去找你。"

陈是留了张字条在床头，又往归林风腿上盖好被子，才出门去接归庭月。

也就一个小时没见，归庭月就跟与他分开了一个世纪似的不由分说，要他抱。

陈是揽住她，挑唇，慵懒地问："抱能当饭吃啊？"

归庭月听见他胸腔里传出的笑音，也笑了："对呀！"

陈是一手抚摸着她的背，一手抄兜取出手机，瞄一眼："抱三分钟就下去，我饿了。"

三分钟后，归庭月彻底赖上他，不依不饶，像强力胶似的撕不下。

陈是直接把她抱去电梯口。

归庭月这才求饶。双脚着地后，她红着脸将发丝和衣角整理好，正经地问："你下午什么安排？"

陈是说："找下朋友。"

归庭月眼睛亮了亮："需要家属陪同吗？"

陈是想了下："可去可不去，他很烦，见到你会进行'人口调查'。"

归庭月斜他一眼："如果不方便，我就不去。"

"嗯……"陈是沉吟，"你下午跟小风一样，在房间休息吧，我忙完就回来。"

归庭月遗憾，垂下眼："行吧。"

陈是抬手，用虎口掐住她的两腮："怎么了，不高兴？"

归庭月想拿开他的手，他反而更用力地把她弄成"嘟嘟唇"。"也不是啦，"她假装生气，含糊不清，'放手啊……"

陈是没放手，而是低头在她嘴上亲了一下，很轻也很快，而后松开。

归庭月顿住，笑个不停，又抬手捧脸，揉自己小红花一样的双颊。

两人在附近一家口碑不错的早午餐店用了午餐。回酒店前，陈是打包了一份沙拉和意面带给归林风。

想到归林风还在睡，陈是先在女朋友的房间待了会儿。

他们将沙发拖到落地窗边，晒着日光浴聊天。过了一会儿，两人好像浸在温暖罐子中的黄桃，又粘了成一团，浓情蜜意。

陈是被阳光照得眯起了眼，又舒适地往沙发里陷了陷。跪坐在他身前，下巴抵左肩的归庭月，也跟着倒过去。

她柔软地贴着他的胸膛，磨磨蹭蹭，触感不容忽视。

归庭月想扶着陈是的肩膀坐正，又被他按回去。陈是的手摸向她裙摆下的大腿，女生的皮肤滑腻到不可思议，像在引诱他拉好。

陈是深咽了一下口水，将手边一半的窗帘拉好，房间的光线顿时暗下来。

“我们不能老这样待一块儿了……”归庭月鼻息紊乱，话语渐不真切，“你说，对吗……”

“嗯。”陈是低声回应。

地毯上的光斑缓缓移动，两人接吻时细密的水声混在喘息里，房间内燥热如炎夏。

等归庭月睡下，陈是洗了把脸，换了身衣服，给康显发了自己的定位。

康显：“你到了？”

陈是：“中午就到了。”

康显也发来一个地址，看名字应该是家咖啡馆：“喊辆车，到这儿来。”

离开前，陈是走到床边跟归庭月道别，收到她口齿不清、梦呓一般的回应后，他弯唇一笑，拎上包出了门。

“你的面试安排到明天上午行吧？”康显望向走入卡座的男人，开门见山。

陈是端起面前的纯白色瓷杯，抿了一口咖啡，不疾不徐：“我没说来面试。”

康显一脸疑惑，眼睛连眨数下：“那你来我这儿找我干吗？”

陈是放下杯子，声音平静：“我想重组 POPCORN，找新队员，这次我来当队长。”

康显愣住了。

陈是说："宋南桥那边的房子，我卖了，手里有点钱，你还想当经纪人吗？"

"×××，你搞我呢！想一出是一出！"康显难以置信，开始骂骂咧咧，"我就想把杯子扔你脸上。"

陈是露出笑意，低头从包里取出鼓槌，放到桌面上。

他神色庄重，如面对信仰："我认真考虑过了，不是闹着玩，对着我的鼓槌起誓。"

康显握了握拳，伸出左手将对鼓槌捞到眼前，嫌弃道："两根棒子顶个屁用……"

可等真正细瞅时，他面色微变，眼眶随之泛红："你还用着它俩呢。"

"不然呢，"陈是冷笑，"你不也说了，就我一个人在原地，你们都向前看了？"

康显注意到上面新刻的字，指了指问："这啥啊？"

陈是说："我女朋友网名。"

"×。"康显跟摸到鼻涕虫似的把鼓槌放回去。

陈是将鼓槌收好："考虑下吗？"

"考虑什么啊考虑！我才不考虑！"康显满脸烦躁，"我明天就辞职！根本就不用考虑，反正我孤家寡人一个。"

陈是很少露出这么大的笑容："谢谢啊，老康。"

与此同时。

睡醒的归庭月已将午餐送到弟弟房间。

归林风跷着腿，头也不抬地嘬着刚热好的意面。

归庭月则在手机里修图，她拍了不少午餐的美照，想将它们都发到朋友圈。

时隔两年，她第一次在朋友圈分享出游动态。每张照片都明亮鲜艳，还标记了地址，用以证实照片的真实性。

朋友与同门多少知道她的情况，意外之余也不多问，只友善地点赞和留言，让她有空多去找他们玩。

归庭月一一回复和感谢，到最后，已经不受控制地热泪盈眶。

她擦干眼角的眼泪，想问问陈是忙完没有。

不想之前的舞团老师竟给她发来私信：“月月，你去上海了？”

归庭月怔了一下：“嗯。”

老师：“真是不巧，我们刚从那边回来。”

归庭月：“是有演出吗？”

老师：“嗯。”

聊天框里沉寂片刻，老师忽然问：“这段时间好点了吗？”

归庭月顿住，眼底涌出酸涩：“好多了。”

老师问：“想不想回咱们舞团？”

归庭月吸了下鼻子，不解又犹豫：“我还能回去吗？”

老师语气友善：“当然了，老师一直在替你想着呢，你有没有考虑过考回团里来当编舞老师啊？”

归庭月一愣，睁大眼睛：“我行吗？我没这方面的经验。”

老师却发过去一份资料文件：“你之前在团里当了多久女主角了，没少讨论过动作，也教过后生，谁会比你更有经验？团里正好在招编舞，我向李老师提了你。他说他到现在都记挂着你呢，还开玩笑说，月月真要回来当编导，他一定给你开后门。如果你愿意，可以试一试。你这一年半载的一点消息没有，老师也不方便当面关心，怕勾起你的伤心事，一直在跟你妈妈偷偷联系呢。她说你最近谈恋爱了，心情好了很多，真的吗？”

一滴泪落到屏幕上，归庭月用手指抹掉，让手机里的字重归变得清晰：“嗯，谢谢老师。”

刚清空食盒的归林风抬眼，猛地一看，就从椅子上一跃而起，慌乱地抽纸巾："姐，你咋哭成这样？谁惹到你了？姐夫去哪儿了？"

归庭月不答，只蜷起腿，抱住自己号啕大哭，像要将积压在心头的所有苦药渣尽数倒尽。

迎着斜阳赶回酒店，陈是先去了趟归庭月房间，见人不在，才下楼到归林风那儿找她。

归林风向来眼力见儿十足，一见"姐夫"进门，就声称要下楼买汽水，随即头也不回地溜走，将主场留给热恋的两人。

转头目送归林风走远，陈是回过身来，跟坐着的归庭月微笑："出去走走？"

归庭月点了点头，站起身来："好。"

两人打车去了黄浦江岸。夜幕四合，华灯初上，世界变得像个流光溢彩的珠宝盒子。陈是牵着她慢慢悠悠地走着，许久没有说话。

"归庭月。"

"陈是。"

走了一段路，他们不约而同地唤对方，欲言又止。

归庭月"扑哧"笑出了声："你先说。"

陈是蹙了蹙眉，认真道："你先说。"

归庭月说："我是有话要跟你说，你也有话要跟我讲吗？"

陈是"嗯"了一声。

归庭月扶住栏杆，深吸一口气，挺直胸膛："我好像有回归舞团的机会了。"

陈是挑眉："是吗，我可能也要重新搞乐队了。"

归庭月惊喜地望过去，陈是刚巧也看着她，四目相对，目不转睛。

他们的眼睛都清澈、坚定，不再透露出迷惘，亦闪动着笑意，为彼此欣喜。

"不详细说说吗，归庭月？"

"得先拿你的来换……"

两人并肩远眺，有说有笑。

目及之处，长空无尽，月拂大江。

归庭月，展信佳。

很高兴这本日记要在这里结束了，你还记得当初翻开第一页时，你是怎么决定它的尾声的吗？

那时你觉得命运不公，让你成了天下第一倒霉鬼，你的世界一片漆黑。有一次你做完治疗回来，看到天边有一弯冷白的月亮，小而无光，你把它拍了下来，因为你觉得你很像它。

回到家后，你绝望地给自己设置了两个选项：

A. 日记结束在你彻底放弃自己，成功告别这个世界的那一天。

B. 日记结束在你重新好起来，变回一个有色彩和能量的人的那一天。

半年前，它一直是你写给世界的遗书，但半年后你遇见了一个很好的人，它因此变成了你少女心事的载体。

现在，你跟这个很好的人在一起了，你们彼此深爱，又相互包容，你可以尽情地对他说心里话，远不止于纸张里的文字表达。

你也找到了新的轨迹和方向，你从台前走到了幕后，但依旧围绕着你最爱的那颗恒星。宇宙分明那么大，生命的维度也是那么宽广，我真庆幸你慢慢意识到条条道路通罗马，不再只认非此即彼的选项和条框。

我祝贺你能鼓起勇气又顺其自然地跨入人生新阶段，开启生活新篇章。但你我都知道，活着并不是件简单的事情。

所以，接下来的每一天，我不要求你时刻积极向上，我允许你心灰意冷；你可以睡得好、吃得香，你也可以睡不着、咽不下；你可以克制、勤勉、兢兢业业，你也可以放纵、懒惰、享乐至上；你可以平心静气，你也可以歇斯底里；你可以勇猛、果敢、温和、乐观，你也可以软弱、优柔、蛮横、悲伤。

说这么多，我只是想告诉你，今后无论是欢笑还是泪水，是纠结还是顺畅，是黯淡还是辉煌，庸碌无为也好，功成名就也罢，你都得确信，人生的舞台，你依然在中央，你就是自己的首席，你散发着独一无二的光。

图书在版编目（CIP）数据

当我在地铁上误连别人的手机蓝牙后 / 七宝酥著
. — 北京：北京联合出版公司，2023.4（2024.1重印）
ISBN 978-7-5596-6631-4

Ⅰ. ①当… Ⅱ. ①七… Ⅲ. ①中篇小说－小说集－中国－当代 Ⅳ. ①I247.5

中国国家版本馆CIP数据核字(2023)第025308号

当我在地铁上误连别人的手机蓝牙后

作　　者：七宝酥
出 品 人：赵红仕　　出版监制：辛海峰　陈　江
责任编辑：高霁月　　特约编辑：王　欢　丛龙艳
特约监制：穆　晨　　产品经理：张梦璇　陈隽萱
封面设计：有点态度设计工作室　　内文排版：陈佳玲

北京联合出版公司出版
（北京市西城区德外大街83号楼9层　100088）
北京联合天畅文化传播公司发行
天津中印联印务有限公司印刷　新华书店经销
字数 228 千字　880毫米×1230毫米　1/32　9.125印张
2023年4月第1版　　2024年1月第3次印刷
ISBN 978-7-5596-6631-4
定价：49.80元
